Ralf Kramp

Hart an der Grenze

KBV
KRIMI

Originalausgabe

Telefon: 0 65 93 - 99 86 68
Fax: 0 65 93 - 99 87 01
www.kbv-verlag.de
E-Mail: info@kbv-verlag.de
Umschlagillustration: Ralf Kramp
Redaktion: Dorothee Steuer, Sankt Augustin
Satz: Volker Maria Neumann, Köln
Druck: Westermann Druck, Zwickau
Printed in Germany
ISBN 3-937001-00-X

Me and my shadow
Strolling down the avenue
Me and my shadow
Not a soul to tell our troubles too

(Billy Rose)

Wohin man ging, wohin man fuhr,
es lag alles an den Grenzen nur.
So grenzenreich war dieses Land,
dass man es selbst nicht darin fand.

(Unbekannt)

Natürlich für Monika.
Wie hältst du es nur mit diesem Verrückten aus?

Für unsere Kerpener Freunde.
Darf ich euch mal ganz vorsichtig dieselbe Frage stellen?

Und für den Georg:
Die Zeiten waren nie so ernst wie immer.

Prolog

Eine letzte Reise. Noch ein letztes Mal verreisen, und dann ...

Verloren stand er in der Mittagshitze auf der freien Fläche vor der Kirche. Verloren und auf eine eigentümliche Art und Weise völlig fehl am Platze.

Seine Sonnenbrille war irgendwie zu groß, seine weißen Haare zu kurz geschnitten, sein Hemd über dem prallen Bauch viel zu bunt.

Den Koffer hatte er im Auto gelassen.

Wieso um alles in der Welt hatte es ihn gerade hierher getrieben? Wieso hierher zurück, auf diesen Kontinent, in diese Landschaft?

Auf seiner Reise zurück in diese Hölle, in der sie ihm damals die Maschine unterm Hintern weggeschossen hatten, machte er hier Station. Sein Bruder Phil hatte hier ins Gras gebissen. Keine zehn Minuten vom Dorf entfernt.

Er selbst war irgendwie am Leben geblieben.

Da war er nun nach dem ewig langen Flug hier angekommen, war mit einem beschissenen Leihwagen, in dem es nach Cockpitspray stank, die hundertsiebzig Kilometer von diesem mickrigen, kleinen Flughafen hierher gefahren, zwischen endlosen Hecken und zerfetzten Feldern und Wiesen hindurch, hierher in dieses Kaff, in dem sich alle vor der Hitze im Haus verkrochen hatten, und ließ den Blick schweifen. Und durch die Sonnenbrille sah alles so aus wie in einem alten Film.

Irgendwo weiter da hinten musste die Grenze verlaufen. Die, die heute keine mehr war, um die sich schon lange keiner mehr scherte, an der sie damals gekämpft hatten, dass einem in den Schützengräben das Blut in die Stiefel schwappte.

Er wollte das wenigstens einmal sehen. Er wollte sehen, ob sie das auch wieder so schön hingekriegt hatten, wie hier das Dörfchen. Stein auf Stein, diese fleißigen Deutschen. Für ihn waren das alles Deutsche, die hier sicher überall hinter den halb herabgelassenen Rollladen im Schatten saßen, da konnte es dreimal das höchstgelegene Dorf Ostbelgiens sein. Die sprachen doch alle Deutsch, so what.

Ein Denkmal gab es! Das hatte ihn überrascht. Er hatte davon gehört, aber der Gedanke daran, dass sich auf dieser Seite des Atlantiks irgendwer tatsächlich damit beschäftigte, eine Erinnerungsstätte zu pflegen, das Gras um einen Steinklotz zu mähen und die Brennnesseln wegzurupfen, war ihm immer fremd vorgekommen.

Er musste jemanden finden, der ihn da hinbrachte, wo es passiert war. Einen Einheimischen, der sich auskannte. Vielleicht einen, der es miterlebt hatte. Und so wischte er sich den Schweiß aus dem Nacken und überquerte die Straße. Für Anfang Mai war es ungewöhnlich heiß. So hatte er sich das Wetter hier nicht vorgestellt. Er musste etwas trinken. Ein paar hundert Meter weiter fand er auf der anderen Straßenseite ein Gasthaus. Im *Triangle d'or* trank er ein Trappistenbier und spürte fast augenblicklich, wie es ihm in den Kopf stieg. Die Kellnerin blickte ihn müde an und wusste, was er suchte, ohne dass er den Mund aufzumachen brauchte. Sie ließ den Blick über sein buntes Hemd streifen und sagte etwas, das er nicht verstand. Er hörte nur das Wort »Krieg« heraus und nickte unsicher. Dann wackelte sie, müde den Kopf gesenkt, das

Geschirrtuch in der Rechten, sodass es fast über den Boden schleifte, zurück zum Tresen, und er verlor sich für einen Augenblick in der Betrachtung ihres halbnackten Rückens, an dem die Schweißperlen zwischen den Schulterblättern herunterrannen.

Ein Bier später kam ein alter Mann herein, der ihm die Hand reichte und fortwährend mit der Zunge nach Essensresten zwischen seinen Zähnen tastete. Sie verstanden einander ohne viele Worte. Der Alte fragte nur »Neintieneinz?« und er antwortete mit einem Nicken. »Ninetyninth.«

Es folgte ein stummer Wink, und während er bei der jungen Frau bezahlte, schlurfte der Alte bereits hinaus und ging zielstrebig auf den Leihwagen aus Brüssel zu. Man war hier offensichtlich an Veteranen gewöhnt.

Es war gut zu wissen, dass andere bereits vor ihm hier gewesen waren, dass auch sie sich getraut hatten, noch einmal dem Schrecken zu begegnen.

Von den Schützengräben war so gut wie nichts mehr zu sehen. Farn und Gras hatten sich darüber gelegt und hatten die Landschaft wieder zu dem gemacht, was sie einst gewesen war. Ganze Arbeit hatte die Natur geleistet, so wie die Menschen im Dorf. Alles ausradiert.

Er wünschte, er hätte sie noch einmal hören können, jetzt und hier, die Geräusche des Krieges. Die Schreie, das Krachen, das dumpfe Prasseln der Erde, die, von den deutschen Geschützen in die Luft geblasen, um die Jungs herum in den Waldboden regnete. Nicht, weil er diese Geräusche liebte, sondern weil sie ihm gezeigt hätten, dass es genau hier gewesen war. Hier, wo er jetzt stand und nirgendwo anders.

Warum zum Teufel war hier alles so schön und friedlich? Warum flatterten hier die Schmetterlinge herum und warum roch es hier nach Harz und Erde? So konnte sich doch kein Mensch mehr daran erinnern. Was half da schon so ein Monument im Dorf? Was half das Phil? Wie konnte sich da jemand dran erinnern, dass es ihn hier – hier und nirgendwo sonst auf der Welt – zerfetzt hatte?

Er ließ die Sonnenbrille aus der Stirn zurück auf den Nasenrücken rutschen und verschränkte die Arme. Der Alte bummelte etwas abseits herum und drehte sich eine Zigarette. Der kannte das.

Dave Nizer stand in einem Wald, von dem er in all den Jahren immer wieder geträumt hatte, in einem Wald, in dem es so friedlich schien, wie nirgends sonst auf der ganzen Welt. Er stand da und weinte. Leise und lange.

Und als er sich schließlich umwandte und auf das Auto zuging, das sie an einer kleinen Kreuzung am Rande einer Fichtenschonung abgestellt hatten, versuchte er, eine von Phils kleinen Gitarrenmelodien vor sich hin zu summen. Es gelang ihm nicht mehr. Das war alles viel zu lange her.

Er fuhr noch am selben Nachmittag weiter, überquerte bei Losheim die Grenze nach Deutschland und hielt an einem Imbiss an um zu telefonieren. Auf der nächsten Etappe seiner Reise ging es um ihn selbst. Es war die letzte Gelegenheit, um sich noch einmal alles anzusehen. Die Vergangenheit und die Gegenwart.

Am späten Abend war David Abraham Nizer tot. Er starb etwa neun Flugstunden von seiner Heimat entfernt im Alter von achtundsiebzig Jahren in einem kleinen, blauen, belgischen Leihwagen, geparkt in einem idyllischen Waldstück, nur eine knappe Autostunde entfernt von der belgischen Grenze. Die Kugel einer alten deutschen Armeepistole hatte sich in seine Schläfe gebohrt und war an der anderen Seite des Kopfes wieder ausgetreten.

1. Kapitel

Die *Stella Maris* schwankte langsam im Uferwasser hin und her. Der Schein der Lichter an Deck des Ausflugschiffes funkelte auf dem schwarzen Wasser des Rursees und tanzte mit den sich wiederspiegelnden letzten Strahlen der Abendsonne, die gerade noch über die Silhouette der Bäume des Kermeters reichten.

Musik schallte über den See. James Last und Heino, und wenn es ab und zu ganz wild wurde, auch etwas von Roy Black und vom unverwüstlichen Max Greger. Bei *Auf der Heide blüh'n die letzten Rosen*, da war sich mancher nächtliche Spaziergänger sicher, würden es die Angler am nächsten Morgen schwer haben, überhaupt irgendwas an die Angel zu bekommen.

Henriette Hellbrecht feierte ihren fünfundsiebzigsten Geburtstag. Wie es einer vermögenden Dame ihres Zuschnitts gebührte, hatte sie vom fernen Bad Münstereifel aus Ausschau nach einem spektakulären Schauplatz für diesen festlichen Anlass gehalten und war schließlich auf die Rurseeflotte verfallen. An Bord versammelten sich im schwindenden Abendlicht all die Menschen, die im unentwirrbaren Netz der Verpflichtungen und Verbindlichkeiten in Henriette Hellbrechts langem Leben wichtig geworden waren, und auch diejenigen, die den verwandtschaftlichen Beziehungen zufolge schlicht und ergreifend nicht ausgeladen werden konnten, obwohl es die Jubilarin zu gerne getan hätte.

»Noch zehn Minuten bis zur Abfahrt«, schnarrte sie mehr zu sich selbst als zu ihrem Neffen Herbie, der gelangweilt an die Tür zum Vordeck gelehnt stand. Tante Hettie musterte ihn von Kopf bis Fuß und wieder zurück und flüsterte entrüstet: »Kein Schlips, kein Scheitel ... Wäre das zu viel verlangt gewesen?«

»Der Fahrtwind ...«, murmelte Herbie entschuldigend.

Seine Tante stieß nur einen entmutigten Seufzer aus. »Mäßige dich mit dem Alkohol. Du weißt, dass du das Zeug nicht verträgst. Am Ende siehst du wieder Leute, die gar nicht da sind.«

»Keine Sorge, Tantchen, das ist lange vorbei.«

Seine Tante runzelte skeptisch die Stirn und schloss die Rechte entschlossen um den Knauf ihrer silbernen Krücke. »Und die Hände aus den Taschen! Das gibt Pilz an den Fingern!«

Jahrelang hatte ihr Neffe in dem Wahn gelebt, er befinde sich in fortwährender Begleitung eines großen, dicken Mannes. Davon war er einfach nicht abzubringen gewesen. All die teuren Therapien hatten dann schließlich dazu geführt, dass er am Ende doch noch geheilt wurde.

Ihr Neffe Herbert Feldmann war jedenfalls ein nie versiegender Quell der Aufregung für sie. Sie kümmerte sich um ihn, seit ihn der Autounfall seiner Eltern zur Vollwaise gemacht hatte, und nach seinem Nervenzusammenbruch und einer lange währenden psychischen Krankheit war sie sogar zur Treuhänderin seines nicht unbeträchtlichen Vermögens bestimmt worden. Es verging kein Tag, an dem sie ihren Neffen nicht verwünschte, weil er so ganz anders war, als sie sich einen Neffen vorstellte. Er war unzuverlässig, versponnen und ein Pechvogel erster Güteklasse. Mit ihm war einfach nichts anzufangen. Seit er sich nach einem längeren Aufenthalt in München wieder in die Eifel und somit in ihren Dunstkreis zurückgewagt hatte, hatte sie wenigstens das Gefühl, ihn wieder in der Nähe und halbwegs unter Kontrolle zu haben. »Im Übrigen soll ich dich von deiner Cousine aus München grüßen.«

»Von Nina?« Herbie schrak auf.

»Wie viele Cousinen hast du in München?«

»Wo ist sie? Ich meine ... wann kommt sie?«

»Sie kommt nicht. Sie feiert an diesem Wochenende ihre Verlobung. Ihr Anruf erreichte mich gestern.« Seine Tante riss plötzlich die Hand in die Höhe und brach in spontanen Jubel aus. »Nein, ist das die Möglichkeit!« Sie winkte frenetisch mit der Krücke. Herbie konnte gerade noch ausweichen. »Die liebe Margot kommt. Und auch die Resi und ihre Schwester Almut.«

Von der Reling wankte ein Trio über den Landungssteg, bei dem nicht ersichtlich war, wer da nun wen stützte. Gebückte Gestalten in grellbunter Seniorensommermode, bewaffnet mit Gehstöcken und behängt mit glitzerndem Angeberschmuck. Als sie die Jubilarin entdeckt hatten, rissen sie ebenfalls gleichzeitig die Gehhilfen zum Gruß in die Luft und gerieten gefährlich ins Schlingern.

»Ich wünsche heute Abend kein Aufsehen, Junge, hörst du! Ich befehle dir, dich einmal in deinem Leben gesittet zu benehmen, hast du mich verstanden?«, zischelte Tante Hettie, ohne den Blick noch einmal zu ihrem Neffen zu wenden. Dann steuerte sie mit ausgebreiteten Armen auf andere Neuankömmlinge zu, die sich gerade die Stufen vom Unterdeck heraufquälten. Vom Band ertönte Heino.

»Was soll ich denn schon falsch machen«, murmelte Herbie mutlos. »Soll ich eine von den alten Schachteln aufreißen? Oder mich vielleicht mit einem von den Opas prügeln.«

Er wandte sich seufzend um und trat durch die gläserne Tür auf das Vordeck. Im schwindenden Abendlicht lehnte eine Gestalt an der Reling. Jemand, dessen Kleidung durchaus dem Dresscode des Abends entsprach. Ein großer, massiger Mann mit grauem Bart, der mit unglaublich gelangweiltem Gesichtsausdruck auf den See hinausblickte. Jemand, den nur Herbie Feldmann sehen konnte. Jemand, der ihn seit Jahren begleitete, und den alle Welt für ein Produkt seiner kranken Fantasie hielt.

»Hast du das gehört, Julius? Sie kommt nicht. Es wird heute Abend kein Wiedersehen mit Nina geben.«

Julius seufzte und drehte den Kopf herum. *Nun ja ...* Er setzte die geringschätzigste Miene auf, die er zustande bringen konnte, und deutete mit einer ausladenden Handbewegung auf die versammelte Gesellschaft im Inneren der Kajüte. *Hab Nachsicht, mein Bester. Sieh dir das an. Wärst du extra deswegen aus München angereist?*

Herbie vergrub die Hände wieder tief in den Hosentaschen und begann, die metallene Reling mit den Spitzen seiner ausgetretenen Schuhe zu bearbeiten. »Sie hat sich verlobt, Julius.«

Julius schnaufte, zum Zeichen, dass er die Botschaft in ihrem vollen Umfang begriffen hatte.

»Und sie hat es nicht einmal für nötig befunden, mir etwas davon zu sagen«, schickte Herbie grimmig hinterher. Er stellte sich neben seinen unsichtbaren Begleiter und blickte auf den See hinaus. Es tat immer noch weh, wenn er an Nina dachte. Er wusste natürlich, dass das mit ihnen niemals etwas Dauerhaftes hätte werden können. Er war vielleicht wunderlich, aber keinesfalls dumm. Doch wenn er die Vernunft beiseite schob, dann blieb immer noch das schmerzhafte Gefühl einer verlorenen Liebe.

»Wahrscheinlich wollte sie mir nur nicht weh tun«, brummelte er.

Wahrscheinlich.

In diesem Moment quälte sich der blecherne Klang der Schiffsglocke durch die Klänge von Freddy Quinns *Junge, komm bald wieder* und mit einem kleinen Ruck begann die *Stella Maris* ihre Fahrt. Unter spitzen Schreien gerieten die älteren Semester unter den Gästen ins Wanken, ruderten mit ihren Armen durch die Luft und schafften es, bis auf zwei oder drei steinalte Herren, nicht umzukippen.

Herbie wandte sich um und ließ seinen Blick über die versammelte Gesellschaft gleiten. Es gab nichts daran zu rütteln: Der Abend würde zum Gähnen langweilig. Er war hier mit Abstand der Jüngste. An einem der Tische entdeckte er Tante Hetties Bridgekränzchen und ihren schwulen Hundefriseur. Am Büfett erkannte er ihren Anwalt aus Köln, dessen blank polierter Schädel die anderen Gäste um Längen überragte, und vom Unterdeck stolperte gerade ungelenk der Bürgermeister von Tante Hetties Heimatstadt Bad Münstereifel herauf, der ebenfalls zu ihren Günstlingen gehörte.

»Ich habe eine famose Idee, Julius.«

Das würde mich aber sehr wundern.

»Ich bin mir ziemlich sicher, dass ich diesen Abend nur im Zustand völliger Trunkenheit überstehen werde.«

Da widerspreche ich nicht. Bedauerlich, dass mir diese Möglichkeit versagt bleibt, seufzte Julius, während er seine silbern glänzende Taschenuhr betrachtete.

»Keine Sorge. Ich werde für dich mittrinken, mein treuer Freund.«

* * *

Etwa eine Stunde später hatte Herbie sich gerade auf einer der hölzernen Bänke auf dem Vordeck niedergelassen, hielt eine Kölschstange umklammert und hatte begonnen, mit einer Münze Striche in den weißen Lack der Reling zu ritzen. Neun große für die Kölsch und vier kleine für die Schnäpse.

»Wir kommen voran, Julius«, murmelte er, als er plötzlich aus den Augenwinkeln beobachtete, wie seine Tante mit raschen Schritten auf die Glastür zugesteuert kam. Voller Panik warf er das Glas samt Inhalt über Bord.

Schau, wen sie im Schlepptau hat. Ist das nicht dieser sympathische Anwalt aus Köln?

In der Tat schritt der braungebrannte Dr. Pottkämper hinter Tante Hettie her. Als die beiden dann vor Herbie standen und prüfend ihre Blicke auf ihn richteten, wurde ihm noch mulmiger. Hier stand ein Pärchen, das ihm viel Ärger bereitet hatte. Pottkämper war damals für seine Entmündigung zuständig gewesen. Als Ratgeber von Tante Hettie hatte er damals ganze Arbeit geleistet. Mit strahlend weißen Zähnen grinste er zu Herbie hinunter, der unbeweglich auf der Bank saß, weil er fürchtete, man könne seinen Alkoholpegel erahnen. Pottkämper schien bester Laune zu sein. Er ließ seine Rechte kollegial auf Herbies Schulter hinuntersausen. »Das ist ja nun schon 'ne ganze Weile her, was, Feldmann?« In seiner Glatze spiegelte sich das Mondlicht. Er wirkte sportiv und munter. Herbie wusste, dass er leidenschaftlicher Tennisspieler war. »Geht Ihnen wieder ganz gut, was? Ihre Tante lobt sie in höchsten Tönen. Das hör ich gern. Ganz gern.«

»Der Junge gibt sich Mühe«, schnurrte Tante Hettie falsch.

Pottkämper reckte den Kopf in den lauen Fahrtwind und zündete sich im Schutze der flachen Hand ein Zigarillo an.

»Sie leben jetzt wieder in der Eifel, Feldmann?«

Herbie nickte. »Heimaterde und so ... Sie wissen schon.« Was wollte dieser aufgeblasene Fatzke?

»Hillesheim?«

»Richtig.«

»Sie kennen Ripsdorf? Das ist nicht weit von da.«

»Ripsdorf?«

»Genau. In der Nähe von Blankenheim. Etwas weiter süd...«

»Ich kenne Ripsdorf.«

Julius war inzwischen an Pottkämpers Seite getreten und stand grinsend und mit verschränkten Armen zwischen ihm und Tante Hettie, das Haupt von Pottkämpers Zigarilloqualm umwölkt. *Spielt ihr jetzt Stadt-Land-Fluss?*

»Herrn Dr. Pottkämpers reizende Tochter wohnt nämlich da«, schnarrte Tante Hettie.

»So, wirklich?«

»Cornelia. Ich glaube, Sie haben sich bislang noch nicht kennen gelernt.« Pottkämper deutete mit dem Daumen hinter sich. »Sie ist nicht sehr gesellig. Ich habe sie mit hierher gebracht, weil ich dachte, ein bisschen Trubel könnte ihr ganz gut tun. Sie lebt ja da oben am Arsch der Welt, wissen Sie?«

Herbies Unruhe wuchs. All das hörte sich an, als liefe es auf eine Eheanbahnung oder etwas Ähnliches hinaus. Alles, was er herausbrachte, war ein tonloses »Soso«.

»Sie ist mit ihrem eigenen Auto hier und eigentlich wollten wir in Heimbach im Hotel *Klostermühle* übernachten, so wie alle anderen. Aber jetzt hat sie sich in den Kopf gesetzt, heute doch noch zurückzufahren, aber sie kann nicht gut ... naja, das Fahren im Dunkeln ... nun ja, mein Töchterchen Cornelia ist quasi nachtblind. Und da frage ich Sie jetzt mal geradeheraus: Können Sie meine Tochter vielleicht zurück fahren? Sie sind doch ohne Fahrzeug hier.« Pottkämper zeigte ein strahlend weißes Lächeln, von dem man nicht auf Anhieb erkannte, dass sich dahinter ein mit allen Wassern gewaschener Winkeladvokat verbarg, der Herbie nötigenfalls mal wieder mit einer zünftigen Entmündigung oder Ähnlichem gefügig zu machen versuchen würde. Tante Hettie ging da schon weniger diplomatisch vor. Sie starrte ihren Neffen durchdringend an und ihr Blick verriet, dass ein Nein damit gleichzusetzen war, dass er augenblicklich auf dem Rursee kielgeholt werden würde.

Hatten wir nicht die Aussicht auf ein hübsches Zimmer im Hotel? Hattest du dich nicht auf eine warme Badewanne und ein üppiges Frühstücksbüfett gefreut? Wehr dich, mein Bester!

Herbie hätte in der Tat fast all seinen Mut zusammengenommen und »Nein!« gesagt, aber während die beiden Inquisitoren auf ihn einredeten, hatte unterdessen sein Blick im Inneren des Schiffes eine Gestalt ausgemacht, die so völlig aus dem Rahmen dessen fiel, was da drinnen hustete, herumhumpelte und seine dritten Zähne in Kaviarschnittchen grub.

Das Kleid, das diese Frau trug, war schneeweiß und schmiegte sich atemberaubend eng an einen Körper, der Fantasien ins Kraut schießen ließ. Sie mochte etwa dreißig Jahre alt sein und strich sich immer wieder die üppige schwarze Lockenpracht zurück. Kein Zweifel. Das war niemand aus Tante Hetties Bekanntenkreis, den Herbie bislang hatte kennen lernen dürfen. Und als sie sich plötzlich ganz kurz von ihrem Gesprächspartner, einem Greis aus Tante Hetties Abiturklasse, abwandte und einen neugierigen Blick und ein zaghaftes Lächeln zu der kleinen Personengruppe auf dem Vorderdeck hinauswarf, da sah sich Herbie in Gedanken bereits im schnittigen Sportwagen zu schmissiger Musik durch die nächtliche Eifel donnern. Und er ahnte auch schon, wo er seine rechte Hand hinlegen würde, wenn er nicht gerade schalten musste.

Julius schien seine Gedanken zu lesen, denn er sagte entrüstet: *Soso, und schon ist Nina in Vergessenheit geraten. Elender Herzensbrecher. Treuloser Don Juan!*

Fast hätte Herbie, dessen Blick immer noch an der jungen Frau klebte, etwas geantwortet, hätte gesagt, dass die Sache mit Nina seit einem Jahr vorbei, dass ihre Verlobung als eine Art endgültiger Schlussstrich zu verstehen und dass überhaupt diese ganze Heimlichkeit eine symbolische Ohrfeige sei. Stattdessen schrak er nach ein paar Augenblicken zusammen, sah die Blicke seiner Tante und ihres Anwalts auf sich gerichtet und sagte freudig: »Aber natürlich, gerne!«

Ruchloser Schürzenjäger! Gewissenloser Lustmolch!

Herbie erntete von Dr. Pottkämper einen letzten, erschütternden Schlag auf die Schulter und ein »Fein, Feldmann. Macht tatsächlich fast den Eindruck, als sei mit Ihnen wieder alles in Ordnung!« Dann steckte er ihm, so lässig es ging, einen Hunderter in die Brusttasche seines ausgeleierten Poloshirts.

Nachdem Dr. Pottkämper sich umgewandt hatte und wieder zu den anderen Gästen hineinging, zischte Tante Hettie noch: »Wenn dem Mädchen auch nur ein Haar gekrümmt wird, werde ich dafür sorgen, dass man endlich wieder diese Elektroschockmethode einführt. Zu meiner Zeit hat man in der Behandlung solcher Fälle wie dir damit tadellose Ergebnisse erzielt!«

Und dann beobachtete Herbie, wie Pottkämper drinnen mit ausgebreiteten Armen auf die schwarzhaarige Schönheit zusteuerte, die sich sogleich an ihn schmiegte und ihm einen lang anhaltenden Kuss mitten auf den Mund gab, während er seine braungebrannten Hände um ihren weißbetuchten Allerwertesten schloss. Dann löste sich Pottkämper aus der Umarmung und winkte in die Menge hinein, woraufhin sich eine plumpe, bebrillte Gestalt näherte, die eher widerwillig der Geste ihres Vaters folgte, der sie mit Nachdruck auf das Vordeck verwies. An dieser Gestalt schien nichts so recht zum anderen zu passen, ohne dass Herbie genau ausmachen konnte, was genau nun diesen

Eindruck ausmachte. Es mochte das orange gefärbte, struppige Kurzhaar sein, oder aber auch der runde Bauch, der sich unter dem grobmaschigen Wollpullover hervorwölbte und von einem glitzernden Nabelpiercing gekrönt wurde.

»Cornelia«, flüsterte Herbie.

Voll daneben, feixte Julius.

Heino sang:

»Caramba, Caracho, ein Whisky
Caramba, Caracho, ein Gin
Verflucht, sacramento, Dolores
Und alles ist wieder hin.«

2. Kapitel

Jost Spilles gab ein Zeichen und im nächsten Augenblick wurde ein Wasser über den Tresen geschoben. Bläschen stiegen auf. Es prickelte auf seiner Hand, als er danach griff und rasch trank, bevor die Kohlensäure sich verflüchtigt hatte. Diese schale, handwarme Suppe mochte er nicht. Es musste frisch und sauer sein.

Heute Abend war nicht viel los in der Kneipe. Einer aus dem Dorf feierte seinen Fünfzigsten. Spilles war nicht eingeladen. Grillfleisch fand er sowieso zum Kotzen. Er trank lieber in Ruhe sein Wasser und guckte der Bedienung zu. Das Gedudel des Spielautomaten drängelte sich immer wieder zwischen die Wortfetzen von Hofmanns Alli und den anderen Männern von der Baufirma, die am anderen Ende der Theke soffen.

Sie lachten immer alle, wenn er sich Wasser bestellte. So was war für die einfach komisch. Damals hatten sie ihm prophezeit, dass er nie wieder in die Kneipe würde gehen können, ohne einen Rückfall zu erleben. Sie hatten gesagt, er solle mal lieber schön zu Haus bleiben und fernsehen, sonst wäre er im Nu wieder an der Flasche. Ein paar hatten versucht ihn anzuspitzen. Sie hatten ihm Korn ins Wasser gekippt und solche Scherze. Dann hatte er es ohne große Worte über die Theke gehalten und ins Spülwasser gekippt. Irgendwann hatten sie dann Ruhe gegeben.

Alles war damals gleichzeitig passiert: Der Job bei der Zeitung war weg, und dann das mit Miriam und diesem Typen vom Kreisbauamt. Und dann hatten sie mitten im Sommer, mitten am helllichten Tag, mitten im Dorf ihr Kind überfahren.

Andere fingen bei so was mit dem Saufen an. Er hatte aufgehört.

Er hatte geglaubt, dass er das alles nur begreifen könne, wenn er klar in der Birne sei. Und dieses eine Mal hatte er dann sein Leben in die richtige Bahn gelenkt.

Wenn man ihn so auf dem Hocker an der Theke sitzen sah, dann hätte man meinen können, es sei bereits zu spät gewesen. Jost Spilles war sechsundvierzig, aber mit den tiefen Furchen im Gesicht und mit dem eisgrauen Pferdeschwanz sah er mindestens aus wie sechzig. Gebückt, stoppelig, mit einem Zucken im linken Augenlid.

Aber für ihn war es noch nicht zu spät gewesen. Er hatte seither begonnen klar zu sehen.

Dafür war Miriam jetzt diejenige, die soff. Ihr Bauamtsfuzzi hatte sie vor zwei Jahren abserviert und jetzt zog sie mit einem durch die Gegend, den sie bei einem Weinfest an der Mosel kennen gelernt hatte. Wenn Spilles den beiden in Tondorf bei einem Fest oder sonst wo begegnete, hatte der Typ immer seine Zunge in Miriams Mund. Spilles trank dann seinen Sprudel und lachte still in sich hinein.

Einmal war er Miriam auf dem Friedhof begegnet. Sie hatte ein fettes blaues Auge, das die Sonnenbrille nicht zu verbergen vermochte. Sie legte einen geschmacklosen Blumenstrauß auf Jennifers kleines Grab und fragte: »Wie geht's dir?«

Spilles hatte mit den Schultern gezuckt und gefragt: »Und dir?« Und sie hatte ebenfalls mit den Schultern gezuckt und war wieder abgezogen.

Seit er Wasser trank, ging es ihm tatsächlich besser.

Er schrieb kleine Artikel über Goldhochzeiten und Schützenfeste, zu denen die Kollegen aus Euskirchen nicht extra rausfahren wollten. Das reichte für die kleine Wohnung am Ortsausgang Richtung Blankenheim.

Spilles war nicht glücklich, aber er hatte sich eingerichtet.

Neben ihm schwang sich Starks Huppert auf einen freien Barhocker. Huppert roch wie immer aufdringlich nach einem Alt-Herren-Rasierwasser. Auf seinen bleichen Wangen waren kleine, leuchtend rote Kratzer vom Rasieren zu sehen. Huppert hatte bis jetzt allein an einem Tisch neben dem Pokalschrank gesessen und sich einem Kreuzworträtsel gewidmet – so, wie er das hier öfter zu tun pflegte.

»Tach, Jost«, sagte er mit seiner leicht näselnden Stimme. Viele dachten an einen Schwulen, wenn sie ihn sahen. Tatsächlich war Huppert ein alter Junggeselle, aber es ging die Geschichte rund, dass er ab und zu in der Nähe der am Autobahnende postierten Bumsmobile der Prostituierten gesehen worden war.

Jost Spilles grüßte zurück. »Nicht auf dem Geburtstag?«

Huppert lächelte ein fischiges Lächeln. »Ach, weißt du ...« Er sprach immer sehr geziert. Er sammelte alte Postkarten und gefiel sich in der Rolle des Hobbyhistorikers, der gerne etwas über Tondorf und seine Geschichte zum Besten gab. »Du weißt doch, ich mache mir nichts aus diesen Gartenfesten.«

Jost winkte der Bedienung und Huppert bekam ein Kölsch und einen Korn hinübergeschoben.

Er prostete Jost zu. »Viel zu tun?«, fragte er, nachdem er einen langen Schluck Kölsch und den Korn heruntergespült und danach genüsslich geschmatzt hatte. »Ich meine, passiert denn im Moment was, was man veröffentlichen kann?«

Spilles lachte trocken. »Was soll schon sein? Wir sind in Tondorf. Hier ist die Eifel. Als Journalist hat man hier hart zu knabbern.«

»Und diese Sache im Wald bei Esch ...«

»Der tote Ami?«

»Genau der.« Huppert trank wieder genüsslich. »Toll, was? Ich habe heute Morgen davon im Radio gehört. Da müsste man mal was drüber schreiben. Da steckt doch ein Schicksal dahinter. Was treibt so einen dazu, so was zu tun?«

Spilles dachte bei sich: Ein Schicksal ... ein Schicksal ... Guck dich an, du Fischgesicht, und guck mich an, den Wassersäufer. Wer will schon Schicksale?

»Wäre das nicht was?«, fragte Huppert beharrlich.

»Da sind doch schon alle anderen dran. Da hat sich garantiert schon Hamburg dahintergeklemmt. Hinterher ist es noch ein entfernter Vetter von George Bush und sie kriegen irgendwie den Dreh zum Golfkrieg. Nichts für mich.« Spilles betrachtete seinen Thekennachbarn. Mannomann, Huppert, dachte er bei sich, was finde ich bloß so ätzend an dir? Es mochte Hupperts selbstgefälliges Gehabe sein, das ihm so gegen den Strich ging. Der Kerl arbeitete in Gerolstein als Telefonist in einem Büro und doch tat er so, als sei er das Zentrum des gesellschaftlichen Lebens von Tondorf. Er wohnte bei seiner verwitweten Schwester und fuhr einmal im Jahr in den Urlaub nach Fernost, und Jost verdrängte jeden Gedanken daran, was er da wohl so anstellte, wie er da wohl so rumstolzierte, mit seinem grauen Kurzhaarschnitt, der hochgereckten spitzen Nase und den weißen Händen. Huppert war kein Mensch, mit dem er besonders gerne an der Theke saß.

Umso mehr verblüffte es ihn, dass Huppert sich mit einem Mal zu ihm wandte, mit einer seiner weißen Hände in einem Anflug von Kumpelhaftigkeit leicht seine Schulter berührte und sagte: »Jost, irgendwie habe ich dich schon immer besonders gut leiden können, weißt du das?«

Jost grunzte ein bisschen verlegen und betrachtete aus den Augenwinkeln den alten Schwätzer, der den Kopf ein wenig in den Nacken gelegt hatte und ihn auf seine überhebliche Art wohlwollend anlächelte.

»So eine richtig gute Geschichte, das wäre doch was.«

»Gibt's hier nicht.«

»So eine, mit der man zeigen kann, dass man ein Topjournalist ist.«

»Jaja.«

Wieder war da diese flüchtige, klamme Berührung. Spilles ekelte sich. Er wollte gerade erklären, dass es ihm jetzt lieber wäre allein zu sein, als Huppert sagte: »Ich werde an dich denken. Du weißt ja, ich höre viel ...« Und als Spilles nicht sofort reagierte: »Nicht wahr, das weißt du doch?« Mit einem viel sagenden Lächeln setzte er wieder das Bierglas an die Lippen und spülte den Rest hinunter.

Dann sagte er mit ausgesuchter Höflichkeit Dank für das spendierte Getränk und hob zum Abschied grüßend die Hand, bevor er zum Haupteingang hinaus verschwand. »Du wirst von mir hören, wenn es soweit ist. Der Ami. Denk dran: Der Ami!«

Jost Spilles blickte ihm hinterher. Er war verunsichert. Irgendetwas war mit diesem alten Schleimer heute anders als sonst. Fast hatte er das Gefühl gehabt, wenn er sich noch ein wenig geduldiger angestellt hätte, wenn er nur eine Spur mehr Interesse gezeigt hätte, dann hätte ihm Huppert eine Geschichte erzählt. Vielleicht sogar mal nicht eine von diesen naseweisen Histörchen, mit denen er normalerweise aufwartete.

Kurz entschlossen trank er sein Glas leer, zählte die Striche auf dem Deckel aus und legte abgezähltes Geld auf die Theke.

Mit einem Mal verspürte er eine nagende Unruhe. In seiner guten Zeit hatte er immer auf das gehört, was von innen heraus zu ihm gesprochen hatte. Das war lange her. Heute Abend tat es gut zu spüren, dass da noch irgendetwas war.

Als er die Tür aufschob und in die Nacht hinaustrat, in der die Mücken um die Wirtshausreklame tanzten, beobachtete er gerade noch, wie Stark um die nächste Straßenecke verschwand. Er hatte die Hände hinterm Rücken verschränkt und streckte die vorwitzige Nase in die Nachtluft.

Spilles wollte ihn rufen, aber etwas hielt ihn zurück. Er beschleunigte stattdessen seine Schritte, um Stark einzuholen. »Erzähl mir deine Geschichte, Huppert. Ich höre zu«, flüsterte er vor sich hin. »Ich will jetzt eine Geschichte hören.«

Da durchpflügte mit einem Mal ein Motor die nächtliche Stille. Er heulte auf und kam dröhnend näher. Das Geräusch schien von überall her gleichzeitig zu kommen und doch erkannte Spilles, dass es nur von der Hauptstraße herrühren konnte. Er begann zu laufen.

Etwas wühlte in seiner Erinnerung. Er hatte Angst vor dem, was er sehen würde, wenn er die Hausecke erreicht hatte.

Er sah sein Kind und er sah ein Auto ...

Plötzlich schepperte etwas. Ein dumpfes, blechernes Dröhnen, ein abgehackter Aufschrei, das Geräusch von etwas, das zerbarst, brach, zerplatzte. Und dann entfernte sich das Fahrzeug mit aufdröhnendem Motor. In Richtung Autobahn, vermutete Spilles.

An der Hausecke blieb er keuchend stehen.

Da lag etwas im Dunkeln auf der Fahrbahn. Gekrümmt, unförmig, reglos.

Spilles zögerte nur einen kurzen Augenblick.

Das war nicht sein Kind. »Das ist nicht Jennifer, die da liegt. Das ist ein Mann. Nicht Jennifer, nicht Jennifer, ein Mann, verdammt! Ein Mann!«, flüsterte er tonlos, während er langsam auf den Körper zustolperte.

Starks Huppert war an den gegenüberliegenden Rand der Fahrbahn geschleudert worden, geradewegs in die Einbuchtung vor dem Dorfsaal. Er lag auf dem Rücken. Sein Bauch war eine blutige Masse, in die sich im Schmerz seine rechte Hand hineingewühlt hatte. Seine Linke hatte er mit weit gespreizten, weißen Fingern vom Körper abgewinkelt. Seine Beine waren merkwürdig gekrümmt.

Als Spilles neben ihm auf die Knie sank, betrachtete er fasziniert den Brustkorb, der sich unstet hob und senkte. Stark keuchte. In der Stille der Nacht klang es wie das Zischen einer Schlange. Starks Augen nahmen den Journalisten ins Visier. Etwas flackerte in ihnen. Spilles erkannte es wieder. Sie waren in fieberhafter Eile damit beschäftigt, die letzten Bilder einzusammeln. Die letzten Bilder vor dem Dunkel.

Dann quoll Blut aus dem Winkel von Starks dünnem, schmallippigen Mund hervor. Es wurde rasch mehr und als plötzlich die Linke des Sterbenden zu ihm hinaufschoss und ihn mit einer letzten Kraftanstrengung an seinem Hemdkragen nach unten zog, da bildete sich tiefroter Schaum auf den Lippen und die platzenden Bläschen sprenkelten Blut in Spilles' Gesicht.

»Angerufen«, glaubte Spilles aus dem Röcheln herauszuhören, das der Mann auf dem nachtschwarzen Asphalt von sich gab. Nur ein einziges Wort: »Angerufen.«

Dann wurde der Griff schlaff, die Augen hielten in ihrer Suche inne und der Kopf sackte langsam zur Seite.

* * *

Es war spät, als die *Stella Maris* schließlich wieder am Ufer anlegte. Wie spät, das konnte Herbie nicht genau sagen, da er nicht mehr imstande war, das Zifferblatt der Uhr richtig zu lesen.

Cornelia Pottkämper war seit ihrer ersten Begegnung auf dem Vordeck nicht mehr von seiner Seite gewichen. Ihr anfänglicher Widerwille gegen die Kontaktanbahnung durch ihren Vater war der schieren Freude gewichen, endlich einen Gesprächspartner jüngeren Semesters unter all den der Demenz zugefallenen Greisen gefunden zu haben. Drei Stunden lang hatte sie unaufhörlich auf Herbie losschwadroniert, sodass selbst Julius kaum Gelegenheit gefunden hatte, etwas einzuwerfen. Cornelia hatte ein durchdringendes, schrilles Organ und es gab kaum ein Thema, dem sie auswich. »Weißt du, ich hatte schon ein paar Jungs, aber das waren bislang allesamt solche Langweiler, dass es manchmal richtig wehtat. Den Letzten habe ich vor zwei Monaten abgeschossen. Seine alten Liebesbriefe habe ich in ein Päckchen, adressiert an seine neue Freundin, gesteckt, und seinen Kram, den er noch bei mir rumliegen hatte, habe ich im Internet versteigert.«

Spätestens als sie Herbie über den Rand ihres Sektglases das hinüberschickte, was sie vermutlich für einen verführerischen Blick hielt, und flüsterte: »Du, ich find dich total süß«, wusste Herbie, dass es brenzlig wurde.

Sie trägt Plateausohlen, sie hat Hennatatoos an den Fingern, sie findet dich süß – Sie hat wirklich einen exquisiten Geschmack.

Herbie war schließlich geflohen, das heißt, er hatte es versucht. Vom Vordeck zum Büfett, von dort zur Tanzfläche, die Treppen hinauf und hinunter und wieder und wieder von vorn. Aber es gab kein Entrinnen von dieser schwimmenden Insel des Terrors. Am liebsten hätte er die Fahrt im Maschinenraum verbracht.

Als einziger wirklicher Zufluchtsort vor dieser Landplage allerdings hatte sich die Herrentoilette erwiesen.

Trost fand er in diversen Alkoholika, die seine Odyssee säumten, und er hatte seine liebe Not, den ein oder anderen Schluck vor seiner Tante zu verheimlichen.

Jetzt stand er da, leicht schwankend, nachdem er im Strudel der an Land strömenden Festgesellschaft verzweifelt einen letzten Fluchtversuch gewagt und zwischen Tante Hetties Gästen dreimal der Länge nach auf dem Landungssteg hingeschlagen war. Aber es gab kein Entrinnen.

»Und im Tal die Edeltraut möcht' so gerne mit mir gehn. Edel – Edel – Edeltraut«, jauchzte Heino und Edeltraud Nelles, die alte Mutter von Tante Hetties Landschaftsgärtner ging fast über Bord, weil drei Opas sie vor lauter Übermut in die Luft wirbeln wollten.

Julius stand da, wie ein Fels in der Brandung zwischen all den völlig enthemmten Rentnern, die, bis zum Rand abgefüllt mit Maibowle, an Land wankten und deutete mit schadenfroher Miene in Richtung Schiff, wo Cornelia freudig herumhüpfte und »Juhu, Herbie! Hier!« schrie.

Hinter den Glasscheiben winkten fröhlich Dr. Pottkämper und die rassige Schöne, die sich in Cornelias Erzählung als ihre Stiefmutter herausgestellt hatte.

Herbie startete einen letzten Fluchtversuch, strauchelte ein weiteres Mal und unter dem zahnlosen Gelächter der Umstehenden fand er sich plötzlich vor Tante Hetties Füßen wieder. Sie hatte sich am Ende des Stegs postiert und nahm die Parade ab. Missbilligend betrachtete sie ihren Neffen, der sich mühsam erhob, und gerade wollte sie, angesichts der Tatsache, dass ihm in diesem Augenblick ein leeres Bierglas aus der Brusttasche rutschte und zersplitterte, zum verbalen Vernichtungsschlag ausholen. »Meine Geduld ist zu Ende! Ich habe keine Sekunde dieses Abends genießen können, weil ich pausenlos darauf achten musste, dass du nicht irgend...«

In diesem Augenblick kam mit schweren Schritten Cornelia angaloppiert und packte Herbie unter den Armen. »Ihr Neffe ist sooo süß, Frau Hellbrecht. Ich bin ja so froh, dass er mich nach Hause fährt.« Und als die alte Dame nicht recht zu verstehen schien, setzte sie noch augenzwinkernd hinzu: »Er ist ein echter Gentleman« und zerrte den wehrlosen Herbie mit sich hinauf zur Kaimauer.

Julius folgte den beiden in angemessenem Abstand. Von hinten waren sie wirklich ein besonders unansehnliches Gespann. Die fast quadratische Cornelia, die sich resolut die Schlotterärmel hochgekrempelt hatte, und der wehrlose, schmächtige Herbie, der neben ihr her wankte.

»Das ist ja mal ein schönes Paar, was Hettie?«, fragte der neunundsiebzigjährige Leiter einer Privatklinik in Bad Oeynhausen versonnen und zwinkerte aufgeregt hinter seinen Brillengläsern. »Da möchte man doch glatt noch mal ...« In einem Anflug von Verwegenheit versuchte er kühn, seiner früheren Spielkameradin die knochige Hand um die Hüfte zu legen. Aber Tante Hettie versetzte ihm nur einen schmerzhaften Krückenhieb gegen das spröde Schienbein und zischte aufgebracht: »Bist du noch bei Verstand, Walter? Da bahnt sich doch wieder eine Katastrophe an! Er wird das Mädchen völlig verderben!«

Herbie stolperte durch die Nacht. Nur sehr undeutlich nahm er Cornelias Griff wahr, mit dem sie ihn – am linken Arm fassend – langsam in Richtung Parkplatz führte. Schemenhaft nahm er Fliegenpilze, groß wie kleine Gartenhäuser, um sich herum wahr und gerade als er das Gefühl hatte, mitten in einen surrealen Albtraum, inszeniert von Fritz Lang, hineingeraten zu sein, realisierte er, dass er sich in einem Märchenpark befand, in dem bei Münzeinwurf im Inneren der Pilzgebäude Frau Holle und ähnliche Märchengestalten ihre Geschichte zum Besten gaben.

»Schau nur! Schneewittchen!«, jauchzte Cornelia an seiner Seite. »Ist das nicht putzig!«

Selbst im Zustand völliger Umnebelung konnte Herbie erkennen, dass diese heruntergekommenen Belustigungsapparaturen vom Zahn der Zeit reichlich angeknabbert worden waren. Das Schneewittchen hinter der halb blinden Glasscheibe sah aus wie eine mottenzerfressene Operettenprinzessin, der die Plastikhände im Hundertachtziggradwinkel von den Armen abstanden. Herbie wurde es wieder übel. Und das besserte sich keineswegs, als er im Guckfensterchen das Spiegelbild Cornelias erkannte, das die Scheinwerfer eines vorbeifahrenden Autos erhellten.

»Mein Vater hat mir erzählt, dass du ganz komische Sachen machst«, sagte sie. Im Hintergrund spielten ein paar ausgelassene Senioren um die Pilzhäuschen herum Verstecken.

Julius betrachtete das Treiben der Alten mit sorgenvoller Miene. *Wenn hier einer von diesen Greisen nicht rechtzeitig gefunden wird, bleibt er wahrscheinlich für immer verschwunden.*

»So völlig komische Sachen«, fuhr Cornelia fort. »Er sagt, du sprichst mit Leuten, die gar nicht da sind. Und du bist schon mal einem echten Mörder begegnet. Und einem Toten und so.«

Herbie riss sich vom Anblick Schneewittchens los, dem die Farbe von den Backen bröckelte, und wankte weiter in Richtung Parkplatz. Dazu galt es, die extreme Steigung einer Treppe zu überwinden. Er nahm das ohne Zögern in Angriff. Alles, was das Zusammensein mit dieser Unperson verkürzte, war ihm willkommen.

Es war dein eigener Wille. Du hättest schließlich Nein sagen können und lägst jetzt schon im weichen Hotelbettchen.

»Ich habe auch schon mal eine Leiche gesehen«, plapperte Cornelia weiter, während sie auf einen giftig grünen Panda zusteuerte, der unter einer Laterne geparkt stand.

Während er sich auf den Beifahrersitz fallen ließ, stieß Herbie noch ein »Ich denke, du bist nachtblind« hervor, und Cornelia lachte.

»Ach, Papa ... der macht sich immer unnötige Sorgen. Es ist ihm gar nicht recht, dass ich so ganz allein tief in der Eifel lebe. Er will mich nur nicht ohne Begleitung durch die Nacht fahren lassen, das ist alles.«

Julius hatte sich auf dem Rücksitz breit gemacht. Herbie vernahm von hinten undeutlich sein amüsiertes Grunzen. *Und da gibt er ihr ausgerechnet den Universalversager mit auf den Weg. Verzeih, mein Freund, aber das ist doch eine absurde Situation.*

Als der Panda sich über enge Kurven durch den finsteren Kermeter südwärts schlängelte, sackte Herbies kraftloser Körper auf dem Beifahrersitz hin und her. Nach und nach wurde es dämmriger um ihn herum und schließlich ging das Bild der auf die Windschutzscheibe zurasenden Straßenmarkierungen nahtlos in einen wilden Traum über, in dem es im Wesentlichen um den Rursee, um eine weinende Cousine Nina am Ufer und um eine bärtige Tante Hettie in Kapitänsuniform ging, die mit einer Champagnerflasche nach ihm warf, um ihn zu taufen.

Dieses wüste Szenario fand erst ein Ende, als mit einem Mal alles totenstill wurde, als das Geräusch des Motors erstarb, sodass Herbie aus seinem Schlaf hochschreckte. In dem Moment, in dem er Cornelias strahlendes Gesicht, gespenstisch illuminiert von der Innenbeleuchtung des Autos, ganz nah vor sich sah, glaubte er zunächst, der Albtraum sei immer noch nicht zu Ende.

Als er aber Julius Stimme vernahm, wusste er, dass er wach war: *Das ist das Ende deiner Unschuld, mein Freund. Dies ist ein einsamer Waldweg und du bist völlig wehrlos. Der Alkohol hat dich geschwächt. Sie wird dir Gewalt antun.*

Um sie herum war dichter, schwarzer Wald. Der unbefestigte Weg, auf dem sie standen, verlor sich weiter vorne in der Schwärze der Nacht.

Dies war nicht Ripsdorf und es war auch nicht Hillesheim. Herbie war mit einem Mal hellwach.

»Wo sind wir?«, stieß er hervor. »Haben wir eine Panne?«

Cornelia schüttelte den Kopf und schob die Brille den Nasenrücken hinauf. »Ich will dir nur rasch was zeigen.« Sie gluckste amüsiert.

Genau wie ich vermutet habe. Diese rothaarige Versuchung wird dich nicht davonkommen lassen .

»Cornelia, hör mir zu, ich will ...«

»Nenn mich doch Neli. Das tun all meine Freunde.«

»Neli, ich will nach Hause. Ich bin sehr betrunken.«

»Gleich, gleich. Zuerst will ich dir was zeigen!«

Herbie wurde von Panik gepackt. »Wo sind wir?«

»Im Wald zwischen Waldorf und Esch. Komm, steig aus.« Sie hüpfte aus dem Wagen und trat in das Scheinwerferlicht, dessen Kegel zwischen die umstehenden Baumreihen strahlte. Als Herbie keine Anstalten machte, ebenfalls auszusteigen, kam sie um das Auto herumgelaufen. Für einen Augenblick dachte er daran, rasch die Tür zu verriegeln, sich hinter das Steuer zu werfen und abzuhauen, aber als Julius entrüstet ausrief: *Du wirst doch nicht!*, hatte Cornelia schon die Tür aufgerissen und ihn am Arm herausgezerrt.

»Hier war es«, zischte sie und tat geheimnisvoll. »Genau hier an dieser Stelle.«

Die kühle Nachtluft traf Herbie wie ein Hammer. Das plötzliche Aufspringen tat das Übrige. Um ihn herum drehte sich alles. Die Stämme der angrenzenden Bäume spielten Karussell.

»Was denn?«, brachte er mit Mühe heraus. »Um Himmels Willen, was denn?«

»Als ich heute Morgen hier vorbeigefahren bin, war hier alles voller Polizeiautos. Aber jetzt ist nichts mehr zu sehen. Ein alter Ami. Ein Tourist, der sich hier in seinem Auto umgebracht hat, so haben sie's heute im Radio gemeldet. Nun sag mal ehrlich: Ist das nicht spannend?« Verwirrt blickte sie an ihre Seite, wo Herbie längst nicht mehr stand. »Herbie?«

Herbie stolperte auf das Gestrüpp am Wegesrand zu. Zu seiner Linken erkannte er schemenhaft eine große Basaltstele mit einem eingehauenen Apostelstab und einem Beil. Sie mussten sich am alten Pilgerweg der St. Matthias-Bruderschaft bei Waldorf befinden. Er spürte, wie langsam etwas in ihm hochstieg.

Oho, ich glaube fast, du willst dir alles noch mal durch den Kopf gehen lassen!, feixte Julius, der locker hinter ihm her schritt, ohne dass auch nur ein Zweiglein unter seinen blank polierten, schwarzen Schuhen knackste.

Herbie torkelte auf Farn und Blätter zu, schob sie mit beiden Händen auseinander, beugte sich schwankend nach vorne und – blickte in diesem Moment mitten hinein in ein blasses Gesicht mit weit aufgerissenen Augen, in denen sich die Scheinwerfer von Cornelias Auto wiederspiegelten.

Ein panischer Schrecken durchfuhr ihn und er taumelte ein paar Schritte zurück. Die Gestalt atmete heftig ein und aus. Es war eine Frau. Sie mochte etwa sechzig Jahre alt sein. Ihre Lippen murmelten unaufhörlich unverständliche Silben vor sich hin. Auf dem Kopf trug sie eine grüne Mütze, an der zahlreiche Glitzersteinchen und Pins festgesteckt waren, und auch sonst war ihre Kleidung mit allerlei Strass und Reflektoren und Glanzbildchen geschmückt.

»Ich habe nix gesehen!«, flüsterte die Frau schließlich panisch. »Egal, was die anderen alle sagen. Ich habe überhaupt nix von dem mitgekriegt, was die da gemacht haben!« Und langsam entfernte sie sich nach hinten und verschwand im nächsten Moment im dichten Laub. Herbie stand wie gelähmt da, nahm noch schemenhaft wahr, wie der glitzernde Schmuck, der an der Kleidung der seltsamen Gestalt befestigt war, hie und da in der Ferne kurz aufblitzte und schließlich ganz verschwand.

Er vergaß für einen Moment sogar, was er eigentlich vorgehabt hatte und fühlte sich ungewöhnlich nüchtern.

Julius beugte sich zu Herbie hinunter und blickte ihm tief in die Augen. *Das nennt man wohl eine flüchtige Bekanntschaft, oder?*

Als Cornelia sich geräuschvoll näherte, sagte Herbie matt: »Da war eine Frau. Die hat überall geglitzert. Jetzt ist sie weg.«

Und Cornelia jauchzte begeistert: »Das ist es also, was mein Papa gemeint hat.«

Herbie sah sie fragend an und musste wieder würgen.

»Du siehst Leute, die gar nicht da sind!«

3. Kapitel

Herbie wünschte sich oft Tage herbei, an denen Julius' höhnisches Vollmondgesicht nicht das Erste war, was er zu sehen bekommen würde, wenn er erwachte. Dieser Wunsch ging leider nur sehr selten in Erfüllung.

An einem Morgen, dem die rücksichtslose Vernichtung einer üppigen Auswahl verschiedenster Alkoholika in unterschiedlichen Dosierungen vorangegangen war, war es immer besonders schlimm.

Heute aber trug Julius ein ganz besonders schadenfrohes Grinsen zur Schau.

Junge, Junge. Wie zerknittert du aussiehst. Heute hast du unglaublich viele Entfaltungsmöglichkeiten.

»Lass mich in Ruhe, Julius. Ich muss aufs Klo und dann schlafe ich noch sechzehn bis siebzehn Stunden.«

Julius grinste still in sich hinein. Seine roten Bäckchen glühten geradezu vor boshaftem Vergnügen. Herbie hätte ahnen müssen, dass irgendetwas im Busch war.

Erst ein Klimpern im Nebenraum riss ihn aus der Lethargie.

»Was war das, Julius?«

Julius kratzte sich in gespieltem Unwissen am Hinterkopf und murmelte: *Wer kann das sein? Ein Mäuschen? Die kleinen Heinzelmännchen?*

Herbie sprang aus dem Bett, rieb seinen schmerzenden Nacken und zurrte die Boxershorts hoch, die ihm fast um die Knie flatterten. Er taumelte über den kleinen Flur in seine Wohnküche.

Was ihn dort erwartete, hätte idyllisch sein können. In der Kaffeemaschine blubberte leise das heiße Wasser durch die verkalkten Leitungen. Im Sonnenlicht, das durch das Küchenfenster hereinfiel, leuchteten goldgelb die Brötchen im Korb und Aufschnitt war liebevoll auf einen Teller drapiert worden. Die Krönung hätte das kleine lachsfarbene Röschen sein können, das in einer Sprudelwasserflasche steckte. Aber das Zentrum des Idylls bildete Cornelias struppiger, roter Schopf, der über den Rand der ausgebreiteten Tageszeitung hervorleuchtete.

Herbie räusperte sich, da er einfach nicht wusste, was er Sinnvolles von sich geben sollte. Und die Zeitung sank augenblicklich.

Ähnlich wie vorhin Julius strahlte Cornelia geradezu von innen heraus.

»Hallo Herbie, ich hätte nicht gedacht, dass du so früh wach wirst.«

»Ich bin noch nicht wach. Ich träume noch.«

»Ja, nicht wahr?« Ihr Grinsen wurde einen Deut breiter. »Wann hast du zuletzt beim Aufstehen so ein Frühstück vorgefunden? Du hattest ja überhaupt nichts im Kühlschrank. Ich war schon im Edekaladen und habe mal das Nötigste eingekauft. Da stand eine Tüte Milch drin, die ist seit sechs Monaten abgelaufen und schon fast rund wie ein Fußball. Ich hab mich nicht getraut sie rauszuholen.«

Herbie hätte gerne gesagt, dass es ihm seit vier Monaten genauso erging. Er hätte gern gesagt, dass er eigentlich zu diesem Zeitpunkt vorgehabt hatte, ein opulentes Hotelfrühstück in sich hineinzuschaufeln, und dass er lachsfarbene Rosen nicht mochte. Aber das Einzige, das er hervorbrachte, war: »Wo kommst du her?«

Sie kicherte haltlos und schob sich die Brille zurecht. »Ich hab doch hier übernachtet!«

Herbie blickte sich Hilfe suchend nach Julius um.

Sieh mich nicht so vorwurfsvoll an. Mich trifft schließlich keine Schuld. Ich habe auf dich eingeredet, aber der Alkohol hat die Handvoll Gehirnzellen, die dir noch verblieben sind, restlos außer Gefecht gesetzt.

»Jetzt setz dich erst mal«, sagte Cornelia energisch, während sie ein Messer in ein Brötchen bohrte, dass die Krümel nur so durch die Luft tanzten. »Ich schmier dir ein Brötchen. Willst du Wurst oder Käse?«

Kraftlos ließ Herbie sich auf einen Stuhl sinken und bekam von Cornelia sogleich eine Tasse Kaffee hingeschoben.

»Schwarz? Milch? Oder bist du ein Süßer?« Für die Art, mit der sie das letzte Wort lang zog und ihn dabei anhimmelte, hätte er ihr am liebsten die bereits gebutterte Brötchenhälfte ins Gesicht gedrückt. Aber er war zu schwach und nicht fähig zur Gegenwehr. Daher ließ er ihre geballte Zärtlichkeit mutlos über sich ergehen.

Sie reichte ihm die Zeitung hinüber. »Der *Kölner Stadt-Anzeiger* berichtet und auch die *Kölnische Rundschau* und der *Trierische Volksfreund*: Es war eine alte deutsche Armeewaffe. Muss man sich mal vorstellen. Guck hier, der *Stadt-Anzeiger* hat sogar ein Foto vom Toten und von der Waffe, mit der er's getan hat. «

»Was?« Herbie rieb sich gepeinigt die Augen. Die Buchstaben der aufgeschlagenen Zeitungsseite zertanzten vor seinen Augen.

»Der Selbstmord. Der Ami! Eine alte deutsche Wumme aus dem Weltkrieg! David Nizer hieß er. So haben sie's auch gestern Morgen im Radio gesagt. Das hatten sie schnell raus, weil er doch all seine Papiere im Auto hatte. – Bierschinken oder Sülze?«

Ein Zeitungsfoto zeigte eine dunkle Waffe mit schlankem Lauf. Die Überschrift lautete: »US-Urlauber tot auf dem Waldweg«.

»Oder Leberwurst?«

»Cornelia ...«

»Neli!«

»Neli. Ich will keine Wurst!«, seufzte Herbie gequält.

»Käse? Ich hab Edamer, Camembert, Edelschimmel ...«

»Ich brauche diese Tasse Kaffee hier und drei bis vier Aspirin! Aufgelöst in irgendwas.« Kaum hatte er es ausgesprochen, hatte Neli schon begonnen in Schränken und Schubladen nach den gewünschten Tabletten zu suchen. Herbie ließ sie gewähren, da ihm das Zeit zum Nachdenken bescherte.

»Hör mal«, murmelte er, während er in die fassungslose Betrachtung ihres unförmigen Körpers versunken war. »Übernachtet? Ich meine ... Du hast ... Wo ...?«

Soll das ein ordentlicher deutscher Satz sein? Sing es, dann klappt es vielleicht besser.

Neli warf einen kessen Blick über die Schulter. »Keine Sorge, ich weiß genau, was du denkst. Du brauchst dich nicht zu schämen. Ich habe auf dem Sofa gepennt.«

Mit einem unüberhörbaren Seufzer führte Herbie den Kaffee zu den Lippen und schlürfte.

»Nicht gerade riesig, deine Wohnung.«

Oh, bei klarem Wetter kann man bis zum Fenster sehen.

»Ich weiß natürlich, was du vorhattest«, kicherte Neli. »Aber du warst ja viel zu betrunken.« Sie quiekte freudig auf, als sie eine Schachtel Aspirin fand. »Und du hast dauernd was von dieser Frau gebrabbelt, die du gesehen hast.«

»Da war eine Frau.«

»Genau das, was mein Vater mir erzählt hat.«

»Da war wirklich eine Frau!«

Das Telefon klingelte. Das schrille Geräusch bohrte sich unbarmherzig in Herbies Hirnwindungen. Als er abhob, ließ das Geräusch nicht nach, es verwandelte sich nur in

Tante Hetties schrille Stimme: »Hast du das Mädchen nach Hause gebracht?«

»Guten Morgen, Tante Hettie.«

»Ob du das Mädchen nach Hause gebracht hast, will ich von dir wissen!«

Herbie nahm zitternd das Wasserglas entgegen, in dem vier Brausetabletten umeinander tanzten. Das Rauschen mischte sich unter die Beschimpfungen seiner Tante. Es klang wie ein alter Volksempfänger.

»Dr. Pottkämper versucht schon den ganzen Morgen, seine Tochter zu erreichen. Völlig umsonst. Was ist passiert? Was hast du nur wieder angestellt?«

»Ich habe sie ... sie ist ...«

»Ich habe hier übernachtet!«, flötete Neli dazwischen. »Bei Ihrem Neffen. Machen Sie sich bloß keine Sorgen!« Dann drückte sie Herbie ein Brötchen mit Sülze in die Hand.

Am anderen Ende blieb es einige Sekunden still. Herbie war das nicht gewohnt. Er fragte leise: »Tante Hettie?«

»Ich habe dich gewarnt. Wenn du dem Mädchen ein Leid antust, dann ... dann ...« Ein lautes Klacken am anderen Ende beendete abrupt das Gespräch.

In diesem Moment packte Herbie die Wut. Er stürzte seinen Genesungstrank in einem Schluck hinunter und schlug mit der flachen Hand auf den Tisch. »Jetzt reicht's! Was hast du eigentlich vor? Meine Tante hält mich für einen Verführer und du nutzt meine Wehrlosigkeit aus, um dich hier in meiner Wohnung einzunisten! So läuft das nicht! Ich bin doch nicht bekloppt. Ich habe gestern Nacht diese Frau gesehen! Ich hätte ihr beinahe auf die Schuhe gekotzt und sie hat mit mir geredet. Sie hat so allerlei Flitter und Glitter und Katzenaugen und Reflektoren am Leib getragen. An der Mütze, am Mantel ...«

Für einen Augenblick hatte es so ausgesehen, als habe Herbies Schimpftirade Neli in einem hellen Moment erwischt und ihr deutlich gemacht, dass sie hier auf dem falschen Dampfer war. Aber schon wenige Sekunden später erhellte sich ihre Miene wieder und sie sagte erfreut: »Glitzerkram? Reflektoren?«

Herbie nickte. »Genau. Überall. An der Mütze, am ...«

»Etwa sechzig Jahre?«

Er zuckte verblüfft mit den Schultern. »Kann schon sein. Ja, vielleicht so um die Sechzig rum.«

»Und was hat sie gesagt?«

»Sie hat gesagt, dass sie nichts beobachtet hat. Sie hat es geradezu beteuert. Sie sagte, sie habe nichts von dem mitbekommen, was *die* da gemacht haben.«

Neli schlug mit der Faust in die flache Hand. Hinter ihren dicken Brillengläsern funkelten ihre Augen plötzlich ungewöhnlich lebhaft. »Gar kein Zweifel. Das war Lämpchen.«

»Lämpchen?« Herbie ließ sich wieder auf den Stuhl sinken.

»Lämpchen. Die Frau, die du heute Nacht gesehen hast. Das kann nur Lämpchen gewesen sein.«

»Komischer Name.« Herbie biss gedankenverloren in sein Brötchen. »Lämpchen ...«

»Ist auch 'ne komische Type. Leicht neben der Spur. Sie wohnt in einer alten Jagdhütte im Wald und Lämpchen heißt sie wegen ihrem Glitzerkram und so. Sie hat panische Angst, aus Versehen von irgendwelchen Jägern erschossen zu werden. Deshalb hat sie sich allerlei solcher Dinger auf die Klamotten genäht. Jeder in Esch kennt Lämpchen.«

»Und was macht sie nachts im Wald?«

»Wie ich schon sagte, lebt sie da. Gar nicht so weit von da entfernt, wo sie den Amerikaner gefunden haben. Lämpchen streift dauernd durch die Natur. Sie liebt Tiere.

Eigentlich ist sie ganz liebenswert. Halt nur ein bisschen spleenig.«

Süß, dass sie so was gerade dir erklärt. Wo doch im Lexikon unter »Spleen« dein Foto abgedruckt ist.

Nelis Blick wanderte an der Zimmerdecke entlang, und Herbie wollte gerade Luft holen, um sie zu fragen, ob alles in Ordnung sei, als sie erkennend hauchte: »Sie hat etwas gesehen.«

»Moment mal, wenn sie ...« Herbie vermied aus naheliegenden Gründen seit jeher Begriffe wie »verrückt« und »bekloppt«.

Ein Riss in der Marke? Ein Sprung in der Schüssel? Ein weicher Keks? Ist es das, was du sagen willst?

Herbie verschluckte den Rest des Satzes und ließ stattdessen nur viel sagend den Zeigefinger an der Schläfe kreisen.

Aber Neli war nicht von ihrer plötzlichen Eingebung abzubringen. Sie holte mit dem Messer aus und köpfte unbarmherzig ein Ei. »Ganz klar. Sie hat beobachtet, was ›die‹ da im Wald getan haben. So hat sie sich doch ausgedrückt. Kein Zweifel. Da stimmt doch was nicht!« Sie nahm die Zeitung und riss mit zwischen die Lippen eingeklemmter Zunge den Artikel über den Freitod des Amerikaners heraus und steckte ihn in die Hosentasche. Dann streute sie sehr zärtlich ein wenig Salz auf den Dotter und schob den Eierbecher samt Inhalt zu Herbie hinüber. »Und jetzt lass uns schnell zu Ende frühstücken. Mein Vater hat ja so Recht gehabt. Mit dir kann man herrliche Abenteuer erleben.«

Herbie betrachtete fassungslos, wie sie das feiste Kinn auf die Faust stützte und mit einem tiefen Seufzer in die liebevolle Betrachtung seiner Person versank. Er starrte auf das Ei, auf ein Brötchen mit Sülze und erkannte schemenhaft Julius, der vor der schmutzigen Fensterscheibe stand und Nelis Geste nachahmte.

Wir werden viiiel Spaß miteinander haben.

4. Kapitel

Der große Künstler, der jedes Jahr die Eifel mit den prächtigsten Farben seiner Palette ausstattete, steckte mitten in seiner »Gelben Periode«. Das Leuchten der Ginsterbüsche, die dieser Landschaft ihr unverwechselbares Äußeres verliehen, ging beinahe nahtlos über in das wogende Gelb der Rapsfelder.

Eigentlich war es Herbies liebste Zeit. Das helle, junge Grün schäumte in den Wäldern zwischen den alten Fichten hervor und alles verströmte ein Gefühl des Aufbruchs und der Erneuerung, roch frisch gewaschen und frisch gebügelt. Aber heute zog die Landschaft nur an ihm vorbei wie ein blasser, verwackelter Super-8-Film.

»Lämpchen hat eine Wohnung in Alendorf, aber wenn ich das richtig verstanden habe, steht die vollkommen leer. Sie lebt eigentlich in einer alten Jagdhütte. Ein Naturfreak, weißt du? Es gibt ja so Leute, die brauchen kein fließendes Wasser. Ich bin beim Spazierengehen da mal vorbeigekommen. Eigentlich ist das ja ganz malerisch, aber, stell dir das mal vor: bei Wind und Wetter, bei Frost und Hitze ... also nee, für mich wär das nix.«

»Und du? Wo wohnst du?«

Neli lächelte schelmisch. »Du kannst es wohl gar nicht erwarten, in meine Wohnung zu kommen, was?«

Herbie verdrehte gequält die Augen. »Neli, also, ich ...«

»Alles zu seiner Zeit. Ich habe eine hübsche kleine Wohnung in Ripsdorf, direkt an der Hauptstraße.«

»Und warum bist du in die Eifel gezogen?«

Sie ist importiert worden. Als Beitrag zum Wettbewerb »Unser Dorf soll schöner werden«. Alle Ripsdorfer haben zusammenge-

legt, und als sie im Paket ankam, wollten sie zuerst die Annahme verweigern.

Neli druckste herum. »Das war wegen diesem Perser. Zuerst habe ich gedacht, das wäre die ganz große Liebe. Aber der Kerl wollte immer nur eins. Immer nur ...« Sie verschluckte den Rest und Herbie spürte, wie sich seine Nackenhärchen aufrichteten, als er einen scheuen Blick zu ihr hinüberwarf. Es gab Dinge, die wollte er sich nicht vorstellen. »Und wo ist der Perser jetzt?«

»Auf seinem fliegenden Teppich abgedüst. Mit sechshundert Knoten pro Quadratdezimeter.« Sie lachte schallend los und der Wagen geriet gefährlich weit aufs Bankett, sodass Herbie sich angstvoll am Haltegriff festklammerte. »Gleich sind wir da«, rief sie gut gelaunt.

»Hast du einen Job?«

»Nö.«

»Papa zahlt alles, was?«

»Ich suche noch was Passendes«, sagte Neli mit Nachdruck. »Es ist gar nicht so leicht, hier was zu finden, weißt du. Ich will doch nicht an der Käsetheke landen oder an der Tanke. Ich habe ja schon so ein paar Sachen ausprobiert, aber irgendwie fühle ich mich ständig unterfordert. Und du? Warum arbeitest du nicht?«

»Hab allerhand versucht, aber das war dann doch nix.«

Oh ja, wir erinnern uns. Es ist ja so ein Spaß zu beobachten, wie ungeschickt ein einzelner Mensch sich anstellen kann!

»Tante Hettie verwaltet mein Geld. Dein Vater wird's dir erzählt haben. Jeden Monat überweist sie mir ein paar Bröckchen davon aufs Konto. Aber, was brauche ich auch schon zum Leben ...«

Sie hatten ein Feld nahe dem Waldstück erreicht, in dem Herbie noch vor wenigen Stunden aus Angst vor einer

Vergewaltigung Blut und Wasser geschwitzt hatte. Neli lenkte das Fahrzeug in einen Feldweg. »Von hier an geht's zu Fuß weiter.«

Seufzend tat Herbie das, was er bereits den ganzen Morgen praktizierte: Er fügte sich in sein Schicksal. Gegen die Vorsehung anzukämpfen erfordert Mut und Kraft, und mit diesen beiden Waffen war er an diesem Tag nur mangelhaft ausgerüstet. Mit hängendem Kopf folgte er der pausenlos schwadronierenden Neli über den holprigen Weg. Julius schüttelte missbilligend den Kopf, während er neben Herbie her spazierte. *Sie hat dich schon im Griff, mein Teuerster. Aber vielleicht ist es ja genau das, was du brauchst. Eine Frau, die anpackt. Eine, die dir mal ordentlich die Flötentöne beibringt. Eine, die dir mal so richtig zeigt, wo ...*

»Da vorne müssen wir lang. Und dann ist es auch nicht mehr weit.« Neli wies auf eine Lücke zwischen den Bäumen. »Da geht's rein.«

Herbie konnte nicht umhin, ihre Entschlossenheit zu bewundern. Sie stapfte durch das kniehohe Gestrüpp und entschied sich an den Weggabelungen mit einer bewundernswerten Selbstverständlichkeit für die jeweilige Richtung. An Entschlusskraft mangelte es dieser Person gewiss nicht.

Dafür aber an den meisten anderen Dingen.

»Von manchem hat sie aber wiederum zu viel«, wisperte Herbie grinsend seinem unsichtbaren Begleiter zu und deutete auf Nelis enormes Hinterteil, das vor ihnen her wackelte.

Er spürte, wie sich seine Laune langsam besserte. Die frische Luft und die Düfte des Waldes sorgten dafür, dass sich sein körperlicher Gesamtzustand langsam stabilisierte. Er beschloss, das Ganze als heiteren Ausflug mit ungewissem Ausgang zu betrachten.

Wer nichts erwartet, ist nicht enttäuscht.

»Wer nicht zu sehen ist, hat nichts zu melden«, zischte Herbie.

Neli blieb plötzlich stehen, stemmte stolz die Hände in die Hüften und trompetete: »Wir sind da!«

Die Hütte duckte sich unter die mächtigen Laubbäume und man konnte ihr deutlich ansehen, dass sie das offensichtlich schon seit vielen Jahrzehnten tat. Das alte Holz war moosgrün geworden, auf dem Dach kräuselten sich Flechten und aus der Regenrinne guckten struppig dürre Grasbüschel hervor.

Wäre da nicht dieses Glitzern in den schwarzen Höhlen der Fenster gewesen, hätte man an der unscheinbaren Behausung glatt vorbeilaufen können. Als sie sich näherten, erkannten sie hinter den schmutzigen Scheiben Spiegelscherben, die an Schnüren baumelten und mit jeder Drehung kleine gleißende Blitze in den kühlen Halbschatten des Waldes schickten. Lämpchen schien in der Tat ein Faible für alles zu haben, was blinkte und funkelte. Selbst ein kleines, rostrotes Mofa, das im Schatten an die Wand der Hütte gelehnt stand, war mit Alufolie und Katzenaugen in allerlei Formen und Größen geschmückt.

Als Neli an die Tür klopfte, flatterte aus einem nahen Gebüsch ein Vogel und verschwand geräuschvoll im Blätterdach. Die Szenerie hatte etwas Unwirkliches.

Als die Tür nach der Berührung mit Nelis Knöchel langsam knarrend aufschwang, hielt Herbie den Atem an. Fast war er versucht, Neli beiseite zu schieben und sich den Vortritt zu verschaffen. Er wusste selbst nicht, was ihn dazu hätte veranlassen können: Neugier oder Ritterlichkeit? Wahrscheinlich beides. Aber Neli ließ es erst gar nicht dazu kommen. Als sich auf ihr Klopfen hin hinter der Tür nichts tat, trat sie ohne zu zögern ein.

Im Halbdunkel des Raumes entdeckte Herbie, der ihr in angemessenem Abstand folgte, weiteren Glitzerkram: Spiegelscherben, die an die Decke geklebt waren, große Gläser voller Murmeln auf den Fensterbänken, in denen sich das schwache, hereinfallende Licht hundertfach brach. Die Glasplatte eines alten Tisches, um den drei Stühle herumstanden, war mit Alufolie unterlegt worden.

Ihre Blicke wanderten durch den Raum und versuchten, sich einen Überblick über die skurrile Einrichtung zu verschaffen, und gerade sagte Julius: *Eine Kirmesbude ist doch glatt ein Mausoleum gegen diesen Kristallpalast*, als sich plötzlich im Halbdunkel etwas bewegte. Und dann erkannte Herbie wieder die weit aufgerissenen Augen und den panischen Gesichtsausdruck, der ihm schon in der vorherigen Nacht das Blut in den Adern hatte stocken lassen.

Lämpchen hatte sich, so eng es ging, an die rückwärtige Wand des Raumes gedrückt und war gewissermaßen mit der Dekoration verschmolzen. Sie hatte die Schultern hochgezogen und hielt sich steif wie ein Stock. In ihrer Rechten hielt sie eine alte, schwarze Bratpfanne aus Gusseisen.

O meiner Treu, die Dame ist bewaffnet! Sieh dich vor, Gesell! Bevor deine fahrigen Finger den Abzug gefunden, haben zehn Pfund Eisen deinen Schädel gespalten!

Herbie hob verlegen die Hand zum Gruß und murmelte. »Hallo, Frau ... äh ... wir kennen uns.« Fast hätte er »Frau Lämpchen« gesagt. Über ihre silbergrauen Locken hatte sie dieselbe grüne Mütze gezogen wie am Vorabend. Auch ihr Gesichtsausdruck war vor Furcht verzerrt.

Auch Neli gab sich betont jovial und präsentierte ihre Version eines strahlenden Lächelns. »Wir wollten dich mal besuchen kommen. Wenn du ein Telefon hättest, hätten wir vorher angerufen! Erinnerst du dich? Wir sind uns mal in

Alendorf auf der Kirmes begegnet.« Dann nahm sie sich einen der Stühle und ließ sich sehr entspannt darauf nieder. »Was machst du denn mit der Bratpfanne?«

Als Lämpchen die Person musterte, die sich da auf ihrem Stuhl niedergelassen hatte, huschte ein Schimmer des Erkennens über ihr Gesicht und im selben Augenblick erlaubte sie ihrem Körper sich zu entspannen. Sie ließ zischend die Luft entweichen. Die Bratpfanne sank, die Aufnäher auf ihrer dunklen Kleidung gerieten in Bewegung und glitzerten.

»Ich wollte mir eigentlich gerade ein paar Eier braten«, sagte die Frau, die Neli »Lämpchen« nannte, und betrachtete das kreisrunde Stück Metall. Ihre Stimme klang völlig normal. In diesem Augenblick verwandelte sie sich in eine absolut unscheinbare Frau in den Sechzigern. Und dann grinste sie verhalten zu ihnen hinüber. »Ihr dachtet wohl, ich wollte euch was tun, oder?«

»Ach was!«, Herbie machte eine wegwerfende Handbewegung. »Doch nicht mit einer Bratpfanne.« Er war erleichtert, dass sich die angespannte Situation so harmlos auflöste.

»Normalerweise schlage ich immer gleich zu«, sagte Lämpchen ernst. »Es ist nicht ungefährlich, allein hier zu leben. Alle wissen eigentlich, dass sie erst mal laut ihren Namen sagen müssen, bevor sie hier reinkommen.«

»Beim nächsten Mal«, versprach Neli.

»Wollt ihr auch was essen? Ich hab gerade beim Bauern in Waldorf frische Eier geholt.«

»Natürlich!«, rief Neli. Herbie winkte kategorisch ab.

Lämpchen verschwand in einer Nische zu ihrer Linken und während es klapperte und klimperte, war nur ab und zu ihr Rücken zu sehen. Zwischendurch erschien sie wieder auf der Bildfläche um einen Holzscheit für den Ofen zu besorgen. Fett zischte und wenig später duftete es köstlich.

Herbie spürte, dass sich ein beklemmendes Hungergefühl in seinem Magen breit machte. Aber als er zu Neli hinüberblickte und feststellte, dass sie ihn fortwährend anlächelte, beschloss er keine Schwäche zu zeigen.

»Sollen wir uns nicht ein bisschen nach draußen in die Sonne setzen?«, fragte Neli.

Einen Augenblick lang zögerte Lämpchen. Ihre Lider flackerten nervös und sie murmelte: »Nach draußen? Meint ihr wirklich? Nach draußen?«

»Ach ja, bitte.« Neli blieb auf ihre quengelige Art völlig unbeirrt. »Es ist doch sooo schön.«

Herbie bemerkte, wie ihre Gastgeberin sich innerlich einen Ruck gab und stumm mit dem Kopf nickend wieder zu ihrem Herd ging.

»Wir setzen uns raus«, verkündete Lämpchen kraftvoll, als sie wenige Augenblicke später mit zwei Tellern erschien, auf denen es verheißungsvoll dampfte. Sie trug die Teller mit viel Geschick in einer Hand, so, als habe sie Erfahrungen beim Servieren in der Gastronomie gesammelt. Draußen bekam Neli Besteck und Teller in die Hand gedrückt, während Lämpchen aus einem kleinen morschen Holzschuppen drei ebenso morsche Klappstühle zutage förderte.

5. Kapitel

Wenig später saßen sie gemütlich unter einem Dach aus jungen, zartgrünen Blättern und das Klappern der Gabeln auf dem Geschirr tönte durch die Stille. Es war sehr idyllisch.

»Wohnen Sie tatsächlich hier in dieser Hütte?«, fragte Herbie.

Lämpchen schmunzelte. »Eigentlich wohne ich ja im Haus meiner verstorbenen Eltern. In Alendorf. Aber hier fühle ich mich viel wohler. Das ist mein wirkliches Zuhause. Hier bin ich auch geboren worden.«

»Irgendwie hübsch. Sehr idyllisch.« Er kratzte sich am Hinterkopf und betrachtete die beiden Frauen, die mit fast simultan verlaufenden Bewegungen ihr Ei aßen. »Ganz schön gemütlich.«

»Ja.«

Julius betrachtete das Szenario mit verschränkten Armen und murmelte: *Seltsam, sehr seltsam. Ihr seht aus wie ein Gemälde von Monet. Aber warum ihr wirklich hier seid, das ist bislang noch mit keiner Silbe erwähnt worden.*

»Wovor haben Sie eigentlich solche Angst, Frau ... äh ... ?«, entfuhr es Herbie in diesem Moment. Er konnte später nicht mehr sagen, ob ihn sein Trotz oder das plötzlich auftretende Hungergefühl zu dieser unsensiblen Frage getrieben hatte. Neli ließ klirrend die Gabel fallen, mit der sie bis jetzt munter das Ei zerteilt hatte.

Wieder erstarrte Lämpchens Gesicht in jener angstvollen Miene, die Herbie nur zu gut kannte.

Herbie setzte nach. »Sie haben mir gestern Nacht gesagt, Sie hätten nichts gesehen.«

»Hab ich auch nicht«, presste Lämpchen hervor.

»Ich frage Sie jetzt noch mal: Vor wem haben Sie Angst?«

»Das kann ich nicht sagen.«

»Nicht?«

»Nein.«

»Sie haben mich heute Nacht zu Tode erschreckt!«

»Sie mich doch auch.« Ihre Stimme klang kläglich.

»Sie mich aber zuerst!«

»Ich war doch nur unterwegs im Wald. Da kamen Sie dann angefahren. Und dann kamen Sie auch noch auf mich zugestolpert. Kriegen Sie bei so was keine Angst?«

»Ich kriege unheimlich Angst, wenn ich merke, dass mich aus dem Gebüsch jemand beim Kotzen beobachten will!«

Neli verfolgte das Zwiegespräch mit offenstehendem Mund. Herbie imponierte ihr sehr. Eigelb klebte in ihrem Mundwinkel und Bewunderung sprühte aus ihrem Blick.

Herbie war aufgestanden und begann wütend auf und ab durch das Gestrüpp zu stapfen.

Du bist wütend. Das ist gut.

Eigentlich fühlte er sich nicht wohl bei dem Gedanken daran, dass er seine Wut über die Anwesenheit seiner unfreiwilligen Begleiterin an dieser armen Seele ausließ, die alt genug war, seine Mutter zu sein, und die ihm völlig schutzlos erschien. Und trotzdem konnte er nicht anders.

»Jetzt hören Sie mir mal gut zu. Da ist gestern dieser Mann in seinem Auto zu Tode gekommen. Erschossen. Das ist nicht schön. Da kann aber niemand etwas dafür. Sie auch nicht. Denn Sie haben ja nichts gesehen.«

»Stimmt.« Lämpchen zog mit den Zinken ihrer Gabel Schlieren durch das restliche Eigelb auf dem Teller. »Überhaupt nichts.«

»Nichts. Soso.« Er nickte nachdenklich. »Und vor wem haben Sie dann Angst? Wer hat Sie gesehen?«

»Keiner.«

»Und wer hätte Sie sehen können, als Sie gerade damit beschäftigt waren, nichts zu sehen?«

Lämpchens Lippen zitterten. Mit einem Mal sah sie um Jahre gealtert aus. Trotzige Falten hatten sich um Mund und Nase gelegt, als sie flüsterte: »Die Brocks.«

»Die Brocks?«, fuhr Neli hoch. »Was haben die denn mit dem toten Ami zu tun?«

»Wer, bitte, sind die Brocks?«, fragte Herbie hilflos.

Wahrscheinlich sind das possierliche, kleine, einheimische Pelztiere oder besonders nachtaktive Vögelchen, die man gerne in Ton backt, und die unsere Naturliebhaberin ...

»Die Brocks sind das Letzte«, konstatierte Neli und schob die letzte Gabel Ei in den Mund.

»Ich habe Angst vor denen.«

»Wer zum Teufel sind denn diese Brocks?«

»Heinz-Dieter und Fredo Brock sind fiese Schläger. Sie wohnen mit ihrer Mutter in Esch.«

Herbie ging auf Lämpchen zu und beugte sich zu ihr hinunter. Er zwang sich, seine Stimme zu dämpfen und war selber erstaunt darüber, dass es geradezu zärtlich klang: »Und was haben diese Brocks bei dem toten Amerikaner gemacht?«

Oho. Spielst du jetzt »Guter Bulle – Böser Bulle« in einer Person?

Lämpchen schwieg einen Moment, schickte gequälte Blicke von Herbie zu Neli und wieder zurück und hauchte: »Aber ihr erzählt nichts davon den Brocks, oder? Sie kommen sonst und hauen alles kaputt. Ich kenne die. Die tun so was.«

»Diese Brocks erfahren von uns kein Sterbenswörtchen.«

Über ihnen verursachte ein Vogel einen Laut, der wie ein schräges Kichern durch das Blätterdach schallte. Staub und winzige Tierchen wirbelten im aufgefächerten Licht der

Sonnenstrahlen. Lämpchen legte kraftlos den Kopf in den Nacken, schloss die Augen und seufzte: »Naja, sie haben das Auto transportiert. Und ich habe zugesehen. Ich war im Wald unterwegs, so wie meistens. Es gibt zwischen drei und vier eine Stunde, da kann ich ganz nahe an die Rehe heran. Das ist sehr schön, so still mit diesen Tieren im Wald zu stehen. Man kann ihren Atem hören, wissen Sie? Ich fahre sehr oft nachts mit meinem Mofa in die umliegenden Wälder. In den Kirchenbusch, ins Eichholz. Oder nach Nohn zum Wasserfall oder die alte Kiesgrube bei Dahlem. Und da stelle ich dann mein Mofa ab und werde ein Teil von dem, was da um mich rum ist. Ich werde dann Wald, verstehen Sie?« Sie stockte einen Moment und öffnete die Augen. Dann blickte sie Herbie ernst an. »Vor ein paar Jahren wäre ich fast einmal erschossen worden. Von so einem alten Kerl aus Düsseldorf, der es jedes Wochenende gerade noch die Leiter zu seinem Ansitz hinaufschafft. Seither schütze ich mich hiermit.« Sie drehte langsam den Kopf wie eine Betrunkene, und die Glitzerdinger an ihrer Mütze schickten taumelnde Lichtflecken in den Halbschatten.

»Und diese Brocks?«, fragte Herbie ungeduldig. »Was haben diese Brocks mit dem Auto gemacht?«

Lämpchen sammelte sich wieder und versuchte nun sehr konzentriert das Erlebte zu schildern. »Ich war, wie gesagt, im Wald. In der Ferne habe ich plötzlich einen Schuss gehört. Aber das war kein Schuss, wie er sonst immer nachts durch den Wald kracht, wenn ein Tier sterben muss. Er war leiser ... weniger ... weniger wie ein Todesschuss eben. Ich hatte mir schon vorgenommen, in die Hütte zurückzukehren oder mit dem Mofa nach Alendorf zu fahren, weil ich mich nicht wohl fühle, wenn die Totmacher im Wald sind, aber dann hörte ich ein Auto wegfahren. Und das hat mich beruhigt. Das ist oft so. Sie schießen und töten und dann geht ein Automotor und es ist wieder friedlich. Aber als ich dann etwa eine Viertelstunde später ... ich weiß es nicht mehr so genau, weil ich ja im Dunkeln die Uhr nicht sehen kann ... als ich also in die Gegend komme, von wo die Geräusche kamen, da sehe ich auf dem großen, breiten Waldweg unten an der Metallschranke die Brocks, wie sie gerade mit der Abschleppstange ein blaues Auto an ihren Pritschenwagen anhängen. Das ist eine Stelle, gar nicht weit weg von der Straße, die etwa einen Kilometer vom Waldweg entfernt ist, von dem Waldweg, wo dann später der Ami gefunden wurde. Da waren also die beiden Brüder: Der dicke Fredo und auch Heinz-Dieter mit dem Stoppelkopf. Ich habe gehört, wie sie geflucht haben, und ich habe gemerkt, wie wütend sie waren. Da habe ich mich vorsichtig zurückgezogen und habe nur noch still zugehört, was weiter passiert.«

Sie machte wieder eine Pause und reckte das linke Ohr ein wenig nach vorne, so, als lausche sie, was Fredo und Heinz-Dieter Brock im Dunkel der Nacht treiben.

»Ich hörte noch, wie sie Autotüren zuknallten. Ich hörte noch, wie sie langsam Gas gaben. Aber durch das Gebüsch habe ich keine Scheinwerfer sehen können, obwohl das eigentlich der Fall hätte sein müssen. Und dann waren sie weg.«

»War das das Auto, das man heute Morgen gefunden hat? Das ausländische Leihfahrzeug mit dem toten Amerikaner?« Herbie ließ sich von Neli den Zeitungsartikel geben und hielt ihn Lämpchen auffordernd vor die Nase.

Lämpchen zuckte mit den Schultern. »Das kann sein. Das kann durchaus sein. Ich habe mir auch gleich so was gedacht, als ich am Tag dann auf meiner Tour mit dem Mofa gehört habe, was passiert ist, und deshalb bin ich gestern

Abend auch mal an diese Stelle gegangen, wo sie das Auto gefunden haben.«

»Ich weiß«, knurrte Herbie unwirsch. »Ich erinnere mich schemenhaft.«

Neli kratzte sich mit ihrer Gabel im struppigen, orangefarbenen Haar. »Moment mal. Habe ich das richtig verstanden? Da war also ein Schuss. Dann fährt ein Auto weg. Wenig später sind da die Brocks, die ein blaues Auto an ihre Transportgurke anhängen. War in dem Auto jemand drin?«

Lämpchen zuckte mit den Schultern. »Ich war ja oben im Wald und hab auf sie runtergeguckt. Da konnte ich nicht ins Auto reinsehen.«

»Hatte das Auto ein ausländisches Nummernschild? War das schwarzweiß oder war da auch was Gelbes oder Rotes?«, fragte Herbie so einfühlsam es ging. »So rot oder gelb ... jedenfalls nicht schwarzweiß, nicht deutsch ...«

Lämpchen quittierte seine umständliche Hilfestellung mit einem verächtlichen Blick. »Ich weiß schon, wie ein ausländisches Nummernschild aussieht. Schließlich bin ich kein kleines Kind. Ja, es war eins. Es war ein ausländisches Auto. Rot-weiß.«

»Belgisch«, konstatierte Herbie.

»Und dann sind die Brocks weg damit?«, hakte Neli nach. Lämpchen nickte. Ihr Blick machte deutlich, dass sie selbst keinerlei Ahnung hatte, welchen Reim sie sich auf das Gesehene machen sollte.

»Und am Morgen wird die Karre an einer anderen Stelle einen Kilometer weiter gefunden und ein toter Ami sitzt drin«, murmelte Herbie nachdenklich.

Neli sprang so impulsiv auf, dass der Klappstuhl umkippte. »Ich wusste es doch. Da steckt ein Geheimnis hinter!« Sie hüpfte auf Herbie zu, verschränkte mädchenhaft die Hände hinter ihrem breiten Rücken und zwinkerte ihn verträumt an. »Ich hatte gleich das Gefühl, dass man mit dir jede Menge echt abgefahrener Sachen erleben kann.«

Herbie wandte sich verzweifelt wieder Lämpchen zu. »Wir müssen uns wirklich bei Ihnen bedanken, dass Sie uns das alles erzählt haben. Ich denke, wir werden uns diese Brocks mal vorknöpfen müssen.«

Lämpchen fuhr augenblicklich zusammen und erstarrte. In den langen Jahren ihrer Wanderschaft durch den Wald schien sie sich eine Art Mimikry angeeignet zu haben, mit deren Hilfe sie im körperlichen Erstarren die Wahrnehmbarkeit durch den Feind mit der Flinte lebensrettend verringern konnte.

Schau nur, ich glaube fast, sie wird gerade wieder Wald.

Herbie redete besänftigend auf sie ein: »Keine Sorge, Frau ... äh ... wir werden auch bestimmt kein Sterbenswörtchen über Sie verlieren.«

»Versprochen?«

»Versprochen! Wir erzählen Ihnen hinterher, wie's ausgegangen ist.« Er reichte ihr eine seiner billigen Visitenkarten, die er sich einmal im Kölner Hauptbahnhof an einem Automaten hatte drucken lassen, und auf denen er in den letzten Jahren mit Kuli bereits zweimal die Adresse korrigiert hatte. »Wenn Ihnen noch was einfallen sollte.«

Ist das nicht der Satz, den dieser Derrick auch immer gesagt hat? Muss hier jetzt einer den Wagen holen?

Zum Zeichen seiner Arglosigkeit streckte Herbie die Rechte aus um Lämpchen die Hand zu schütteln, und als sie in diesem Augenblick die Linke hob und sie ungelenk um seine Finger legte, bemerkte er zum ersten Mal, dass sie gar keine rechte Hand hatte. Direkt unterhalb des Ellenbogens ragte nur ein kurzer, fleischfarbener Stumpf aus dem grünlichen Pullover hervor.

Toller Zaubertrick. Das menschliche Auge ist ja so träge. Wo mag sie das Patschehändchen denn versteckt haben?

6. Kapitel

Jost Spilles ließ langsam den Blick durch den Raum schweifen. Er verspürte einen bitteren Geschmack unter der Zunge. Dies war das Zimmer eines alten Mannes, der in seinem Dasein nicht viel erlebt hatte. Starks Huppert war immer eine blasse Gestalt gewesen und ebenso blass erschienen die vier Wände, in denen er gelebt hatte. Es würde nicht lange dauern, dann würde auch die Erinnerung an ihn verblassen. So, wie es auch mit der Mustertapete geschehen war und mit den alten Fotos, die an den Wänden hingen.

Der Bildkalender mit Naturfotografien aus der Eifel, das goldgerahmte Kommunionsfoto des Neffen, das fixierte Puzzlespiel vom Königssee ... All das passte zu Huppert. Spilles sah sein Foto vor sich. Ein Foto, das er selbst geschossen hatte. Ein Zeitungsartikel, den er selbst vor vier Jahren geschrieben hatte, als Huppert sein vierzigjähriges Jubiläum im Möbelhaus in Gerolstein gefeiert hatte. Der Artikel hing gerahmt und vergilbt neben der Spiegelkommode.

Durch die offene Tür drang Blumenkohlgeruch aus der Küche herein. Hupperts Schwester Gertrud klapperte mit den Töpfen. Ab und zu hörte Spilles sie schniefen. Sie musste etwas tun, um sich vom Tode ihres Bruders abzulenken. Wahrscheinlich kochte sie auch heute für zwei Personen.

Huppert war in das alte Haus an der Rohrer Straße zu seiner Schwester Gertrud Brenner gezogen, als deren Mann gestorben war. Den Alfred hatte es im Alter von dreiundsechzig Jahren erwischt. Im Dorf sagte man, sie hätten ihn »direkt wieder zugemacht«. Das bedeutete, dass die Metastasen sich bereits im ganzen Körper ausgebreitet hatten. Huppert hatte damals seine kleine Wohnung in Rohr aufgegeben und war zu Gertrud gezogen. Es schien, als seien die beiden einander in den letzten Jahren eine Stütze im Kampf gegen die Einsamkeit gewesen.

»Hat er Post bekommen? Briefe oder so was?«, rief Spilles. Die Antwort aus der Küche kam zögerlich. Gertrud sagte gedehnt: »Ja, da war was vom Päul vor zwei Monaten. Der war im Urlaub und hat uns eine Karte geschickt. Aus der Türkei, glaube ich. Willst du sie sehen? Früher hat er öfter Postkarten gekriegt. Er hat die gesammelt. Die sind in einem von den Alben eingeklebt.«

»Lass nur!«, rief Spilles. Er suchte etwas anderes.

Dass Gertrud ihn so ohne weiteres hereingelassen hatte, war ein Glücksfall. Sie kannten einander, aber auch nun wieder nicht gut genug, als dass er in ihrem Hause ein- und ausging. Sie hoffte auf ein paar freundliche Zeilen, die er in der Zeitung über ihren toten Bruder verlieren würde. Er hatte ihr erzählt, dass der Huppert am Abend noch mit ihm an der Theke gesessen hatte und dass sie zusammen Pläne geschmiedet hätten. Spilles erzählte etwas von einem Artikel, den er über die heimatkundliche Arbeit ihres Bruders hätte schreiben wollen. Das hatte ihr gefallen. Sie hatte Spilles gern in Hupperts Zimmer gelassen.

»Willst du einen Kaffee?«, rief sie aus der Küche. Er wollte.

Hupperts Schrankwand quoll über von Büchern und Aktenordnern. Spilles warf ein paar Blicke hinein und kratzte sich am Kopf. Wenn es hier etwas zu finden gab, würde es Jahre dauern, bis er darauf stieß. Huppert hatte das ein oder andere schmale Heftchen zur Heimatgeschichte veröffentlicht und für den Eifelverein hatte er sogar drei Bildbände zusammengestellt, die bekanntermaßen sein ganzer Stolz waren, und die an exponierter Stelle in seinem Regal prangten: *Kirmesbräuche in der Westeifel* und *Luftkrieg über der Eifel* und *Römerfunde zwischen Aachen und Trier*. Ein dicker Ordner gleich daneben beinhaltete zahlreiche Unterlagen zur Tondorfer Kirche St. Lambertus, und dann gab es Schnellhefter zu allen möglichen Vereinen: zum Kirchenchor, zum Karnevalsverein, Fotostrecken von maskierten Narren am Rosenmontagszug, bis weit zurück in die Schwarzweiß-Zeit. Es gab offensichtlich kaum einen heimatkundlichen Oberbegriff, der Hubert Stark nicht interessiert hatte.

Ein Hefter schließlich enthielt Zeitungsartikel und Abhandlungen zu einem Thema, das die Einwohner des Ortes schon seit langer Zeit beschäftigte: die fehlende Ortsumgehung, die den Durchgangsverkehr ausdünnen sollte. Dass Huppert sich nun in die Strecke der Tondorfer Verkehrsopfer eingereiht hatte, würde dieser Bewegung am Ende sogar sehr nützlich sein.

Lustlos ließ Spilles die Seiten zahlreicher Bücher an seinem Daumen vorbeischnellen. Eifelliteratur. Ersponnenes und Erforschtes. Historie, Anekdötchen, Bildbände.

»Huppert, was wolltest du mir nur sagen?«, murmelte Spilles und rieb sich das Kinn. Seine Bartstoppeln knisterten leise.

Unter den Essensgeruch mischte sich samtiger Kaffeeduft. Entmutigt ließ er noch einmal den Blick durch den Raum gehen. Der kleine Fernseher, die Fernsehbeilage aus der Tageszeitung, das bestickte Kissen auf dem Schonbezug über der Bettwäsche.

Da war etwas, das plötzlich seine Aufmerksamkeit auf sich zog. Dem Apothekenkalender mit den bunten Bildern hatte er bislang keine gesonderte Beachtung geschenkt. Und doch hatte er plötzlich das erfrischende Gefühl, im letzten Moment noch auf etwas Interessantes gestoßen zu sein. Der

Monat Mai präsentierte sich mit einer pittoresken Darstellung der Ginsterblüte bei Schleiden. In schwarzen Blocklettern waren die Datumsziffern in der unteren Hälfte des Blattes abgedruckt. Am Datum des vorgestrigen Tages stand etwas geschrieben. Spilles beugte sich nach vorne. Huppert hatte ganz klein mit Bleistift etwas notiert. In einer zittrigen Altmännerschrift hatte er an diesem Datum eine Uhrzeit notiert: 14$^{\underline{15}}$ Uhr. Und dann stand da eine Telefonnummer. Spilles notierte sie rasch auf einem Zettelchen von Hupperts Schreibtisch.

»Dein Kaffee wird kalt«, rief Gertrud und stand plötzlich im Türrahmen. Sie hatte rotgeweinte Augen. Die Angst vorm Alleinsein musste furchtbar sein.

Spilles legte den Arm um ihre Schulter, als sie nach nebenan gingen.

»Er war ein guter Kerl«, sagte sie, als sie Büchsenmilch in ihren Kaffee goss. Dicke, goldgelbe Büchsenmilch. Der Kaffee schmeckte wunderbar. Gertrud schüttete noch kochendes Wasser auf das Pulver. Sie siebte dann den Satz heraus.

»Sag mal, Gertrud«, begann Spilles nachdenklich. »Hat dein Bruder vorgestern mal telefoniert?«

In einem normalen Haushalt wäre eine solche Frage aberwitzig gewesen, aber hier war ein Telefonat sicherlich nicht an der Tagesordnung. Gertrud legte den Kopf schief und richtete nachdenklich den Blick in die Höhe.

»So um zwei Uhr nachmittags, oder so?«

Sie schüttelte energisch den Kopf. »Da war der Huppert doch auf der Arbeit.«

»Ach so, natürlich«

Eine Uhrzeit. Eine Telefonnummer. »Angerufen« hatte ihm der Sterbende zugeflüstert. Es war anscheinend so wichtig gewesen, dass es ihm den letzten Gedanken auf Erden wert gewesen war. Hatte Huppert jemanden angerufen? Oder war er angerufen worden? Vierzehn Uhr ...

Spilles schlürfte den köstlichen Kaffee.

»Gertrud, darf ich mal telefonieren?« Er hielt sein Handy in die Höhe. »Kein Empfang bei euch.«

»Aber sicher.« Sie wies mit dem Finger in Richtung des Hausflurs. »Da draußen steht es.« Als er sich umwandte, fragte sie mit einem zaghaften Lächeln: »Wann machst du dir endlich diesen fiesen Pferdeschwanz ab. Ein Mann in deinem Alter ...«

Im Halbdunkel des Flurs kramte er den Notizzettel aus der Hosentasche und wählte die Nummer von Hupperts Kalender. Schnurrend rotierte die Wählscheibe des alten Apparats.

Die Verbindung ließ nicht lange auf sich warten und am anderen Ende meldete sich eine junge Frau. Spilles verstand sie nicht gleich. Im Hintergrund herrschte enormer Lärm. Sie wiederholte ihren gelangweilten Spruch. Er war mit einer Imbissbude verbunden worden.

»Verzeihung, wo sind Sie? Ich meine, wo ist denn eigentlich Ihr Imbiss?«, fragte Spilles und verkniff angestrengt das Gesicht, während er versuchte, sich auf die dünne Frauenstimme zu konzentrieren.

»In Losheim. An der Grenze. An der belgischen Grenze. Was ist? Wollen Sie was bestellen, oder was ist das hier für 'ne Nummer?«

Spilles hängte einfach ein. Unfreundliche Gesprächspartner durfte man schamlos aus der Leitung werfen. Er traute sich das viel zu selten.

»Auf der Arbeit«, murmelte Spilles und tippte ein paar Mal mit dem Zeigefinger auf das Plastikgehäuse des Telefons. Niemals hätte Huppert sich eine Notiz auf den

Monatskalender seines Zimmers gemacht, wenn er beabsichtigte, vom Büro aus anzurufen. Viel eher diente diese Notiz dazu, sich an einen Anruf zu erinnern, der ihn tagsüber im Möbelhaus erreicht hatte. Ein Anruf, mit dem etwas nicht stimmte. Im Büro, in dem Huppert gearbeitet hatte, gab es sicher andere Telefonapparate als das hier. Da gab es solche, auf deren Display man direkt die Rufnummer erkennen konnte. Er dachte an Huppert und an seine penible Art. Und er dachte in diesem Augenblick auch an diesen ominösen Amerikaner, der auf so merkwürdige Art und Weise das Zeitliche gesegnet hatte. Am gleichen Tag wie dieses Telefonat. Spilles erinnerte sich daran, dass das Gespräch mit Huppert mit ein paar Sätzen über diesen Nizer begonnen hatte. Und der tote Amerikaner war aus Belgien hierher gekommen. Er musste endlich einmal in der Redaktion vorbeischauen, um in Erfahrung zu bringen, ob es mittlerweile zu diesem Fall etwas Neues gab.

* * *

»Oh, Mann! Warum hast du mich denn nicht wenigstens gewarnt?«, zeterte Herbie. Er hätte am liebsten auf das Armaturenbrett gehauen. »Sie hat nur eine Hand! Und wer steht da und will ihr zum Abschied locker und lässig das Patschehändchen schütteln? Herbert Feldmann. Na prima!«

»Mach dir doch nichts draus«, versuchte Neli reichlich halbherzig ihn zu beruhigen. Sie lächelte beseelt vor sich hin, während sie das Auto über die kurvenreiche Strecke in Richtung Ripsdorf lenkte. »Sie kann gut damit umgehen. Ist ein Geburtsfehler. Lämpchen kennt das. Ich finde, du hast dich tadellos verhalten.« Die Aussicht auf den Fortgang der »Ermittlungen«, wie sie es nannte, vermittelte ihr offensichtlich ein echtes Hochgefühl. Sie zwinkerte aufgeregt hinter ihren Brillengläsern und pfiff schrill eine undefinierbare Melodie zwischen den Zähnen hindurch. »Wir ermitteln, Herbie, wir ermitteln!«

Herbie hielt sich verbissen an der Halteschlaufe fest und verkniff sich jede weitere Bemerkung.

»Wir fahren jetzt rasch nach Ripsdorf. Ich muss mich frisch machen. Immerhin trage ich die Klamotten seit gestern ununterbrochen.« Mit der Rechten zupfte sie an ihrem Schlotterpullover.

Julius hatte sich von seinem Platz auf dem Rücksitz weit nach vorne gebeugt und flüsterte ganz nah neben Herbies linkem Ohr. *Und jetzt wirst du gleich ihre Lasterhöhle kennen lernen. Sie wird dich in der Bettwäsche verführen, die einer ihrer zahlreichen verflossenen Liebhaber auf der Flucht zurückgelassen hat. Sie wird dich mit orientalischen Ölen einreiben, die ihr der Perser einst zum Geschenk machte, und sie wird Lieder für dich trällern, die man in dem Laden spielt, in dem sie ihre komischen Klamotten kauft. Und das alles zur Belohnung, weil sie so schön mitermitteln darf.*

Mit einem Mal erhellte sich Herbies Miene. Julius' absurde Vision hatte ihn in diesem Moment auf eine glänzende Idee gebracht.

»Ach! Mist!«

Neli blickte zu ihm hinüber. »Was ist denn?«

»Ich habe was vergessen. Junge, Junge!«

»Was Schlimmes?«

»Tante Hettie.«

Julius setzte eine überraschte Miene auf.

»Ich habe vergessen, dass ich Tante Hettie gestern hoch und heilig versprochen habe, mit Bärbelchen zum Hundefriseur zu gehen.«

»Wer ist Bärbelchen?«

»Bärbelchen ist Tante Hetties Pudel. Ein süßer kleiner Fratz, ein verspieltes kleines Knäuelchen. Wir lieben uns heiß und innig und es gibt außer mir keinen Menschen auf der Welt, mit dem sie freiwillig zum Friseur geht.«

Neli schenkte ihm einen Blick, der besagte, dass sie dies sehr wohl verstand, und dass auch sie jederzeit mit Herbie gehen würde, wohin es ihn auch trieb. Zum Hundefriseur oder bis ans Ende der Welt. Sie war vermutlich der einzige Mensch nördlich der Alpen, der noch nichts davon gehört hatte, dass das widerliche Hundevieh seiner Tante ihn abgrundtief hasste und sich nie im Leben von Herbie zur Schur geleiten lassen würde, ohne ihm mit aller ihm angeborenen Heimtücke die spitzen Zähne in jedes einzelne seiner Körperteile zu graben.

Julius runzelte die Stirn. *Sollte ich da etwas nicht mitbekommen haben?*

»Ich komme zu spät. Mein Zug ist längst weg. Ich werde enterbt.« Und dann sammelte er all sein schauspielerisches Talent, sah Neli Mitleid heischend an und sagte matt: »Wenn ich doch nur ein Auto hätte, dann wäre das alles kein Problem.«

Donnerschlag. Soviel Einfalt hätte ich ihr nicht zugetraut. Sie schluckt den Köder samt Angel.

Neli setzte ein warmherziges Lächeln auf, sagte »Mia carozza es sua carrozza« und bog in die Hauptstraße von Ripsdorf ein. »Ich hatte auch mal einen Italiener.« Unweit der Kirche hielt sie am Bordstein, zeigte auf ein blassgelb verputztes Haus und hauchte: »Und meine Wohnung zeige ich dir ein anderes Mal.« Dann nestelte sie an dem Schlüsselbund herum, zog den Autoschlüssel ab und reichte ihn Herbie gönnerhaft. »Beeil dich mit dem Hundefriseur. Ich werde mich ein wenig frisch machen und dich erwarten. Und dann besuchen wir die Brocks.«

Herbie rutschte auf den Fahrersitz hinüber, während sie ausstieg, und bemühte sich ein strahlendes Lächeln zur Schau zu tragen. »Ich bin im Nu zurück.«

Er hörte noch, wie sie durch das geöffnete Autofenster sagte: »Wir sind wirklich ein tolles Team.« Dann drehte er den Motor hoch und reihte sich in den Verkehr ein.

»Die Brocks besuchen ... die Brocks besuchen ...«, sagte er grimmig und ließ langsam die winkende Hand sinken. »Ha! Geträumt, Puppe!«

Und Julius zeigte ein amüsiertes Schmunzeln. *Gerade hatte ich begonnen mir ernsthaft Gedanken darüber zu machen, ob du ihr möglicherweise verfallen sein könntest.*

»Verfallen? Ich sage nur: Verfallsdatum längst überschritten!«

7. Kapitel

Das Haus der Brocks war nur mit Mühe und Beharrlichkeit zu finden. In Esch hatte Herbie ein paar Mal nachfragen müssen. Dreimal war er von Passanten bei der Beantwortung der Frage nach dem Weg mit unverhohlener Abscheu gemustert worden, bevor man ihm wortlos mit dem ausgestreckten Finger die Richtung wies. Er fuhr die Hauptstraße bergauf in Richtung Dahlem. Er kannte die Strecke. Wenn man ihr folgte, stieß man im Wald auf den Vierherrenstein, einen mittelalterlichen Grenzstein, der auch heute noch die Landesgrenze zwischen Nordrhein-Westfalen und Rheinland-Pfalz markierte.

Doch dann musste er, dem letzten Hinweis folgend, nach links in einen Feldweg abbiegen. Nach wenigen Metern endete der Asphalt und die Räder rollten durch tiefe Fahrspuren. Der dicht bewucherte Mittelstreifen schrubbte geräuschvoll unter dem Bodenblech entlang. Um sie herum war augenblicklich eine riesige, weithin sichtbare Staubwolke.

Ah! Du schleichst dich heimlich an. Das finde ich gut.

»Ich kann doch nichts dafür. Es ist knochentrocken.«

Warum hast du nicht an der Straße geparkt?

»Weil ich keine Ahnung habe, wie weit das noch ist. Je nachdem wie renitent die Burschen sind, ist es gut, ein fluchtbereites Auto in erreichbarer Nähe zu haben.«

Hast du einen Plan?

»Natürlich.«

Würdest du ihn mir unterbreiten?

»Natürlich nicht.«

Soso. Du hast also keinen Plan.

Herbie schwieg.

Nach der nächsten Wegkehre passierten sie eine Weißdornhecke und dann tauchte das Haus der Brocks auf. Es war ein einfaches, längliches Eifeler Bauernhaus, mit verwitterten, blassrosa Sandsteineinfassungen um die Fenster. Was das Haus so monströs machte, waren die zahlreichen Anbauten, Schuppen und Verschläge, die über Jahrzehnte an dem schlichten Gebäudekörper wie Geschwüre gewachsen waren. Sie bestanden aus allen nur erdenklichen Materialien. Aus Ziegeln und Bimssteinen, zwischen deren Lagen der Mörtel fingerdick hervorquoll, aus grauem, verwittertem Holz, aus rostigem Blech und alten Bettgestellen. Gestrüpp und Ranken hatten jeden Spalt erobert und sich Durchlass verschafft, auf dem Hof lagen leere Dosen zu Halden getürmt, volle Müllbeutel zu Bergen aufgeschichtet. Hühner taumelten in der Mittagshitze über den staubigen Hof und an der Haustür flatterten träge grellbunte Plastikbänder zum Schutz vor den Fliegen.

Herbie parkte den Wagen im Schatten der Hecke, nickte Julius beim Aussteigen ernst zu und sagte: »Den Schlüssel lass ich stecken. Für alle Fälle. Wir müssen hier sehr vorsichtig vorgehen. Mit diesen Brocks ist sicher nicht zu spaßen. Ich werde mir zunächst mal überhaupt nicht anmerken lassen, was ich über ihre nächtliche Aktion weiß.«

Ich bin gespannt wie ein Flitzebogen. Julius warf sich das Jackett über die Schulter. Beim Anblick der dunkelgrünen Weste, die seinen Hängebauch umspannte, wurde es Herbie noch heißer.

Mit etwas Mühe gelang es ihm, das rostige kleine Metalltor aufzuhebeln. Er hätte den Hof über die Zufahrt betreten können, aber er wollte einen durchaus seriösen Eindruck vermitteln.

»Sie beobachten mich sicher durch das Fenster«, murmelte er.

Als er etwa die Mitte des Hofes erreicht hatte und von den Düften umweht wurde, die den vier halb überwucherten Mülltonnen entströmten, schoss plötzlich etwas aus der schwarzen Höhlung eines kleinen Schuppens auf ihn zu. Er erkannte ein riesiges Tier undefinierbarer Farbe, das unter ohrenbetäubendem Gebell ein gewaltiges Maul auf- und zuschnappen ließ und eine mächtige Staubwolke aufwirbelte. Herbies Nackenhaare sträubten sich und inmitten der Mittagshitze des Maitages packte ihn eisige Kälte.

Als das Untier zum Sprung ansetzte, um ihm ganz offensichtlich mit einem gezielten Bissen die Gurgel wegzufetzen, riss irgendetwas an seinem räudigen Hals und es wurde rücklings in den Staub gerissen. Jetzt erst sah Herbie die Kette, die die unförmige Promenadenmischung daran hinderte, ihn auf der Stelle zu Tatar zu verarbeiten. Wie ein verwundetes Stück Wild jaulte der Hund auf, wand sich wutschnaubend, schüttelte sich und ließ die Kette klirrend durch die Luft tanzen.

In diesem Moment erscholl eine Stimme, dunkel und rau und so laut, dass Herbie das Gefühl hatte, es bröckele der Putz von der rissigen Fassade des Hauses: »Arnie! Halt deine blöde Fresse und verzieh dich!!!«

Arnie war ein folgsamer Hund. Er kniff auf der Stelle den struppigen Schwanz zwischen die Hinterläufe, wandte sich geduckt und winselnd um und kroch zurück zu seinem Verschlag, nicht ohne den Blick vom Hauseingang abzuwenden, von wo die Stimme gekommen war.

Umflattert von den bunten Bändern stand dort eine fette alte Frau, krumm und gebückt, auf einen Stock gestützt und umtanzt von einem Schwarm Fliegen.

»Wat wollen Sie?«, brummte sie. Es klang drohend und unheilvoll.

Hinter ihrem Rücken verbirgt sie eine Flinte und wenn du jetzt die falsche Antwort gibst, bläst sie dir den Schädel weg. Verzeih meine Ausdrucksweise, alter Knabe, aber dies ist nun einmal der Jargon dieser Gesellschaftsschicht.

In der Tat überlegte Herbie einen Moment lang, was er antworten sollte. »Man hat mir im Dorf gesagt, Sie könnten mir vielleicht weiterhelfen. Ich suche die Familie Brock.« Das brachte ein wenig Zeit. Er trat mutig ein paar Schritte nach vorne.

»Kommen Sie vom Amt?«

Herbie nickte eifrig, dankbar für diesen Einfall. »Vom Amt, genau! Mein Name ist Hans-Bert Lohse.«

Nicht schon wieder! Julius stöhnte auf. Er hatte Herbies Pseudonym noch nie für sonderlich einfallsreich gehalten.

Herbie zischte aus dem Mundwinkel: »Soll ich mich vielleicht *Smith* nennen, wie die Burschen im Krimi?«

Er näherte sich nun entschlossen Schritt für Schritt dem Haus. In einem Anfall von Übermut zückte er rasch seine Bahncard und wedelte sie für den Bruchteil einer Sekunde kurz durch die Luft, bevor er sie wieder einsteckte. Als er jetzt ganz nah vor ihr stand, war er sich nicht mehr sicher, ob die Dünste von den Mülltonnen kamen oder aus dem Haus. In seinem Magen machte sich ein dumpfes Gefühl breit. Gegessen hatte er am heutigen Tag noch immer nichts.

»Gibbet schon wieder Ärger? Sie wissen, wat ich letztens mit ihrem Kollegen jemacht hab?« Ihr Tonfall verhieß noch immer nichts Gutes, aber Herbie ließ sich nicht beirren und strahlte sie an: »Es geht um die Gebühren ...«

Mit einer ruckartigen Bewegung riss sie ihren Stock hoch und ließ die Spitze gefährlich nahe vor seiner Nase kreisen.

»Wollt ihr schon wieder Jeld? Ihr könnt den Hals wohl net vollkriejen, ihr Schmarotzer?«

»Sind sie etwa Frau Brock?«

»Ja un?«

»Ach, das ist ja prächtig, da hab ich Sie ja endlich gefunden!« Als er die Hand ausstreckte, erscholl aus dem nahen Schuppen ein Knurren wie ein fernes Gewitter.

»Schnauze!!!«, brüllte die alte Frau mit einer Lautstärke, dass es Herbie danach noch minutenlang in den Ohren klingelte. Und dann herrschte sie ihn an: »Wat wollen Sie hier? Wir haben alles bezahlt. Mehr jibbet nicht! Wann kapiert ihr dat endlich?«

»Aber im Gegenteil, Frau Brock, im Gegenteil!« Er blickte sich verschwörerisch um. »Lassen Sie uns ins Haus gehen. Das muss ja nicht jeder mitkriegen.«

Wer? Wer soll hier bitteschön etwas mitkriegen? Der Wald? Die Rehlein? Das Schoßhündchen?

Zögernd wälzte sich die fette alte Frau ins Innere des Hauses. Sie schlurfte mit ihren löchrigen Hausschuhen über einen alten Steinboden. Die fleckige Jogginghose, die ihr um das Gesäß schlotterte, sah aus, als sei sie aus militärischem Tarnstoff genäht worden. Sie stützte sich mit der knotigen Linken an der Wand ab und mit der Rechten auf ihrem Stock.

»Die Jungens sin net da«, ächzte sie und schob sich langsam in den angrenzenden Wohnraum.

Herbie war wie vom Donner gerührt und musste in der Zimmertür erst einen Moment innehalten. Dies war mit Abstand die verkommenste Behausung, die er jemals betreten hatte. Alles in diesem Raum hatte die matte Farbe von Schmutz. Ein schmutzfarbenes Sofa, ein dreckigbrauner Bodenbelag aus quadratischen Nadelfilzmatten, speckige Raufasertapete und eine paar schmuddelige, altersschiefe

Möbel – alles unterschied sich nur in Schattierungen. Und es stank. Nach was, das konnte Herbie nicht mit Gewissheit sagen. Und er wollte es auch nicht.

»Es geht tatsächlich um Geld«, sagte Herbie tonlos, während sein Blick durch den Raum schoss.

»Sach ich doch!« Die Alte fuhr herum und riss die struppigen Augenbrauen in die Höhe.

»Sie haben zuviel bezahlt!«, beeilte sich Herbie zu sagen. »Ich bin gekommen, um Ihnen mitzuteilen, dass in der Abrechnung ein bedauernswerter Fehler unterlaufen ist, und dass Sie zuviel ... ähm ... Kanalgebühr bezahlt haben!«

»Kanalgebühr?« Die Alte ließ sich schwer auf einen Sessel fallen. Hundehaare tanzten durch das spärliche Sonnenlicht, das sich den Weg durch die völlig verdreckte Fensterscheibe hereinkämpfte.

»Wir haben ja gar keinen Kanal. Wir haben doch 'ne Grube!«

Voll ins Schwarze, mein Bester! Oder sollte ich sagen »ins Braune«?

»Genau!« Herbie breitete die Arme aus wie ein Showmaster, der den Hauptgewinn präsentiert. »Ihnen sind zwei Jahre lang versehentlich Kanalgebühren berechnet worden, und das wollen wir nun wieder regulieren. Es gibt Geld, Frau Brock! Bares Geld!«

Er setzte sich eifrig an ihre Seite auf einen Polsterstuhl, aus dem die Schaumstofffüllung hervorquoll. »Ihre Söhne sind also nicht da. Die werden sich sicherlich freuen. Wo sind sie denn? Weit weg? Ich habe gar kein Auto gesehen.«

»Die sin nach Euskirchen jefahren. Wat für unseren Transporter holen.«

»Prachtvolle Jungs, wie ich im Ort gehört habe. Sicher eine große Hilfe für Sie?«

»Penner sin dat. Alle beide. Fressen un Saufen. Sons haben die nix im Kopp.«

»Keine Arbeit?«

Die Alte schniefte, porkelte mit einem Fingernagel in ihren Zähnen und sagte: »Zu doof. Ab un zu holen se mal Holz un fahren mal einkaufen. Sonst nix.«

»Unverheiratet?«

»Wenn einer von denen jemals mit 'nem Weib hier ankommt, tret ich ihm in die Eier, dat et ihm wieder verjeht. Wie viel Jeld is dat denn?«

Herbie setzte eine wichtige Miene auf. »Oho, da können Sie sich aber freuen, Frau Brock. Das ist nicht von Pappe. Das sind mindestens ... tausend Euro. Mindestens.«

Sie fuhr schneller aus ihrem Sessel hoch, als er ihr das zugetraut hätte. »Wat is?«

Dann schwang sie wieder den Stock. »Ihr Drecksäcke habt uns tausend Euro jeklaut?«

»Sie bekommen es ja wieder zurück! Das wird doch alles geregelt. Wollen Sie es lieber per Überweisung oder per Scheck?«

»Jibbet dat auch in bar? Wenn dat auf die Bank kommt, isset ja direkt wieder weg!«

Ein Motorengeräusch ertönte. Hühner gackerten panisch. Herbie spürte, wie sein Unbehagen wuchs. Gegen die Alte allein hätte er sich im Notfall noch zur Wehr setzen können. Wenn jetzt ihre Söhne auftauchten, dann würde es vielleicht brenzlig.

Heinz-Dieter und Fredo waren schon von weitem zu hören. Einer von ihnen hustete, als müssten im nächsten Augenblick seine Lungenflügel implodieren und der andere rief: »Mama! Mir sin wieder da! Haste Besuch?«

Ach du je. Das sind aber beides keine wirklichen Schönheiten. Aber der liebevolle Blick der treusorgenden Mutter sieht wahr-

scheinlich immer noch die beiden kleinen Racker mit den Latzhöschen in ihnen.

Fredo war ein kleiner, bulliger Typ mit blutunterlaufenen, trüben Augen und stoppelig blauem Kinn. Er hatte einen krausen, schwarzen Zuhälterschnäuzer und trug offensichtlich das Oberteil des Jogginganzugs seiner Mutter. Er hustete in einem fort.

Heinz-Dieter war groß und hager und hatte einen millimeterkurzen Stoppelschnitt. Seine bemerkenswert schwarzen Zahnreihen und seine dünnen weißen Arme standen im krassen Gegensatz zu dem ehemals roten, sportlichen Netzshirt, das er trug.

Jeder von ihnen trug einen Karton, aus dem Chipstüten, Lauchstangen und Flaschenhälse hervorragten.

»Wir waren einkaufen, Mama!«, jubelte Heinz-Dieter kaugummikauend. »Wir haben dir auch *After Eight* mitjebracht!«

»Wo habt ihr denn dat Jeld her?«, brüllte die Alte dröhnend. »Ich hab euch doch abjezähltes Jeld für den Kotflügel jejeben!«

»Dat Jeld? Dat hammer uns besorcht«, sagte Fredo und unterbrach sein Husten für einen röhrenden Rülpser.

Sie setzten ihre Kisten geräuschvoll auf einen Tisch und während Fredo seiner Mutter mit einer beinahe zärtlichen Geste eine Schachtel *After Eight* hinuberreichte, öffnete sein Bruder zwei Flaschen Pils mit den Zähnen.

»Der Mann is vom Amt«, brummte die halbwegs besänftigte Alte und deutete mit einem Daumen über die Schulter auf Herbie.

Der hob zaghaft die Hand zum Gruß.

»Wir kriejen Jeld zurück.« Dann sagte sie: »Zeijen se den Jungens noch mal ihren Ausweis.«

Herbie schoss der Schweiß aus den Poren.

Guck sie dir an, diese Backpfeifengesichter. Die können nicht lesen. Überhaupt kein Risiko, mein Bester.

Zitternd nestelte Herbie erneut die Bahncard aus der Hose und die beiden registrierten beiläufig das bedruckte Stückchen Plastik, bemerkten in der Tat nicht mal, dass Herbie es falsch herum hielt, und Fredo fragte: »Viel Jeld?«

»Etwa tausend Euro«, hauchte Herbie, während er erleichtert den Ausweis wieder verschwinden ließ.

Heinz-Dieter trat ganz nahe zu ihm hin und nuckelte an seiner Bierflasche. Nach einem langen Schluck sagte er: »Sie haben da wat verloren«, und schrubbte mit der Spitze seines Springerstiefels ein Stückchen Zeitungspapier über den Fußboden, das Herbie mit dem Ausweis aus der Tasche gezogen hatte, und das ihm klammheimlich zwischen seine Beine unter den Stuhl geflattert war.

Na, herzlichen Glückwunsch! Im Schatten neben dem alten Wohnzimmerschrank, in dem ein paar Nippfiguren längst den Kampf gegen Staub und Spinnweben aufgegeben hatten, lehnte sich Julius an die Wand und wartete mit gelangweilter Miene ab, was nun geschehen würde. *Mal sehen, wie du aus dieser Nummer wieder rauskommst.*

8. Kapitel

Als die beiden Kerle das Foto des toten Amerikaners erkannten, wurde es mit einem Mal sehr still im Raum. Heinz-Dieter setzte die Bierflasche ab und starrte Herbie mit offenem Mund an.

Fredo fand als Erster die Sprache wieder. »Wat is dat denn?« Er wandte sich mit einem Ruck zu seinem Bruder. Sein trüber Blick wurde plötzlich sehr klar. Heinz-Dieter zog die hohe Stirn kraus. »Haben Sie wat damit zu tun?«

»Ich komme vom Amt, Leute. Keine Sorge. Es gibt Geld!« Herbie sprang aus dem Sessel auf und trat nervös von einem Fuß auf den anderen.

»Un dat da?« Heinz-Dieter ließ nicht locker. Er hob den Zeitungsausschnitt auf und hielt ihn vor Herbies Nase.

Mutter Brock kam in Bewegung. Wie ein fetter alter Bär wankte sie auf die drei zu und raunzte: »Wat habt ihr da?« Sie riss den Schnipsel an sich und konnte offensichtlich nicht viel damit anfangen. »Kenn ich net. Wer is dat?«

Ihre Söhne wurden nervös. Es schien so, als stünde ein wohlgehütetes Geheimnis kurz vor seiner Aufdeckung. »Dat erklären wir dir später, Mama. Eigentlich können wir jar nix dafür«, sagte Fredo mit bebender Stimme. Im nächsten Augenblick traf ihn eine schallende Ohrfeige seiner Mutter.

»Wat habt ihr wieder anjestellt?«, brüllte sie und fuhr dann zu Herbie herum. »Un wer, zum Teufel, sin Sie eijentlich?«

Herbie war unterdessen Zentimeter um Zentimeter zurückgewichen. Hier wurde es brenzlig. Er hatte die Zimmertür ins Auge gefasst, um bei der nächsten sich bietenden Gelegenheit den Rückzug anzutreten.

Aber Heinz-Dieter gab im gleichen Augenblick der Tür einen gezielten Tritt, sodass sie scheppernd ins Schloss fiel. »Der will uns wat anhängen, Mama! Wir haben jar nix jetan!«

Die Stimmung schlug auf der Stelle um. Mutter Brock schob sich schützend vor ihre Söhne und knetete den Knauf ihres Gehstocks. »Wat soll dat? Ich denke, Sie sin vom Amt. Wat wollen Sie von meinen Jungens?«

Herbie hob abwehrend die Hände, während er langsam zurückwich. Als er plötzlich die harte Kante des Wohnzimmerschranks im Rücken spürte und Julius Stimme mit *Wehr Dich!* ganz dicht neben seinem Ohr vernahm, stammelte er: »Wahrscheinlich hab ich mich in der Tür vertan. Gibt es hier vielleicht noch eine andere Familie Brock? Das ist ein Fehler vom Amt, ganz sicher!«

Mutter Brock starrte wieder auf den Zeitungsausschnitt und versuchte unbeholfen und mit schwerfälligen Lippenbewegungen, die Überschrift zu entziffern. »Toter Amerikaner ...«

»Dat war im Wald, vorletzte Nacht. Der Typ will uns da in wat reinziehen.«

»Jungens«, knurrte die Alte, »der Typ is jefährlich. Poliert ihm ordentlich die Fresse.«

Ein schwaches Lächeln huschte über die Gesichter ihrer beiden Söhne. Heinz-Dieter stellte die Bierflasche ab und Fredo ließ die Handgelenke knacken.

Als Geheimagent bist du ab jetzt gewissermaßen das, was man in Fachkreisen als »verbrannt« bezeichnen würde. Julius zuckte mit den Achseln zum Zeichen dafür, dass es ihm unmöglich war, dem treuen Freund zur Hilfe zu eilen.

»Danke für diesen hilfreichen Hinweis«, sagte Herbie über die Schulter.

Die Brocks stutzten. »Der is net allein!«, rief Fredo panisch. »Dat Schwein hat Verstärkung dabei!«

Er stürzte zum Fenster um hinauszuspähen, während sein Bruder Herbie den Arm um den Hals schlang und ihn in einen Würgegriff nahm. Herbie schlug um sich und tat instinktiv das einzig Richtige. Er schob sein Bein nach vorne und der bullige Fredo verlor auf seinem Weg zum Fenster das Gleichgewicht, krallte sich in die fleckigen Vorhänge, verhedderte sich in ihnen und stürzte rücklings durch die berstende Scheibe in den Fensterrahmen.

Der Schrecken lähmte seinen Bruder nur für den Bruchteil einer Sekunde und doch gelang es Herbie augenblicklich, sich keuchend und nach Luft schnappend dem Griff zu entwinden. Als Mutter Brock mit dem Stock ausholte und ihn gegen sein Schienbein donnern ließ, packte er einen der beiden Kartons voller Einkäufe und schleuderte ihn der Alten entgegen. Eine Bierflasche zerplatzte an Mutter Brocks Schädel und brachte sie zum Straucheln. Als sie zurücktaumelte, fing ihr verblüffter Sohn sie im letzten Moment auf und Herbie schaffte es, über den zappelnden Körper des dicken Fredo hinweg durch die Fensteröffnung ins Freie zu schlüpfen. Augenblicklich kam wieder der Köter von irgendwoher angeschossen und bellte und geiferte und wieder riss ihn die Kette im letzten Moment zurück.

Jackie Chan ist wirklich eine alte Krücke gegen dich, sagte Julius anerkennend, als Herbie sich mit schmerzenden Gliedern auf dem staubigen Hof aufrappelte. *Aber jetzt darfst du keine Zeit verlieren. Fredo hat den Kampf mit dem Vorhang gewonnen und Heinz-Dieter und sein Mütterlein haben ausgetanzt.*

In der Tat erschienen im nächsten Augenblick seine Gastgeber auf der Bildfläche und rannten auf ihn zu, dass die erschrockenen Hühner nur so durch die Gegend flatterten. Mutter Brock wankte aus der Tür und schwang den Stock, der sich im bunten Flattervorhang verfing, ihr Sohn Heinz-Dieter stolperte hinter ihr her und Fredo schwang sich ohne Rücksicht auf die Glasscherben durch das offene Fenster.

Herbie taumelte vorwärts, auf den Ausgang zu, aber Heinz-Dieter hatte ihm bereits den Weg abgeschnitten. Er stand schwer atmend da, ging drohend in die Hocke und sein dürrer Oberkörper schimmerte weißlich durch das verwaschene Netzshirt. »Komm schon, Jüngelchen«, sagte er japsend. »Hol dir deine Packung ab.«

Herbie änderte die Richtung. Er konnte noch den Versuch wagen, sich hinter dem Haus in den Wald zu schlagen. Wenn er überhaupt noch eine Chance hatte, dann diese. Während er rannte, rief er über die Schulter: »Das ist echt ein Versehen, Leute! Ich bin im falschen Haus gelandet.« Aber seine Bemühungen waren nicht von Erfolg gekrönt. Mutter Brock schrie: »Macht dat Arschloch platt, Jungens!« Und Fredo und Heinz-Dieter taten alles in ihrer Macht Stehende, ihr zwei folgsame Söhne zu sein.

Herbie hörte Heinz-Dieter hinter sich keuchen, als er um die Ecke eines alten Bretterverschlags bog. Vor ihm lag der Wald. »Ich schaffe das, Julius. Ich bin klein und wendig und werde ihnen zwischen den Bäumen davonflitzen.«

Da erschien vor ihm Fredo auf der Bildfläche, der seinen Plan durchschaut hatte, und ihm, nachdem er das Haus von der anderen Seite umrundet hatte, den Weg abschnitt.

Ein bisschen wie beim Hasen und beim Igel, was? Julius trabte neben Herbie her, ohne dass auch nur ein Tröpfchen Schweiß auf seine Stirn trat. *Wie ist diese Tiergeschichte noch mal ausgegangen?*

Sie kamen von beiden Seiten. Ihre Schritte verlangsamten sich und in ihre Gesichter trat ein siegesgewisses Grinsen. Das Gekeife der Alten, die sich langsam vom Vorplatz näherte, untermalte die Szenerie.

»Aus«, flüsterte Herbie atemlos. »Soll das wirklich das Ende sein, Julius?«

Da fiel sein Blick auf einen kleinen Schuppen, der am Waldrand stand, und der ihm zuvor nicht aufgefallen war. Das kleine Häuschen war aus grauem, verwittertem Holz gezimmert und hatte in der Tür ein Loch in der Form eines Herzens.

Herbie verschwendete keinen weiteren Gedanken daran, ob es klug war, was er tat, oder nicht. Er hatte keine andere Wahl. Mit drei langen Sätzen erreichte er die Hütte, riss die Türe auf, ignorierte den unglaublichen Gestank, der ihm entgegenschlug und sprang hinein. Bevor Heinz-Dieter und Fredo ihn erreichten, riss er hinter sich die Tür zu und schob einen rostigen Riegel vor.

Julius deutete eine Verbeugung an. *Tritt ein, bring Glück herein.*

Fredo brüllte wütend auf, aber Heinz-Dieter begann draußen haltlos zu kichern. Er machte den Eindruck, als sei er völlig durchgedreht. Herbie wich zurück und stieß auf den hölzernen Sockel mit dem kreisrunden Loch, das nur ungenügend mit einem ebenfalls hölzernen Deckel verschlossen war. Es war brüllend heiß, der Gestank war bestialisch und die Fliegen um ihn herum tanzten einen orgiastischen Freudentanz. In seinem Schienbein pochte ein bösartiger Schmerz an der Stelle, an der Mutter Brock ihn mit dem Stock erwischt hatte.

Draußen verstummte das Gekreische der Alten und auch Fredo und Heinz-Dieter wurden langsam still. Nur Arnie bellte heiser und röhrend im Hintergrund. Das Summen des Fliegenschwarms war von einer beklemmenden Lautstärke.

Herbie saß ein paar Minuten ganz still auf dem Abtritt und versuchte sich auszumalen, was in diesem Moment vor der Tür vor sich gehen mochte. Neben ihm trat Julius aus dem Halbdunkel und verschränkte abwartend die Arme.

* * *

Spilles hatte die Euskirchener Zeitungsredaktion verlassen und ging langsam in Richtung Innenstadt. Er hatte Kopfschmerzen. Die letzte Nacht war fürchterlich gewesen. In einer Abfolge wirrer Träume war ihm immer wieder der leblose Körper des alten Huppert erschienen. Immer wieder war er zu ihm auf die Fahrbahn gelaufen, umbraust von nicht enden wollendem Verkehr auf beiden Fahrspuren, Ketten von Autos, die achtlos weiter rasten, und immer wieder hatte er sich hinuntergebeugt und in Jennifers Augen geblickt. Es war das Gesicht gewesen, das sie immer aufgesetzt hatte, wenn sie wieder mal was ausgefressen hatte. Schuldbewusst und doch ein bisschen keck. Blut lief ihr aus beiden Nasenlöchern.

Spilles griff sich an die Schläfen und massierte sie. Er hatte den Blick auf die Erde gesenkt und versuchte, seine Gedanken zu ordnen. Was hatte ihm Huppert nur sagen wollen?

Der Amerikaner interessierte anscheinend keinen so richtig. Er hatte sich selbst die Kugel gesetzt und hatte sich dafür nun mal eben die Eifel ausgesucht. Das überraschte keinen. Sie kamen neuerdings alle in die Eifel, um ihren Ballast loszuwerden. Mordende Ehemänner, verbrecherische Kinderschänder ... sie alle fuhren über die verkrüppelte A 1 in die Eifel, suchten sich einen stillen Feldweg oder so was Ähnliches, um Körper und Leichenteile abzuladen, und verschwanden einfach wieder. Und jetzt war es eben ein Ami. Der hatte sich ausnahmsweise selbst entsorgt.

Spilles aber ahnte, dass mehr dahinter steckte, als es vordergründig den Anschein hatte. Und so hatte er sich bei den Kollegen ein bisschen umgehört.

Es gab nicht viel über den Toten zu berichten. David Abraham Nizer, geboren 1925 in Galesburg, Illinois in den Staaten, früherer Techniker in einer Fabrik für Kühlschränke. Er war Witwer und kinderlos. Und er war im Krieg in Deutschland gewesen. Es war offensichtlich schwierig, Näheres über ihn zu erfahren, da kein direkter Angehöriger zu erreichen war. Er wurde den Eindruck nicht los, dass Dave Nizer ein ziemlich einsamer Mann gewesen war.

Spilles hatte den Imbiss an der Ecke der Fußgängerzone erreicht und erkannte hinter der Glasscheibe Hennes Meurer, der jetzt schon seit sechzehn Jahren Streife fuhr. Sie waren früher im selben Motorradclub gewesen. Das war lange her.

Hennes winkte mit einer angebissenen Bratwurst und Jost bemühte sich, seine Freude über das unerwartete Treffen im Zaum zu halten. Hennes war ein guter Bulle. Mit ihm konnte man Klartext reden und er war mit den wirklichen Dingen des Lebens durchaus vertraut.

Als Spilles zu ihm an den Stehtisch trat, sagte Hennes zu seinem Kollegen, der sich gerade an der Theke etwas einpacken ließ: »Guck mal, wer hier ist. Unser Topjournalist Jost Pulitzer. Ab jetzt Geheimhaltungsstufe Eins!« Die Spitzen seines Bullenschnurrbarts tanzten in die Höhe. Sie lachten.

Jost schenkte Hennes ein mechanisches Grinsen. Ihn beschlich das unangenehme Gefühl, dass sein alter Freund ihn längst nicht mehr so ernst nahm wie früher. Er spürte, dass

Hennes auf eine gewisse Art und Weise auf ihn hinunterblickte, obwohl er in Wirklichkeit einen halben Kopf kleiner war.

Wer von ihnen hatte sich mehr verändert in den letzten Jahren?

»Man sieht dich selten in der Stadt«, sagte Hennes und schob sich den letzten Zipfel der Wurst in den Mund. »Was treibst du so?«

Jost bewegte vage nickend den Kopf hin und her. »Dies und das. Ein Artikel hier, ein Foto da.«

Der zweite Polizist hatte sich unterdessen zu ihnen gesellt. Es war ein junger Kerl mit langen, blonden Koteletten. Sie sahen nach Aufbruch aus. Jost beschloss, die Gunst der Stunde zu nutzen.

»Der Amerikaner«, sagte er rasch und faltete die Hände auf der Platte des Stehtischs. »Gibt's da mittlerweile was Neues?«

Hennes Meurer lachte leise. »Das klingt alles sehr geheimnisvoll, was?« Sein Kollege nickte und hielt sein Papierpäckchen fest umklammert.

»Das tut es«, sagte Spilles, »tut es wirklich.«

Aber Hennes winkte ab. »Ist es aber leider gar nicht. Du kennst sicher die Umstände. Zuerst waren die Kollegen aus Daun vor Ort, weil man sich nicht so ganz sicher war, wo da die Landesgrenze verläuft. Dann kamen unsere Leute dazu. Der Wagen stand auf nordrhein-westfälischer Seite. Kreis Euskirchen. Die Sache ist glasklar, wenn du mich fragst. Die ersten Auswertungen sind da. Ich kann dir das ja ruhig sagen. Geht ja sowieso an die Redaktionen.« Er wandte sich an seinen Kollegen, wie um eine Bestätigung zu erbitten. Dieser nickte und sagte knapp: »Fremdeinwirkung ausgeschlossen.«

Jost versuchte seine Enttäuschung zu verbergen und nickte stumm.

»Schmauchspuren an den Fingern des Toten, Schusskanal, die Kugel im Türholm, alles ganz eindeutig. Mist, was?« Er lachte süffisant. »Hättest lieber was anderes gehört, oder? Ihr seid doch alle gleich, ihr Schreiberlinge.«

Jost holte sein Portemonnaie hervor und kramte in den Münzen herum. Er wollte nicht zeigen, dass er in der Tat enttäuscht war.

»Wir haben den Waldarbeiter aus Jünkerath verhört, der den Toten am Morgen gefunden hat. Nichts Verdächtiges, nichts Ungewöhnliches. Njet. Nada. Nikesse.«

Jost bestellte sich eine Frikadelle.

»Mach's gut, mein Alter. Bis demnächst mal wieder.« Hennes wandte sich wieder an seinen Kollegen und sagte: »Los, Johnny, wir ziehen weiter.«

Einem plötzlichen Impuls folgend, wandte er sich kurz vor dem Ausgang noch einmal um, während sein Kollege schon hinausging. »Hast du deine Kiste noch?«

Spilles lächelte dünn. »Schon lange nicht mehr. War mir zu teuer auf die Dauer. Und auf vier Rädern fühle ich mich mittlerweile sicherer.«

Hennes sah ihn geradezu mitleidig an. Jost merkte, dass er innerlich mit sich kämpfte. »Und dieser Ami ... naja ... wir haben da noch 'ne neue Information. Ist noch nicht raus. Nizer hatte einen Hirntumor. In der Gerichtsmedizin haben sie's festgestellt. Faustgroß. Der hatte wirklich allen Grund sich zu verabschieden.« Hennes nickte ernst und mit verkniffenem Mund. Jost spürte, was in dem Streifenpolizist vorging. Aus sentimentalen Beweggründen hatte er dem alten Gaul ein kleines Zückerchen gegeben.

9. Kapitel

Hört mal, Jungs«, begann Herbie schließlich zaghaft. »Wir müssen miteinander reden. Wenn ihr mit diesem toten Ami nichts zu tun habt, dann wird sich das doch alles klären.«

Auf der anderen Seite der Brettertür blieb es still. Die Fliegen schwirrten um Julius' feistes Gesicht herum wie die Motten um einen Lampion.

Merkst du, wie du langsam eins wirst mit der Natur? Die Stille, die Düfte, die Insekten, die dich bald anknabbern werden ...

»Habt ihr mich verstanden Jungs?«, fragte Herbie zerknirscht. »Wenn ihr mir erzählt, was wirklich passiert ist, kommt alles in Ordnung.«

Immer noch waren das Summen der Fliegen und ein weit entferntes Gackern das Einzige, was zu hören war.

Dann meldete sich Heinz-Dieter zu Wort. Seine Stimme klang lauernd und hatte einen schwer zu deutenden, drohenden Unterton. »Ist dir vielleicht kalt da drinnen?« Dann erklang ein zischendes Geräusch, das Herbie sofort erkannte, und im nächsten Augenblick schnellte ein brennendes Streichholz durch die herzförmige Öffnung herein und verfehlte Herbie nur um ein paar Zentimeter. Draußen begann Heinz-Dieter wieder zu kichern.

Fredo jubelte. »Dat macht ja richtich Spaß!« Und dann kam das nächste Streichholz. Es landete auf Herbies Schoß, und er schlug es voller Entsetzen aus. Die nächsten Streichhölzer kamen rasch hintereinander. Herbie spürte einen brennenden Schmerz am linken Arm. Dann roch es plötzlich verbrannt und er löschte panisch die kleine Flamme, die sich auf seinem Hemdsärmel ausgebreitet hatte. Aber immer noch drang der Geruch von Feuer durch den abscheulichen Mief von Familie Brocks Latrine. Und dann kam ein Knäuel Zeitungspapier durch die Öffnung geflattert, das lichterloh brannte.

Herbie schrie auf und trampelte darauf herum, bis es erloschen war. Während er wie ein Irrwisch in der kleinen Hütte herumsprang, registrierte er Julius' sorgenvollen Gesichtsausdruck und ein knirschendes Geräusch von der Holztür her. Jemand hatte ein Brecheisen angesetzt und versuchte gewaltsam den Riegel aus der Verankerung zu brechen.

»Jungs«, schrie Herbie verzweifelt. »Lasst uns doch noch mal drüber reden!«, aber alles, was als Erwiderung kam, war das heisere Kichern Heinz-Dieters. Und es folgte ein weiteres brennendes Knäuel und schließlich übermannte Herbie das Entsetzen, als sich das Türblatt unter bedrohlichem Knarren nach außen bog und der Riegel nachgab, durch die Luft schnellte und mit einem metallischen Geräusch gegen die hintere Wand der Bretterbude flog.

Ich glaube, wir bekommen Besuch! Hättest du nicht wenigstens ein bisschen aufräumen können?

Im selben Moment wurde die Tür aufgerissen und grelles Sonnenlicht drang herein. Herbie sah die Gesichter der drei Brocks und erkannte die entschlossene Miene dreier Menschen, die eine gemeinsame Lust an purer Gewalt antrieb.

»Fredo, hol den Arnie«, sagte Heinz-Dieter leise und bedrohlich. »Hier hat er wat zu spielen.«

Und dann kam ein Geräusch von irgendwoher. Sie hörten alle drei, wie ein Motor aufheulte, und augenblicklich verzerrten sich die Gesichter der Brocks in simultaner Panik. Sie stoben auseinander, taumelten zur Seite und Herbie konnte von Glück sagen, dass er nicht der Neugier nachgab und ins Freie trat um zu sehen, was geschehen war, denn im nächsten Augenblick schrammte der Kotflügel eines Autos an dem Häuschen vorbei und die Tür wurde aus den Angeln gerissen und hoch in die Luft geschleudert. Dichte Staubwolken wurde hereingewirbelt und als Herbie registrierte, dass es sich um nichts anderes als um Nelis giftgrünen Panda handelte, der da vorbeibrauste, rannte er hinaus.

Der Panda schlitterte kurz vor den ersten Bäumen des angrenzenden Waldes herum und Neli schrie durch die geöffnete Fensterscheibe: »Ich bin's, Herbie! Steig ein!« Und noch bevor die Brocks reagieren konnten, hatte sie schon vollends gedreht, und Herbie gelang es, als sie für einen Moment abbremste, die Tür aufzureißen und sich auf den Beifahrersitz zu schwingen. Mit zitternden Fingern schaffte er es gerade noch, rechtzeitig den Knopf hinunterzudrücken und damit die Tür zu verriegeln, bevor Fredo sie wieder aufreißen konnte.

Neli kreischte, denn plötzlich war Heinz-Dieter auf der Motorhaube, und bevor sie richtig Gas geben konnte, schnellte bereits sein weißer rechter Arm durch das geöffnete Schiebedach und griff brutal in Nelis struppige Haare. Sie schrie laut auf und begann wie wild um sich zu schlagen.

Aber Herbie griff mit aller Kaltblütigkeit, die er aufzubringen im Stande war, nach der Kurbel des Schiebedachs und drehte. Die metallene Kante quetschte gegen Heinz-Dieters Arm. Das Gesicht vor ihnen hinter der Windschutzscheibe verzerrte sich in schierem Entsetzen, bevor der Schmerz eintrat. Seine Linke hämmerte dröhnend gegen die Scheibe und er gab unverständliche Klagelaute von sich. Gleichzeitig lockerte sich der Griff seiner Rechten, seine Finger griffen ins Leere.

Neli war befreit.

Sofort trat Neli kaltblütig das Gaspedal durch, der Wagen schoss mit einem Satz nach vorne.

Als Herbie sich umwandte, konnte er gerade noch im tosenden Staubwirbel Mutter Brock mit ihrem Stock herumfuchteln sehen. Er hörte, wie sie schrie: »Arnie! Lass den Arnie los, Fredo!«, bevor das Auto um die Hausecke herumschoss. Fredo hielt noch einige Augenblicke Schritt, aber Neli beschleunigte den Panda und preschte zwischen den herumflatternden Hühnern hindurch, an dem grauen Transporter der Brocks vorbei, auf die Einfahrt zu. Herbie entdeckte ein Fahrrad, das vorhin noch nicht an den Torpfosten gelehnt gewesen war, und ahnte, auf welche Art und Weise seine Retterin zu ihnen gestoßen war.

Durch den Motorenlärm hindurch vernahm Herbie das gedämpfte Gekreische von Heinz-Dieter Brock und einige seltsam knirschende Geräusche, die von dem fast geschlossenen Schiebedach herzurühren schienen.

Ein anhänglicher Bursche, konstatierte Julius vom Rücksitz her. *Er scheint einen Narren an euch gefressen zu haben.*

Als Neli in die Kurve ging und auf den holperigen Wirtschaftsweg gelangte, rutschte der Körper ihres blinden Passagiers auf der Motorhaube hin und her. Neli musste angestrengt den Hals recken, um die Fahrbahn nicht aus den Augen zu lassen.

»Puh«, rief sie. »Ich würde sagen, das war in letzter Minute, was?«

Herbie schwieg. Er hatte das Gefühl, sein Kopf müsse glutrot sein, und wusste nicht, ob das von der Anstrengung oder von der bedrückenden Scham kam, die sich in diesem Moment seiner bemächtigte.

»Neli, ich ...«, stammelte er.

Ich liebe deine Erklärungen. Du sagst mit wenigen Silben mehr als andere mit tausend Worten. Julius beugte sich neugierig nach vorne, damit ihm kein Detail der peinlichen Szene entging.

Neli winkte ab, während sie immer wieder hin und her wackelte, um an Heinz-Dieter Brock vorbei zu beobachten, wohin sie den Wagen lenkte. »Sag kein Wort, Herbie«, rief sie. »Ich hab schon verstanden. Du hast versucht, mir das zu ersparen. Machst du dir Sorgen, dass mir was passieren könnte? Du bist ja so süüüß!« Sie warf ihm einen raschen Seitenblick zu und lächelte. »Ich liebe ritterliche Männer!«

Herbie holte Luft, um sie ein für alle Mal mit der Wahrheit über seinen Alleingang vertraut zu machen und sie von der Tatsache in Kenntnis zu setzen, dass er sie nicht länger an seiner Seite zu dulden gedachte. Gleichgültig, ob sie ihm nun gerade mal das Leben gerettet hatte oder nicht.

»Fragst du dich denn gar nicht, warum ich plötzlich aufgetaucht bin?«, unterbrach sie seine Gedanken.

Er stutzte. »Jetzt, wo du mich drauf bringst ...«

»Ich habe mir Sorgen um dich gemacht. Ich habe geahnt, dass du mich anschwindelst. Du bist eben durch und durch eine Spürnase. Ich verstehe das. Und da habe ich mein Fahrrad genommen und bin losgefahren. Schon in Esch sagte mir der Erste, den ich nach dem Weg zu den Brocks gefragt habe, dass du vor mir da warst.« Sie schob sich die Brille den Nasenrücken hinauf und bedachte ihn dabei mit einem liebevollen Blick. »Glaub mir: Dich würde ich überall finden, Herbie Feldmann.«

Julius kicherte leise. *Dieses warmherziges Versprechen ist durchaus einer kaltblütigen Drohung gleichzusetzen, wenn du mich fragst.*

Und plötzlich hielt Neli den richtigen Moment für gekommen: Sie legte die Hand an die Kurbel über ihren Köpfen, schob völlig unverhofft das Dach auf und trat gleichzeitig auf die Bremse, sodass es Herbie vom Beifahrersitz in den Fußraum und Heinz-Dieter von der zerbeulten Motorhaube in hohem Bogen auf die Fahrbahn schleuderte.

Ich fürchte, ihr seid eurer Gallionsfigur verlustig gegangen.

Als sie zu dritt ausstiegen und sich um den am Boden liegenden Heinz-Dieter herumstellten, zitterten Herbie immer noch die Knie.

Heinz-Dieter krümmte sich im Staub und jammerte: »Mein Arm. Ihr verfluchten Dreckschweine habt mir den Arm zertrümmert!«

Julius beugte sich zu ihm hinunter und sagte amüsiert: *Ein filmreifer Stunt. Wenn er nicht ohnehin schon kaum noch Zähne im Mund gehabt hätte, wüsste ich jetzt, wo er sie gelassen hat.*

Herbie murmelte: »Haltet mich zurück, sonst vergreife ich mich an dem Mistkerl.«

»Zum Doktor«, heulte Heinz-Dieter. »Fahrt mich zum Doktor. Das tut so weh! Wo bleibt mein Bruder bloß?«

Neli zuckte mit den Schultern. »Wo wird er bleiben, der Idiot? Er wird nicht richtig fahren können, mit seinen zerstochenen Reifen, die Pfeife.« Sie griff dem Verletzten beherzt unter die Arme.

Oho, deine Retterin hat an alles gedacht.

»Was ist mit deinem Fahrrad?«, fragte Herbie. Neli machte eine wegwerfende Handbewegung. »Weg mit Schaden!«

»Ich will zum ...«

»Zum Doktor? Okay, aber nur, wenn du uns erzählst, was du über den toten Amerikaner weißt.« Während sie Brock auf die Rückbank verfrachteten, schrie und jammerte der erbarmungswürdig, aber Herbie fügte kaltblütig hinzu. »Andernfalls werfen wir dich in irgendeinen Straßengraben und lassen dich da verschimmeln, damit dich demnächst die Mähmaschine der Gemeinde in viele kleine handliche Portionen zerschnippelt.«

Heinz-Dieter Brock schrie noch: »Ihr Säue. Das werden wir euch heimzahlen!«, bevor Herbie sich auf den Beifahrersitz schwang und die Autotür hinter sich ins Schloss fallen ließ.

10. Kapitel

Julius saß sichtlich unangenehm berührt auf der Rückbank neben dem sich windenden Brock, dem aus etlichen Schrammen das Blut übers Gesicht lief, und der sich insgesamt gesehen in einem reichlich desolaten Zustand befand. Schließlich begann das wimmernde Häufchen Elend zu erzählen.

»Wir können doch jar nix dafür!«, schniefte er kleinlaut. »Wir waren in der Nacht doch nur zufällig im Wald.«

»Und was sucht ihr nachts im Wald?«, fragte Herbie barsch.

»Holz.«

»Holz?«

»Ja, auf dem Platz liegt frisch geschlagenes Holz. Da bedienen wir uns schomma. Dat machen wir schon seit Jahren. Habt ihr mal 'ne Kippe?«

Neli deutete auf das Handschuhfach. »Da muss irgendwo ein halbes Päckchen Marlboro sein.«

Herbie fischte es zwischen Autopapieren und ein paar Päckchen Tempotüchern hervor und reichte es nach hinten ohne sich umzublicken. Von der jämmerlichen Gestalt hinter sich, da war er sich sicher, ging keine Gefahr mehr aus. »Streichhölzer hast du ja selber«, sagte er grimmig.

»Verloren«, kam es kleinlaut von hinten. Herbie drückte den Zigarettenanzünder rein und reichte ihn wenige Augenblicke später ebenfalls nach hinten.

Er hätte mich wenigstens vorher fragen können, ob es mir nichts ausmacht, meinst du nicht, Herbie?, maulte Julius gequält hüstelnd, nachdem sich Brock eine Zigarette angezündet hatte.

»Wir waren im Wald«, begann Heinz-Dieter erneut. Seine Worte kamen langsam und stockend und wurden immer wieder von einem Husten oder einem klagenden Laut unterbrochen.

Sie waren, so berichtete er, nachts an eine Stelle gefahren, an der erst kürzlich frisch geschlagenes Holz aufgestapelt worden war. Nach Heinz-Dieters Schilderung bediente sich hier der Brock-Clan bereits seit etlichen Jahren mit großer Selbstverständlichkeit, um zeitig auf den kalten Eifelwinter vorbereitet zu sein. Eine Metallschranke, die normalerweise nur Forstarbeitern und anderen Befugten den Zugang zu dem Waldweg erlaubte, ließ sich leicht mit einem Steckschlüssel in Dreikantform überwinden. Das Beschaffen der Brennstoffe lief immer nach dem gleichen Schema ab: Man wartete, bis es spät genug war, sodass zwischen Esch und Waldorf »kein Schwanz mehr unterwegs« war, wie Brock es formulierte, und öffnete im Schutze der Dunkelheit die Schranke. Dann passierte man, folgte dem Waldweg um eine gedehnte Kurve bis zum Holzlagerplatz und lud dort ganz still und klammheimlich das Holz auf die Ladefläche.

»Eijentlich«, so ächzte Brock, »alles kein Thema. Aber in dieser Nacht ...«

»... seid ihr überrascht worden«, mutmaßte Neli.

Brock winkte ab. »Quatsch. Die haben uns doch jar net jesehen.«

»Die?«

»Zwei Autos. Dat erste kam gerade, als wir fertig aufjeladen hatten un Feierabend machen wollten.«

»Feierabend«, schnaubte Herbie verächtlich.

Das kennst du nicht, mein Freund. Das hängt mit einem geregelten Berufsleben zusammen.

»Also dat Auto kam un hielt vor der Schranke, die wir ja wieder runterjelassen hatten. Motor aus. Stille. Da haben wir schon jedacht: Scheiße! Jetz hammse uns am Arsch!

Aber nix passierte, un wir haben uns janz still jehalten.« Er stockte. »Wohin fahrt ihr mich?«

»Nach Gerolstein ins Krankenhaus«, sagte Neli.

»Scheiße, die kennen mich da. Da war ich dieses Jahr schon drei Mal.«

»Erzähl weiter«, sagte Herbie unbarmherzig.

»Hat dann unjefähr fünf Minuten jedauert. Un dann kam dat zweite Auto. Auch Motor aus. Irjendwer steigt aus. Stimmen.«

Herbie fuhr herum. »Stimmen? Männlich? Weiblich?«

»Weiß ich net.«

Herbie gestikulierte drohend. »Du wirst doch gehört haben, ob das Männer- oder Frauenstimmen waren!«

Fass ihn nicht so rau an. Er ist ein sensibles Bürschlein, das merkt man doch.

»Ich weiß et doch net!«, schrie Brock und griff sich im nächsten Augenblick gepeinigt an den verletzten Arm. »Dat jing doch so schnell. Ich glaub irjendwer is in dat erste Auto einjestiegen, un dann haben die sich da drinnen unterhalten. Da hör ich doch net, ob dat 'n Typ oder 'ne Alte is.«

»Waren die lange zusammen in dem Auto?«

»Zehn Minuten vielleicht. Wir waren ja froh, dat die net in der Jejend rumspaziert sind. Sonst hätten die uns am Ende noch entdeckt. Die saßen da drin un wir haben nur Jemurmel jehört, un dann ...« Er verstummte.

Herbie starrte ihn auffordernd an. Er reckte das Kinn nach vorne, um Brock zum Weitererzählen aufzufordern.

»Dann kam der Knall.«

Neli trat auf die Bremse und lenkte das Auto an den Straßenrand.

Brock wurde nach vorne geschleudert und heulte laut auf. Herbie griff nach hinten, packte ihn am Kragen und zischte:

»Ich warne dich, Freundchen. Wenn du uns hier einen vom Pferd erzählst ...«

»Aber dat war doch so«!, wimmerte Brock. »Im Auto hat et jeknallt. Dann war ein Moment Ruhe, un dann ist die zweite Person abjehauen. Mit dem zweiten Auto.«

»Und ihr habt nichts beobachtet? Nichts?« Neli schüttelte den Kopf und lenkte das Fahrzeug zurück auf die Straße. Sie hatten mittlerweile Oberbettingen hinter sich gelassen und fuhren an der Kyll entlang auf Gerolstein zu.

»Wir haben nur zujehört. Wir hatten doch Schiss, dat wir jesehen werden. Aber als dann der Knall kam, da hat Fredo jesagt: Dat war doch 'n Schuss. Ich hab jesagt: Quatsch. Schuss. Blödsinn. Un als dat zweite Auto wegjefahren is, is der gucken jejangen. Un dann kam der zurück, un hat nur wie wild mit den Armen rumjefuchtelt, un hat jesacht: Scheiße! Da issen Toter im Auto!«

»Keine Erste Hilfe? Keine Wiederbelebungsversuche?«, fragte Herbie lauernd. Brock starrte ihn an, als habe Herbie völlig den Verstand verloren: »Hast du se noch all? Der war tot. Da war überall Blut. Der hatte 'ne Pistole in der Hand un en Loch im Kopp.« Er schüttelte den Kopf und bat Neli erneut um den Zigarettenanzünder. Als er sich eine neue Kippe angezündet hatte, fuhr er fort: »Wir wollten so schnell wie möglich weg. Fredo hat die Schranke aufjemacht un wollte an dem Auto vorbeifahren. Ich hab noch jesagt: Fredo, dat klappt niemals. Dat is zu eng, aber der hat dat natürlich ausprobiert, un Zack!« Er machte eine viel sagende Bewegung mit der ausgestreckten, flachen Hand.

»Zack was?«

»Zack, Blötsch im Kotflügel. Vorne rechts im Kotflügel! Fredo, der Idiot is natürlich beim Durchfahren am Seitenpfosten von der Schranke vorbeijeschrammt. Super, was? Da war jetzt unser Lack dran und so. Erklär das mal den Bullen. Toter im ausländischen Auto. Pistole, und Fredo und Heinz-Dieter mit jeklautem Holz.«

Die Gebrüder Brock haben ja schließlich auch einen guten Ruf zu verlieren. Julius erhob bedeutungsvoll den Finger. *Wie schnell ist so ein guter Leumund hinüber.*

»Die kennen uns doch hier alle.« Brock wirkte geradezu betrübt. Er senkte den Blick und murmelte: »Is auch nich immer einfach.«

»Mir kommen gleich die Tränen. Weiter!«, drängelte Herbie unwirsch.

»Un dann hab ich die Superidee jehabt. Ich hab jesagt: Fredo, dat biegen wir wieder hin. Der Tote muss nur wo anders jefunden werden. Un dann Abschleppstange raus. Damit jeht so wat janz einfach. Auto anjehängt, un los!«

Brock berichtete mit sichtlichem Stolz in der Stimme, wie es ihnen gelungen war, das Fahrzeug einen knappen Kilometer ungesehen über die kleine Landstraße durch den Wald zu bugsieren und am Rand des Wäldchens auf einem anderen Waldweg wieder abzustellen.

»Mit Handschuhen. Keine Fingerabdrücke, nix!« Er setzte ein schiefes Lächeln auf. Aus seiner Nase tropften Rotz und Blut und Herbie bekam fast so etwas wie Mitleid mit dieser simplen, gequälten Seele.

Als Neli schließlich in Gerolstein linkerhand in Richtung Krankenhaus abbog, saß Brock schwer atmend auf dem Rücksitz und starrte nur noch stumm aus dem Fenster.

Vor dem Hauptportal des Krankenhauses hielt Neli an. Keiner von ihnen bequemte sich zunächst, der geschundenen Kreatur aus dem Auto zu helfen.

Schließlich räumte Herbie den Beifahrersitz und erkundigte sich, während er dem Burschen ziemlich grob beim

Herausklettern half: »Was wirst du denen erzählen, wie das passiert ist?«

Brock murmelte: »Dat fragen die mich schon lange net mehr.« Bevor er sich zum Haupteingang schleppte, hielt er kurz am Fenster inne, warf einen grimmigen Blick hinein und knurrte: »Un irjendwann erwischen wir euch auch noch. Verlasst euch drauf!«

* * *

Wenn die Polizei einen Tatort verlassen hat, dann gibt es kaum noch einen Halm, der nicht geknickt, ein Steinchen, das nicht umgedreht und abgepinselt worden ist. Als Spilles an der Stelle aus dem Auto stieg, an der man Nizer mit durchschossenem Schädel gefunden hatte, erwartete er nicht, dort noch über irgendetwas zu stolpern, das die Bullen ihm übriggelassen hätten. Hier erwartete er verbrannte Erde.

Sie hatten die Sache abgehakt, da es keinerlei Zeichen gab, die auf Fremdeinwirkung hindeuteten. Sie waren sich sicher.

Aber sie hatten auch nicht mit Starks Huppert an der Theke gesessen und ihn sterben sehen, nachdem er ein paar ominöse Andeutungen gemacht hatte.

Sie spürten nicht, dass es zwischen den beiden Toten einen Zusammenhang gab.

Er kam geradewegs aus Jünkerath, wo er den alten Fritz Keutgen besucht hatte. Keutgen arbeitete seit siebzehn Jahren im Wald. Er rückte Holz und rodete und es schien dem alten Knaben gut zu bekommen, denn Spilles hatte einem Bild von einem kerngesunden Naturburschen gegenübergesessen, der genau wusste, was er von sich gab.

Keutgen hatte ihm erzählt, wie er so gegen sechs Uhr am Morgen mit dem kleinen Lantz losgetuckert war, um in den Wald zu fahren. Und da hatte dieses ausländische Auto da gestanden. Und er hatte gehupt und gehupt und es fuhr nicht weg, und als er vom Bock stieg um nachzugucken, da hatte er die Bescherung gesehen.

Aber er hatte Spilles auch noch etwas anderes erzählt. Etwas, das ihm nicht eingefallen war, als ihn die Polizei am Vortag befragt hatte.

Spilles guckte sich um. Wenn er den Worten des Alten Glauben schenken konnte, und das wollte er durchaus tun, dann war sein nächstes Ziel ganz in der Nähe. Er musste nur etwa zehn Minuten in der beschriebenen Richtung durch den Wald gehen, dann würde er das finden, was er suchte.

Spilles warf einen Blick zurück zu seinem Auto, um sich zu vergewissern, dass es niemandem den Weg versperrte, und ging los.

11. Kapitel

Ein völlig unberührter Tatort«, hauchte Herbie beeindruckt.

Terra Incognita. Boden, den noch nie eines Menschen Fuß betreten hat, Land, dessen Anblick jedes Menschen Aug' bislang verwehrt geblieben! Julius hatte die Arme ausgebreitet und drehte sich langsam um die eigene Achse.

Neli bückte sich unter der dunkelroten Metallschranke her und Herbie erschauerte beim Anblick ihrer fülligen, weißen Hüften, die unter dem knappen violetten Shirt hervorquollen. Als sie zielstrebig auf die vor ihnen liegende freie Fläche zuwackelte, rief er: »Momentchen noch! Wir müssen hier sehr vorsichtig sein!« Er beeilte sich hinter ihr herzukommen, um ihr gegebenenfalls augenblicklich Einhalt gebieten zu können. Sie strahlte ihn an und sagte wonnig: »Zeig mir alles, Herbie. Ich vergesse immer, dass du ja fast so was wie ein Fachmann bist.«

Er wich den funkelnden Blicken von Julius aus. Dieser schien seit ihrer neuerlichen Ankunft im Wald zwischen Waldorf und Esch besonders streitlustig zu sein.

Oho, Herr Kommissar. Jetzt zeigen Sie uns Dummbeuteln aber mal, wie man so was richtig macht. Sammeln Sie Zigarettenkippen und zupfen Sie Haarbüschel aus den Dornenhecken. Gießen Sie Gips auf den Boden und schnuppern Sie an Reifenspuren!

Herbie beschränkte sich auf ein verächtliches Grunzen, das an seine beiden Begleitpersonen gleichermaßen adressiert war. Er vergrub die Hände tief in den Taschen und strich ratlos mit dem rechten Fuß durch die Grasbüschel am Wegesrand.

Wie fing man so was an?

Worauf musste man achten?

Er erkannte unschwer etliche Reifenspuren, die einander kreuz und quer überlagerten. Vor ein paar Tagen hatte es ein heftiges Gewitter gegeben, das den Boden ordentlich aufgeweicht hatte. Seit dem Tag der Tat aber war es heiß und trocken gewesen. Somit waren die Reifenspuren von den Brocks, von den Waldarbeitern, von dem Amerikaner und dem unsichtbaren Schützen und möglicherweise auch noch von etlichen anderen Fahrzeugen tief in den erstarrten Boden gegraben. Dieses Sammelsurium von Spuren war für einen Laien schlichtweg undurchschaubar. Herbie fuhr mit dem ausgestreckten Zeigefinger ein paar besonders markante Rillen nach und murmelte: »Hm. Gut. Die knöpfen wir uns später vor.«

Am linken Stützpfosten der Schranke erkannte er ziemlich deutlich die grauen Lackspuren vom Auto der Brocks. Die Lackanhaftungen waren so gut sichtbar und sahen so frisch aus, dass er verstehen konnte, dass die Brocks deswegen Fracksausen gekriegt hatten.

Aber was sagte ihm dieser Platz denn sonst noch?

Er besann sich auf etwas, das er einmal in einem Krimi gelesen hatte. Er schloss die Augen, legte langsam den Kopf in den Nacken und atmete tief durch. Dann ließ er die Geräusche und die Düfte auf sich wirken. Er wollte die Aura dieses Platzes auf sich wirken lassen. Das brachte möglicherweise eine Inspiration.

Eine Weile stand er so da und wartete, aber wenn sich die Inspiration tatsächlich zu irgendeinem Zeitpunkt im Anflug befunden hatte, dann hatte sie ihn um einige Zentimeter verfehlt. Er verspürte nicht einmal ihren Luftzug.

Neli stand an seiner Seite, wippte ungeduldig auf den Fußballen und betrachtete ihn mit unverhohlener Neugier. Aus ihrem Blick sprach die blanke Bewunderung.

Julius schüttelte nur resignierend den Kopf.

Herbie gab sich einen Ruck und murmelte: »Gut. Machen wir weiter.«

Der Weg war hier zu einer ausholenden Lichtung ausgeweitet und krümmte sich um eine rechterhand liegende steile Böschung. Dort oben musste Lämpchen irgendwo im Gestrüpp gekauert und die Brocks beim Abtransport des Fahrzeugs beobachtet haben. Kein Wunder, dass sie von dort aus keinen Einblick in das belgische Auto gehabt hatte.

Als sie der Krümmung des Abhangs folgten, stießen sie schließlich auf die hölzernen Objekte der Begierde, welche die Brock-Brüder immer wieder in den Wald trieben. Frisch geschlagene und in circa zwei Meter lange Stücke zerteilte Baumstämme lagen hier zu großen Stapeln aufgetürmt. Herbie schritt an ihnen entlang und Neli folgte ihm watschelnd, fast seinen Fußspuren folgend, um nicht womöglich einen wichtigen Hinweis zu vernichten.

Wenn man sich mit einem Fahrzeug am hinteren Ende des Holzlagerplatzes postierte, konnte man sich ungeniert am Holz bedienen, ohne dabei von der Straße aus gesehen zu werden. Herbie verschränkte in grübelnder Haltung die Arme und versuchte zu ergründen, ob die Geschichte der Brocks so stimmen konnte. Nach reiflicher Überlegung schien ihm dies durchaus wahrscheinlich.

»Und? Gibt's hier was zu sehen?«, fragte Neli ungeduldig. »Ich meine, hast du schon eine Idee ...«

Herbie bedachte sie mit einem schroffen Blick. Hier bot sich ihm eine fabelhafte Gelegenheit, sie für einige Minuten mundtot zu machen. »Das erfordert ein bisschen Konzentration. Bitte ...«

Sie nickte beifällig. »Bin ja schon still.«

Julius hatte sich mit einer gespreizten Geste auf einem besonders dicken Baumstamm niedergelassen, der einzeln am Rand der Lichtung lag. Er stützte das bärtige Kinn auf die Faust und gab gelangweilt schnaubende Laute von sich. *Weckt mich, wenn ihr fertig seid.*

Die Brocks hatten also von hier aus den Geschehnissen jenseits der Schranke, hinter der Biegung, gelauscht und hatten sich mucksmäuschenstill verhalten. Was Hans-Dieter erzählt hatte, stimmte also vermutlich: Sie hatten die Schranke hinter sich wieder heruntergelassen, gleich nachdem sie ihr Fahrzeug zum Aufladen positioniert hatten. Das erklärte, warum sich das Treffen der beiden später angekommenen Fahrzeuge nicht hier, ein Stück weiter von der Straße entfernt, zugetragen hatte. Vermutlich wäre der belgische Leihwagen sofort bis hierher gefahren und hätte die Brocks dann bei ihrer nächtlichen Tätigkeit überrascht.

Womöglich wäre dann alles anders abgelaufen.

Womöglich hätte es dann gar keinen Toten gegeben.

Herbie klatschte in die Hände. »Nun, hier hinten finden wir nichts. Außer ein paar Urinproben von den Waldarbeitern oder den Gebrüdern Brock lässt sich hier wahrscheinlich nichts entnehmen. Also wieder zurück auf die andere Seite der Schranke! Dahin, wo das Auto stand.«

Neli zeigte auf eine Zigarettenschachtel, die zerknüllt halb unter dem Holzstapel hervorguckte. »Und das hier?«

Herbie nickte. »Oh, ja. Welche Marke?«

»Camel.«

»Solltest du sichern.«

»Und hier noch andere. Marlboro, glaub ich.«

»Gut, gut. Du machst das gut. Sammel alles ein.«

Hauptsache, sie ist beschäftigt, was? Lässt du sie jetzt den ganzen Müll aufsammeln?

»Glänzende Idee«, wisperte Herbie und strahlte Julius an. »Damit könnte man sie tatsächlich für ein Weile aus dem Verkehr ziehen.«

»Hast du was gesagt, Herbie?«

»Hast du eine Plastiktüte im Auto?«

»Sicher irgendwo. Warum denn?«

»Wir sollten hier alles aufsammeln, verstehst du? Wir dürfen nichts liegen lassen.«

Nelis Augen leuchteten und ihre Wangen hatten rote Flecken der Erregung bekommen, als sie wenig später mit einer Plastiktüte bewaffnet von ihrem zerbeulten Panda zurückkehrte und begann, den Platz und den angrenzenden Wald nach Müll abzugrasen.

Wir werden eine Medaille vom Ortsbürgermeister erhalten.

»Lass sie suchen, Julius. Lass sie sammeln und suchen. Wichtig ist nur, dass sie mir für fünf Minuten vom Leib bleibt!« Herbie hatte eine Autospur entdeckt, die geradewegs auf die Schranke zuführte und die er für die der Brocks hielt. Als er ihr in gebückter Haltung folgte, völlig in die Betrachtung des groben Profils versunken, donnerte er plötzlich mit ungebremster Wucht gegen die Schranke. Es war, als würde ein gutes Dutzend Feuerwerksraketen in seinem Schädel explodieren. Er stöhnte laut auf.

Neli war sofort bei ihm, als er auf die Knie sackte. Sie strich ihm besänftigend über den Rücken und völlig betäubt durch den Schmerz, ließ er sie gewähren.

Ein silbergrauer Mercedes bremste in diesem Moment auf der Straße und einen Augenblick später setzte das Fahrzeug zurück und rollte langsam auf sie zu, bis es kurz vor ihnen zum Stehen kam.

Herbie versuchte, wieder auf die Beine zu kommen, aber seine Knie hatten sich inzwischen offensichtlich mit

Pudding oder etwas Ähnlichem gefüllt, sodass ihm die Beine den Dienst versagten. Neli versuchte verzweifelt, ihm wieder hoch zu helfen. Durch den Nebel, der sein Bewusstsein umfing, durchströmte ihn eine Woge des Glücks, dass er plötzlich wieder fähig war, den herben Schweißgeruch zu erkennen, der ihren Achseln entwich. Und auch durch das Rauschen, das in seinen Gehörgängen pulsierte, drangen plötzlich wieder menschliche Stimmen.

Es hat »Boing« gemacht. Richtig laut »Boing«. So, wie es sich in den alten Stan und Ollie-Filmen immer anhört, wenn einer mit dem dicken Hammer zuschlägt. Es war einer der seltenen Momente, in denen Herbie froh war, Julius Stimme zu hören.

Neli brabbelte die ganze Zeit: »Gar kein Blut. Keine Sorge, Herbie, da ist gar kein Blut.« Aber da war noch eine andere Stimme. Und als sich der schwarze Schleier lüftete, der seinen Blick getrübt hatte, erkannte er eine zierliche alte Frau, die dem Mercedes entstiegen war und besorgt ihre faltigen Hände knetete.

»Kann ich Ihnen helfen? Ist Ihnen etwas passiert?«

Herbie sagte etwas, das wie »Lasst nur, alles in Ordnung!« hätten klingen sollen, das den Umstehenden allerdings blanke Ratlosigkeit in die Gesichter malte.

»Ananasbowle?«, fragte Neli ungläubig und schob sich die Brille zurecht.

Die alte Frau deutete plötzlich mit dem Zeigefinger auf Herbie und Neli und sagte zögernd: »Sind Sie das vielleicht? Ich meine, sind Sie ...« Sie wies auf Herbie. »Ein Herr Feldmann?«

Jetzt hatte Herbie wieder festen Boden unter den Füßen. Und die Tatsache, dass er sich in diesem Moment sogar seines Namens entsann, ließ ihn erneut aufatmen. Er fasste sich an den Kopf. Alles fühlte sich taub an.

»Kennen wir uns?«

Meinst du etwa mich? Julius schob sich in sein Blickfeld und setzte eine außerordentlich besorgte Miene auf. *Du wirst doch deinen alten Freund und Kupferstecher Julius wiedererkennen.* Seine Augenbrauen krümmten sich wie zwei Fragezeichen in die Höhe.

Die alte Dame hielt Herbie eine zerknitterte Visitenkarte entgegen, auf der allerlei mit Kuli herumgekrakelt worden war. »Sie beide waren doch heute Mittag bei Frau Leinen. Das stimmt doch, oder?« Zwei ernste Falten zeigten sich an ihrer Nasenwurzel. »Sie hat Sie beide sehr genau beschrieben. Sie müssen das sein. Hören Sie, lassen Sie die arme Frau in Ruhe. Die hat keinem was getan.«

»Frau Leinen?«, ächzte Herbie. »Frau Leinen?«

»Grete Leinen, ganz recht.«

»Lämpchen?«, entfuhr es Neli.

Die alte Dame ruckte mit dem Kopf herum. »So heißt sie nicht. So heißt sie nun wirklich nicht, junges Fräulein. Das ist ein ganz dummer Name, den man ihr da gegeben hat.«

An dieser Frau war etwas, was Herbie an Tante Hettie erinnerte. Es mochte ihre forsche Art sein, ihr kleiner Wuchs, ihre knochigen Hände oder ihr faltiges Gesicht. Aber im Gegensatz zu seiner Tante macht sie zwar einen durchaus resoluten Eindruck, ließ aber erkennen, dass in ihr ein große Güte schlummerte. Sie war sicherlich über die Siebzig und ihr Mercedes und der elegante Chic ihrer Kleidung wiesen sie als eine wohlhabende Frau mit sicherem Geschmack aus.

Sie machte einen Schritt auf Herbie zu und legte ihm sanft die Hand auf den Unterarm. »Ich komme gerade von ihr. Wissen Sie, ich kümmere mich schon seit Jahren um sie. Ihre

Eltern sind früh verstorben. Die arme Seele hat ja keinen. Und das alles hier wühlt sie sehr auf.«

»Was? Unser Besuch?«, fragte Neli patzig. »Wir haben Eier zusammen gegessen.

Ihre Bemerkung rief Herbie ins Gedächtnis, dass er an diesem Tag immer noch nichts Nahrhaftes zu sich genommen hatte. Sein Magen knurrte augenblicklich gequält auf und die Dame wich befremdet zurück.

»Nicht nur Ihr Besuch. Anscheinend scheint es hier nach dieser Geschichte mit diesem Selbstmörder ja nur so zu wimmeln von Spurensuchern und Fragenstellern.« Sie deutete vage auf die Aldi-Tüte in Nelis Hand. »Als ich eben bei ihr in der Hütte ankam, war gerade erst wieder jemand da gewesen, der sie sehr bedrängt haben muss. Das geht nicht, so was! Das geht einfach nicht, verstehen Sie?«

Herbie und Neli wechselten entsetzte Blicke. Die Brocks?

»Wer war das?«, fragte Herbie erregt. »Hat er ihr was angetan?«

»Wie sah er aus?« Neli riss entsetzt die Augen auf.

Aber die alte Dame winkte ab. »Nein, nein, er hat ihr nichts getan. Das wäre aber ja auch noch schöner. Er hat nur all diese Fragen gestellt. Fragen, Fragen, Fragen ... So ein unangenehmer Mensch mit grauen Haaren und einem Pferdeschwanz. Die arme Grete war ganz eingeschüchtert. Sie ruht jetzt. Kennen Sie den Kerl?«

Sie verneinten, froh darüber, dass sich ihr Verdacht nicht bestätigt hatte.

»Und Sie?«, fragte die Frau und wies auf Herbies Stirn, an der eine gewaltige Beule heranwuchs. »Was machen Sie hier?«

Herbie winkte ab. »Ach, wir schauen hier nur ein bisschen herum.« Und als er ihren skeptischen Blick bemerkte, schoss es ihm durch den Kopf, dass sie sie womöglich für zwei gemeine Holzdiebe halten könnte, deshalb sagte er rasch: »Wir haben eine Ölheizung.«

Verunsichert warf die alte Frau einen Blick auf die Visitenkarte und murmelte: »Nun, dann ist ja alles gesagt. Ich darf Sie noch einmal warnen. Lassen Sie Frau Leinen bitte in Ruhe. Sie hat nicht viel Umgang mit Menschen und braucht ihren Frieden.« Sie wedelte mit der Karte. »Andernfalls weiß ich ja durchaus, wo ich Sie finden kann, Herr ... Feldmann.«

Ihr Gesichtsausdruck war ernsthaft, aber keinesfalls feindselig. Sie schien von einer tiefen Sorge um das Wohl ihrer Schutzbefohlenen erfüllt. Als sie sich umwandte und mit kleinen Schritten zu ihrem 500er zurückging, sagte sie im gelassenen Tonfall der Selbstverständlichkeit: »Mein Name ist Arimont. Und das sollten Sie sich für Ihre zukünftigen Unternehmungen merken.«

Mit einem satten Geräusch schloss sich hinter ihr die Wagentür und der Mercedes rollte in Richtung Esch davon.

»Grauer Pferdeschwanz?«, fragte Neli. »Wer soll das denn sein?«

»Keinen Schimmer.«

Meine Güte, bin ich denn hier wieder mal der Einzige, der alles durchschaut: Das war natürlich Mutter Brock mit ihrem prachtvollen Damenbart. Ganz leicht, die für einen Kerl zu halten. Julius kraulte sich im dichten Kinnbart und blickte dem Auto nach, das zwischen den Baumreihen verschwand.

12. Kapitel

Und du meinst nicht, dass ich dir vielleicht besser ...«

»Nein, nein, ich brauche nur Ruhe. Absolute, ungeschminkte, bedingungslose Ruhe. Diese Kopfschmerzen machen mich wahnsinnig.« Als Herbie gerade die Autotür zuwerfen wollte, hielt er kurz inne und beugte sich noch einmal hinunter. »Danke. Du bist mir eine große Hilfe.«

Neli strahlte ihn beseelt an. »Ich werde jetzt zu Hause in Ripsdorf diesen Müll durchforsten. Und wenn es die ganze Nacht dauert.«

»Tu das. Ich bin ja so froh, dass du mir das abnimmst.«

Als sie davonbrauste, hob er die Hand zu einem kurzen Winken. Kaum war der Panda um die Ecke verschwunden, seufzte Herbie erleichtert auf. Er stand an der verkehrsreichsten Kreuzung von Hillesheim und warf einen forschenden Blick in das Geldscheinfach seines Portemonnaies.

Und die Kopfschmerzen? Wie weggeblasen?

»Keinesfalls, Julius.« Herbie überquerte den Zebrastreifen und stürmte auf den *Teller* zu.

»Aber der Hunger ist im Moment viel stärker. Ich habe heute Hände geschüttelt, die gar nicht da waren. Ich wäre beinahe in einem Herzhäuschen den Flammen zum Opfer gefallen. Ich habe mir selbst fast den Schädel zertrümmert und ich habe mich einen ganzen Tag lang in nahezu ununterbrochener Begleitung einer Person befunden, die so viel Renitenz und Geschmacklosigkeit in sich vereint, dass es einem schaudert. Aber all das ist nichts im Vergleich zu dem unbändigen Hunger, der mich quält.«

Er stiefelte geradewegs in das Restaurant hinein, obwohl es trotz der späten Stunde noch erfreulich hell und lau war.

Für gewöhnlich saß er gerne draußen an einem der Tische und schaute kauend den Bataillonen von LKWs zu, die fortwährend mit dramatisch hoher Geschwindigkeit den Berg aus Richtung Daun heruntergebrettert kamen und quietschend in die Eisen gingen. Aber heute musste er vorsichtig sein. Nelis Verschwinden konnte trügerisch sein. Besser, er aß im Verborgenen.

Ben, der Wirt, grüßte von der Theke. »Hallo, Herbie! Unfall?« Er tippte sich an die Stirn.

Herbie tastete nach der mittlerweile sicher prachtvoll violett schimmernden Beule und stöhnte: »Frag mich nicht.«

Und mit einem verschmitzten Grinsen ins Leere sagte Ben: »Hallo, Julius.«

Als Andrea wenig später an seinen Tisch kam und fragte: »Kleine Portion, wie immer?«, winkte Herbie wild gestikulierend ab. Auch wenn die riesigen Portionen des Hauses für gewöhnlich das Fassungsvermögen seines Junggesellenschrumpfmagens überstiegen, war ihm heute nach einem halben Pferd oder etwas Ähnlichem.

Wenig später saß er da, zufrieden kauend und fühlte sich zum ersten Mal an diesem Tag einigermaßen passabel.

Er musste plötzlich wieder an Nina denken. »Verlobt. Ha!«, entfuhr es ihm. Erschrocken über die Lautstärke seiner eigenen Worte blickte er sich um, aber niemand nahm Notiz von ihm.

Oh ja, verlobt. Ist das nicht romantisch? Julius, der sich zu seiner Seite auf der Bank niedergelassen hatte, rollte verzückt mit den Augäpfeln. *Sicher wird es bald eine Hochzeit geben. Vielleicht darfst du sogar den Trauzeugen spielen, wer weiß?*

Herbie grunzte verächtlich. »Sie hätte wenigstens was sagen können.«

Dann sann er darüber nach, wie vollkommen unterschiedlich die Frauen doch sein konnten. Er hatte grundsätzlich überhaupt nichts dagegen einzuwenden, vom weiblichen Geschlecht angehimmelt zu werden. In dieser Hinsicht war er, weiß Gott, nicht verwöhnt. Aber diese Neli war eindeutig nicht seine Kragenweite.

Du hättest es gut bei ihr. Im Winter hättest du's schön warm und im Sommer hättest du Schatten.

»Einen Schatten habe ich schon«, murmelte Herbie, während er mit einem Schnitzel von den Ausmaßen einer Tellermine kämpfte.

Neli mit der Tatsache vertraut zu machen, dass ihre Bemühungen völlig ins Leere liefen, würde ein harter Brocken werden. Aber er war entschlossen, diese Aufgabe bei nächster Gelegenheit zu meistern.

Herbie ließ keinen Krümel auf dem Teller und in den Schüsseln zurück.

Als er sich wieder auf die Straße wagte, war es beinahe dunkel. Er atmete die abgekühlte Luft ein, die schon den typischen Duft eines zu Ende gehenden Sommertags mit sich trug. Der Sommer würde prächtig werden und daran konnte diese Nervensäge nichts ändern.

Er bummelte langsam den Hügel in Richtung Zentrum hinauf und bog kurze Zeit später zum Graf-Mirbach-Platz ab. Hier hatte er im Dachgeschoss eines alten Hauses eine Wohnung gefunden, die ihn sehr an sein früheres Domizil in Euskirchen erinnerte. Die Leyendeckers, das alte Ehepaar, das die Wohnung unter ihm gemietet hatte, waren stets rührend um ihn besorgt und nahmen in seiner Abwesenheit häufig Post für ihn entgegen oder stellten ihm Kuchenstücke auf die Fußmatte. Seit er vor einem Jahr hierher gezogen war, hatte man es ihm leicht gemacht. Der ein oder andere Hillesheimer kannte seine Marotte, sich hin und wieder zu einem Wortwechsel mit jemandem hinreißen zu lassen, den niemand sehen oder hören konnte. In einem Städtchen dieser Größenordung blieben solche Dinge nicht lange unbeobachtet. Er hatte dieses Städtchen ins Herz geschlossen, liebte sein Schwätzchen mit dem beinlosen Werner, der in seinem Rollstuhl tagein, tagaus in der Kurve der Kölner Straße saß und die Autofahrer begrüßte. Er genoss die regelmäßigen Friseurbesuche bei Müllers Dietmar und er war ein treuer Kreissparkassenkunde geworden, den die Frau Hermes am Kassenschalter immer besonders gern bediente. Er genoss die Pizza bei Nicole, das Landbier im *Kleinen Landcafé* in Kerpen, er hatte sich hier eingerichtet.

»Die Eifel könnte so friedlich sein«, sagte er, während er die Stufen hinaufstieg und die Eingangstür aufschloss. »Warum müssen solche Dinge passieren? Warum ausgerechnet hier?«

Julius blieb auf dem Podest vor der Haustür stehen und warf einen Blick zurück auf den menschenleeren, hübsch hergerichteten alten Platz. *Es passiert überall. Es passiert heute und morgen und jeden Tag. Nur hier fällt es besonders unangenehm auf.*

»Manchmal hast du so einen zarten Anflug von Weisheit, Julius. Das sind die Momente, in denen ich denke, ich könnte noch was von dir lernen.«

Herbie trat in das Dunkel hinter der Tür.

»Herr Feldmann?«

Die Männerstimme kam aus der Finsternis, noch bevor Herbie den Lichtschalter gefunden hatte. Herbie schreckte panisch zusammen.

Als das Licht aufflackerte, fand er sich einem grauhaarigen Mann mittleren Alters gegenüber, der offensichtlich im

Treppenhaus auf ihn gewartet hatte. Sein Pferdeschwanz wies ihn als denjenigen aus, der am Nachmittag Lämpchen, der Waldfee, auf den Pelz gerückt war.

»Wer sind Sie denn?«, platzte es wütend aus Herbie heraus.

»Das braucht Sie im Moment mal nicht zu interessieren.« Der Mann machte eine geradezu gebieterische Handbewegung. »Mit wem haben Sie da gerade draußen gesprochen? Ist da noch jemand?«

»Niemand.«

Es tut immer wieder weh, weißt du?

»Aber Sie haben doch gerade draußen ...«

»Das war ein Nachbar. Ein blöder Typ. Der ist schon weg. Eine Arschgeige. Ich kenne ihn gar nicht näher. Was wollen Sie von mir?«

Blöder Typ? Habe ich da gerade recht gehört: Blöder Typ? Arschgeige?

»Es geht um Nizer.«

»Nizer?«

»Der Amerikaner. David Abraham Nizer. Tun Sie nicht so scheinheilig. Sie schnüffeln rum. Sie schreiben. Für wen arbeiten Sie?«

Herbie steuerte die Treppe an. »Lassen Sie mich bitte in Ruhe.«

Der Grauhaarige stellte sich ihm in den Weg. »Ich bin Jost Spilles. Ich schreibe. Und ich möchte das gerne exklusiv machen. Deshalb frage ich Sie jetzt noch mal: Für wen arbeiten Sie?«

Herbie musterte ihn von oben bis unten. Jost Spilles war tatsächlich eine traurige Figur, wie er da so im Treppenhaus stand und verzweifelt versuchte, sein Gegenüber einzuschüchtern. Spilles war zwar einen guten Kopf größer als er, aber er wirkte ausgemergelt und verbraucht und Herbie war sich sicher, dass er sich im Notfall durchaus gegen ihn zur Wehr setzen konnte.

»Wenn ich mich recht entsinne, sind das aber nicht die üblichen journalistischen Gepflogenheiten, Herr Spilles.«

In diesem Moment erlosch das Licht. Herbie tastete sich zur Wand und schaltete es erneut ein. Er stemmte die Hände in die Seite und starrte den Eindringling kampflustig an.

Spilles knetete die Hände. »Ich hab vielleicht die Chance, einen großen Artikel draus zu machen. Das möchte ich mir ungern vermasseln lassen. Sie waren auch bei der Alten im Wald und haben wahrscheinlich dasselbe rausbekommen wie ich.«

»So? Was denn?«

»Nichts. Die packt nicht aus. Ich bin mir sicher, dass sie was weiß, aber sie will einfach nichts erzählen.«

Herbie verkniff sich ein Grinsen. Er sah Lämpchens starren Blick vor sich. Der Blick eines hypnotisierten Kaninchens, bei dem sich kein einziger Muskel mehr regt. Jost Spilles hatte keine Chance gehabt, an sie ranzukommen. Pech für ihn.

»Man muss nur wissen, wie man die Fragen stellt. Haben Sie das in der Journalistenschule nicht gelernt?«

»Hören Sie, Feldmann, Sie machen mir einen cleveren Eindruck. Spilles mahlte mit den Kiefern. »Wir tauschen uns aus, okay?«

»Ich wüsste nicht, was ich Ihnen erzählen sollte.« Herbie zwängte sich an ihm vorbei und erklomm die erste Stufe.

»Ich könnte Ihnen auch was stecken.«

»Was denn?« Herbie stieg weiter die Treppe hinauf und kicherte deutlich hörbar. Jost Spilles blieb am Fuße der Treppe stehen und wirkte alles in allem reichlich hilflos.

»Morgen steht was von einem Autounfall im Blatt ...«

»Was ist damit?«

»Erst packen Sie aus, Feldmann. Erst Sie.«

Als Herbie den Treppenabsatz erreicht hatte, drehte er sich noch einmal um und betrachtete den grauhaarigen Mann im Hausflur. »Sie scheinen ja ganz schön Panik zu haben.«

Spilles ruderte einen Moment lang stumm mit den Armen. »Ich brauche diese Sache. Verstehen Sie doch.«

Mit einem Schulterzucken wandte sich Herbie um und sagte: »Gute Nacht, Herr Spilles.«

Das Licht ging erneut aus und er tastete sich im Dunkeln weiter hinauf.

»Für wen schreiben Sie, Feldmann?«

»Sie sollten in den nächsten Tagen mal in den Blättern auf mein Pseudonym achten: Hans-Peter Lohse. Gute Nacht!«

Als er seine Wohnung erreicht hatte und den Schlüssel aus der Hosentasche fischte, hörte er noch Spilles' letzte Drohung: »Ich warne Sie, Feldmann. Kommen Sie mir bloß nicht in die Quere!« Dann fiel die Haustür krachend ins Schloss.

In seiner Wohnung angelangt spürte Herbie, wie eine warme Welle der Energie ihn durchfloss. »Hast du das mitgekriegt, Julius? Der glaubt etwas auf der Spur zu sein! Ha! *Wir* sind etwas auf der Spur. *Wir!* Ich und du und diese ... naja. Autounfall? Was kann er nur damit gemeint haben. Wir werden morgen früh sehr gewissenhaft die Zeitung durchforsten müssen. Für meine Begriffe sind wir heute mindestens einmal zu oft gebeten worden, die Finger von der Sache zu lassen, was Julius?«

Es kam keine Antwort. » Julius?«

Die Stille um ihn herum war mit einem Mal bedrückend. Herbie spürte, wie ihm das Herz im Hals schlug. Auf seine Euphorie folgte plötzlich die blanke Furcht. »Julius?«

Nur langsam und zögernd schälte sich die voluminöse Silhouette seines Begleiters aus dem Halbdunkel des angrenzenden Schlafzimmers.

Gestatten? Ich bin der »blöde Typ«. Die »Arschgeige«.

»Mann, Julius, du wirst doch auf deine alten Tage nicht noch sensibel werden?« Herbie atmete erleichtert aus. Sein Blick fiel auf den Anrufbeantworter, an dem das rote Lämpchen blinkte.

Als er das Band zurückgespult hatte, war zuerst Tante Hettie zu hören. Sie behauptete voller Empörung, jemand habe ihn während ihrer Geburtstagsfeier dabei beobachtet, wie er sich klammheimlich über das Geschenk ihres Nachbarn, eine zweiunddreißig Jahre alte Flasche Weinbrand, hergemacht habe. Im Hintergrund kläffte nervtötend ihre Pudeltöle Bärbelchen. Dann hörte er eine Nachricht von Köbes ab, der sich darüber beschwerte, dass Herbie seit geraumer Zeit nichts mehr von sich hatte hören lassen.

Und dann war da nach dem folgenden Piepton plötzlich Ninas Stimme. Sie klang zaghaft und dünn.

»Hallo, Herbie? Ich bin's, Nina. Du, es ist was ganz Blödes passiert. Ich habe hier einen Brief, den ich vor zwei Wochen an dich geschrieben hatte. Der ist heute einfach wieder zurückgekommen. Sag mal, stimmt da vielleicht die Postleitzahl nicht?«

13. Kapitel

In der Nacht kroch ein Gewitter heran. Die außergewöhnliche Hitze des Maitags führte zu lauten elektrischen Entladungen und einem heftig prasselnden Regen, der Herbies Schlaf unruhig und wenig erholsam werden ließ.

Ab und zu wurde er wach, zählte im Dämmerzustand den Abstand zwischen Blitz und Donner und war der Meinung, dass sich das Gewitter erstaunlich lange in unmittelbarer Nähe befand.

Als er gegen drei durch den ausrollenden Donner hindurch das Klingeln des Telefons registrierte, dachte er zuerst an Nina. Entkräftet glitt er aus seinem Bett und tapste in den Flur zum Telefon.

Wenn es für mich ist, ich bin nicht da. Julius winkte mit dem ausgestreckten Zeigefinger ab. *Die sollen mich morgen früh im Büro anrufen.*

Kurz bevor Herbie abhob, dachte er noch an Tante Hettie, aber auch diesen Gedanken verwarf er und dann war er sich plötzlich sicher, dass etwas Schlimmes passiert sein musste, wenn ihn jemand um diese Uhrzeit anrief. Alles, was er herausbrachte, als er den Hörer ans Ohr drückte, war ein krächzendes »Hallo«.

Nelis Stimme klang sehr aufgeregt. »Herbie, Gott sei Dank bist du noch wach!«

»Neli!«

Frag sie! Frag: »Weißt du, wie spät es ist?«! Sie fragen es in jeder Fernsehserie und in jedem Spielfilm! Es sind immer die gleichen Worte!

»Weißt du ... Sag mal, geht's dir noch gut? Es ist drei Uhr!«

»Ich weiß, ich weiß! Aber ich habe etwas herausgefunden!«

»Wenn es die Weltformel sein sollte, kann ich dir verzeihen. Für alles andere werde ich dir ...«

»Ich muss dir das unbedingt zeigen!«

»Jetzt? Es ist ein fürchterliches Gewitter im Gange. Man soll bei Gewitter nicht telefonieren. Leg dich wieder ins Bett und lass uns morgen früh ...«

»Ich bin schon fast vor deiner Haustür! Bis gleich!«

Herbie starrte fassungslos auf den Hörer in seiner Hand und Julius jauchzte: *Köstlich. Genau das machen sie in den Filmen nämlich dann auch immer.*

Als im nächsten Augenblick die Türklingel ertönte, warf Herbie einen resignierten Blick in den Spiegel neben der Haustür, warf sich in aller Eile den Bademantel über und drückte seufzend den Türöffner.

Wenig später stand Neli vor ihm. Durchnässt, schnaufend und mit erregt glänzenden, roten Pausbacken. Ihre Brille war besprenkelt mit Wassertropfen.

»Du wirst staunen!«, sagte sie enthusiastisch und wedelte mit der Aldi-Tüte. Sie stürmte an ihm vorbei zum Küchentisch, kippte ihren Inhalt zwischen die Überreste des Frühstücks und begann mit schwungvollen Bewegungen, ihre vergammelten Fundstücke auf der Tischplatte hin und her zu sortieren. Während sie das tat, unterbrach sie ihren Redeschwall nur ab und zu, wenn ein besonders lauter Donner die Fensterscheiben klirren ließ.

»Kippen und Schachteln. Sieben verschiedene Zigarettenmarken. Alle ganz gewöhnlich. Marlboro, Camel, Gauloises und so was. Pariserverpackungen und Kaugummipapierchen. Was Außergewöhnliches: eine alte Musikkassette. Sieht reichlich schmuddelig aus. Liegt wahrscheinlich schon 'ne ganze Weile da. Ich habe sie ganz durchgehört. Richtig kranke Technoscheiße. Keine versteckten Messages oder so was, soweit ich das beurteilen kann. Eierschalen, Chipstüten, Tempotücher in verschiedenen Stadien der Auflösung. Und ... Tätätätääă! Knochen!« Sie hielt ein längliches graues Etwas in die Höhe. »Hähnchen, linker Unterschenkel, Picknick, wenn du mich fragst.«

Ab und zu warf sie einen Seitenblick auf Herbie und ließ einen vieldeutigen Blick an seinem Bademantel und seinen blassen Beinen herunterwandern. Herbie unterdrückte ein Gähnen.

»Aber hier das ist wirklich etwas Besonderes.« Sie senkte ihre Stimme zu einem Flüstern, als sie ein Stückchen Papier aufhob und im Schein der Küchenlampe betrachtete. Der einsetzende Donner untermalte diesen geradezu geheimnisvollen Augenblick. Herbie trat interessiert näher.

»Ein altes Farbfoto. Zuerst dachte ich, es habe schon länger da rumgelegen. Sieht ja auch reichlich ramponiert aus.«

»Und wo lag es?«

»Ziemlich genau am richtigen Platz.« Sie blickte Herbie tief in die Augen. »Ungefähr da, wo sich alles zugetragen hat.«

»Also vor der Schranke?«

»Ganz genau. Sieh mal hier. Es ist nur so kaputt, weil an der linken Seite ein Reifen drübergerollt ist.«

Herbie sah das Foto einer hübschen jungen Frau mit blonden Haaren, die offensichtlich im Moment der Aufnahme in ein herzhaftes Lachen ausgebrochen war. Der Mode und der Frisur entsprechend mochte das Bild in den Siebzigern aufgenommen worden sein. Die Konturen waren unscharf und die Farben spielten ins Violette. Auf der linken Seite des Bildes war die Fotobeschichtung durch eine Reifenspur fast vollständig weggeschrubbt worden. Winzige Dellen, die von durchgedrückten Steinchen herrührten, machten das

Papier an dieser Stelle ganz rau. Herbie nahm das Foto in die Hand und ließ sich auf der Küchenbank nieder.

»Man könnte mit ein bisschen Mühe sogar das Reifenprofil überprüfen! Oh, Mann, bin ich jetzt vielleicht müde.« Neli gähnte nun ebenfalls herzhaft. »Ermittlerarbeit schlaucht ganz schön.«

Herbie schüttelte den Kopf und strich mit dem Finger über die lädierte Oberfläche. »Das Profil, das Profil ... Woher sollen wir denn das Reifenprofil bekommen? Ja, sag mal, was machst du denn da?«

Fassungslos realisierte er in diesem Moment, dass Neli mit dem Ausdruck völliger Nebensächlichkeit in der Stimme sagte: »Ich bin klatschnass. Nachher hole ich mir noch 'nen Schnupfen« und sich dabei ihr T-Shirt über den Kopf zog.

Herbie wandte sich Hilfe suchend nach Julius um, der allerdings offensichtlich mit der Inspektion von Nelis restlichen Mitbringseln beschäftigt war und nur murmelte: *Kommen die Eierschalen denn nun eigentlich in die Biotonne oder in den Restmüll?*

»Aber das Foto kann doch jeder Eifeler Straßenrandpinkler oder jeder x-beliebige holländische Butterbrotfresser da verloren haben«, stammelte Herbie nervös und versuchte sich wieder auf das Foto zu konzentrieren.

Neli setzte sich neben ihn auf die Bank und drückte sich dabei gefährlich nah an seine Seite. Er entdeckte allerlei tätowierte Kringel auf ihrem Dekolleté und er konnte nicht umhin, einen Blick auf ihren wogenden Busen zu werfen, der in einem verwaschenen weinroten BH steckte, der viel zu knapp war. Er schluckte und glaubte, sie müsse es hören und völlig falsch interpretieren. Gottlob war der nächste Donner zur Stelle.

Neli beugte sich vor und deutete auf das Foto. Siehst du diese Mauer im Hintergrund? Und diese Häuserzeile? Und guck mal ganz hinten, dieses Straßenschild, und dann auf der Rückseite ...« Ihr feuchter, orangefarbener Haarschopf strömte einen dumpfen Geruch aus. »Hast du eine Lupe?«

Dankbar für diese Gelegenheit sich davonzustehlen, sagte Herbie: »Moment, ich muss erst suchen.«

Im Flur schob er am Sideboard die Schubladen auf und zu und flüsterte panisch »Das darf nicht wahr sein. Das darf doch alles überhaupt nicht wahr sein.«

»Ein guter Detektiv besitzt doch immer eine Lupe, nicht wahr?«, ertönte Nelis Stimme aus dem Nebenraum.

Julius war ihm gefolgt, beobachtete eine Weile fasziniert sein hektisches Wühlen und Räumen und schüttelte missbilligend den Kopf. *Die Lupe ist in der dritten Küchenschublade von rechts. Das weißt du doch ziemlich genau.*

»Allerdings weiß ich das genau. Ich versuche nur Zeit zu gewinnen. Nebenan lauert mein Untergang.«

Das wird dir nichts nützen, alter Freund. Im Grunde genommen halte ich dein Schicksal für besiegelt. Das Einzige, das dich vielleicht noch retten könnte, ist die Flucht hinaus in das Gewitter. Aber bitte, denke daran, dass der feine Mann von Welt selten im Bademantel auf die Straße geht.

Für einen winzigen Augenblick erwog Herbie tatsächlich den Ratschlag seines unsichtbaren Freundes, aber dann kam er mit sich überein, dass es keinen Zweck habe zu kneifen. Hier mussten ein für allemal klare Fronten geschaffen werden. Er würde jetzt in die Küche zurückkehren, würde die Lupe hervorholen, würde Neli nebenan erzählen lassen, was sie zu diesem seltsamen Foto zu erzählen hatte, und dann würde er sie vor die Tür setzen. Mochte es gewittern oder schneien.

Das traust du dich ja doch nicht.

Wetten doch?

Wetten nicht?

»In dieser Wohnung ist kein Platz für uns beide«, flüsterte Herbie energisch.

Als er entschlossenen Schrittes in die Küche trat, war Neli mit dem Oberkörper über ihren Fundstücken auf dem Küchentisch zusammengesackt und hatte den Kopf inmitten der Kondomverpackungen und Hähnchenknochen auf die verschränkten Armen gebettet. Das weiße Fleisch ihrer breiten Schulter bebte leicht. Sie war in leises Schnarchen verfallen.

Ein entfernter Blitz warf sein schwächer werdendes, flackerndes Licht über die Szenerie und Herbie war einen Moment lang unschlüssig, was er nun tun solle.

Dann beschloss er, alles so zu belassen, wie es das Schicksal gefügt hatte.

Er wollte gerade auf den Absätzen seiner Filzpantoffeln kehrtmachen, als sein Blick auf das Foto fiel, das zwischen Nelis Zeigefinger und Daumen steckte und mit rhythmischem Zittern das Schnarchen begleitete, und ihn packte die Neugier.

Er zupfte es heraus und holte die Lupe hervor.

Prüm 14 km. Er hatte es geahnt. Ein altes Bild, geschossen mit einem alten deutschen Fotoapparat. Dieses Foto hatte nichts mit dem Amerikaner zu tun, sondern hatte nur zufällig an diesem Ort gelegen. Genauso gut hätte man glauben können, Mister Nizer habe es zu Lebzeiten vorgezogen, während seiner nächtlichen Wartepause im Wald sieben verschiedene Sorten Zigaretten zu rauchen.

Er wendete das Bild und las ein Datum. »Fünfundzwanzigster April Fünfundsiebzig. Mit der Mode lag ich ganz richtig, Julius. Die Frau auf diesem Bild wird heute knapp fünfzig sein. Das hilft uns auch nicht weiter.«

Leise, mein Freund, sonst weckst du Sleeping Beauty wieder auf.

Herbie legte das Foto auf den Tisch, betrachtete einen Moment lang besorgt das Szenario, das sich ihm bot, seufzte gedehnt und murmelnd zu Julius gewandt: »Das kann ich ja eigentlich nicht so lassen, oder?«

Allerdings nicht. Das wäre nun wirklich nicht in Ordnung.

Also suchte Herbie die Wurst und den Käse aus der Unordnung zusammen, deckte sie säuberlich mit Zellophanfolie ab und räumte sie in den Kühlschrank.

»So ist es besser«, sagte er schließlich zufrieden. Und als er das Licht ausschaltete und sich anschickte, wieder im Schlafzimmer zu verschwinden, flüsterte er leise: »Du brauchst deinen Schönheitsschlaf, Karottenkopf. Nimm reichlich!«

Gerade war er wieder in sein Schlafzimmer zurückgekehrt, als ihm plötzlich etwas durch den Kopf schoss. Er drehte auf dem Absatz um, eilte zurück in die Küche, tastete fahrig nach dem Lichtschalter und stürmte auf den Küchentisch zu.

Nur zu! Julius stieß kraftvoll mit der Faust in die Luft. *Gegen die menschliche Natur kann man nun einmal nichts machen. Tu, was ein Mann tun muss! Sie will es doch auch!*

Herbie stieß mit der Nase fast auf die Rückseite des Fotos. »Fünfundzwanzigster April Neunzehnhundertfünfundsiebzig, Julius«, flüsterte er atemlos. »Bei uns in Deutschland macht man kleine Punkte zwischen die Zahlen. Hier sind Striche. Das Datum, Julius, das Datum! Der Monat 4 vor dem Tag 25. Das machen nur die Amerikaner!«

14. Kapitel

Am nächsten Vormittag weckten ihn ungewohnte Geräusche. Er hielt die Lider eine Weile geschlossen und versuchte das Gepolter zu deuten. Für einen Moment fühlte er sich an eine unvergessliche Nacht erinnert, die er einmal total breit auf der Gummimatte vor dem EC-Automaten der Euskirchener Volksbank verbracht hatte. Die Geräuschkulisse beim morgendlichen Öffnen der Bank und beim gewaltsamen Wecken durch den Hausmeister war eine ähnliche gewesen.

»Julius«, murmelte er. »Glaubst du, es hat Zweck, dass ich mir das Plümo über den Kopf ziehe und bis heute Abend einfach so tue, als sei ich tief und fest am schlafen?«

Julius räusperte sich vernehmlich. *Das hängt ganz davon ab, welchen Zweck du damit verfolgen willst. Unter Umständen lockt dein fortwährender Aufenthalt in deiner Schlafstatt deinen weiblichen Gast sogar noch hierher, in dieses Zimmer. Ich kann mir nur schwer vorstellen, dass es das ist, was du beabsichtigst.*

Augenblicklich war Herbie hellwach, schwang sich aus dem Bett und schlüpfte in seine Pantoffeln. »Du hast Recht, Julius. Du hast verdammt noch mal Recht. Das ist das Letzte, was ich will. Hier drinnen hat sie nun wirklich nichts verloren.« Ein pulsierender Schmerz auf seiner Stirn erinnerte ihn an seine Verletzung vom Vortag.

Du siehst irgendwie aus wie falschrum eingetopft.

Herbie beeilte sich in die Küche zu kommen und rechnete mit allem. Er fühlte sich sogar emotional ausreichend gewappnet für den Fall, dass Neli bei seinem Eintreten womöglich nur mit der Küchenschürze bekleidet im Begriff war, eine Schwarzwälder Kirschtorte zu backen oder in Strapsen die

Zimmerdecke zu streichen. Das Lärmen der vergangenen Minuten hätte beides als Ursache haben können.

Aber dann war da dieses hinterhältige Knurren und Herbie glaubte, seinen Ohren nicht trauen zu können. Als er in die Wohnküche trat, verschlug ihm der sich bietende Anblick den Atem.

Tante Hettie saß wie eine lebensgroße, grimmig dreinblickende Käthe-Kollwitz-Plastik aus Granit inmitten des Raumes. Ihr graues Kostüm ging beinahe nahtlos in ihre graue Gesichtsfarbe über. Nur der grellrote Lippenstift und das Gold ihrer orientalischen Krücke, auf der ihre faltigen Hände ruhten, störten das Bild. Zu ihren Füßen lauerte Bärbelchen, der kleine durchgestylte Pudel mit dem brillantenbesetzten Halsband, und fletschte angriffslustig die Zähne.

Tante Hettie drehte mit betont langsamer Geste ihre knochige Linke und sah auf die Uhr. »Zehn Uhr durch, fast halb elf. Es zerreißt mir das Herz, wenn ich daran denke, wie deine Eltern, Gott hab sie selig, sich im Grabe um- und umdrehen würden, wenn sie ahnten, was für einen Tagedieb sie großgezogen haben.«

»Guten Morgen, Tante Hettie«, sagte Herbie matt. Er konnte immer noch nicht fassen, was er sah.

Julius schlenderte durch den Raum, postierte sich hinter der alten Dame und begann, allerlei Grimassen zu schneiden.

»Was ist das?« Herbie deutete ungläubig mit dem ausgestreckten Zeigefinger auf das Möbelstück, auf dem seine Tante Platz genommen hatte. »Das stand da aber gestern noch nicht.«

»Natürlich nicht, du Einfaltspinsel. Die Packer sind gerade wieder hinaus. Und das junge Fräulein Pottkämper habe ich hinterher geschickt, um ihnen zwei Euro Trinkgeld zu bringen. Das ist ein Massagesessel.«

Das Möbel war mit pechschwarzem Leder überzogen, hatte schier unglaubliche Ausmaße und wog garantiert mindestens soviel wie ein japanischer Kleinwagen.

»Ein was?« Herbie machte einen Schritt auf seine Tante zu und Bärbelchens Knurren wurde noch einen Hauch bedrohlicher. Speichel troff zwischen ihren hochgezogenen Lefzen hervor.

»Reg dich nicht so sehr auf, mein kleiner Schatz. Wir werden uns nicht lange aufhalten. Ich kann verstehen, dass du dich hier unwohl fühlst.« Tante Hettie tastete mit ihrer zitternden Rechten nach der ondulierten Tolle des mageren kleinen Köters und wandte sich dann wieder an ihren Neffen. »Ein vollautomatischer Massagesessel. Per Knopfdruck kann man ihn in allerlei Bewegungen versetzen.«

Oho, ich ahne etwas! Da ihre Villa in Bad Münstereifel ihr zu groß geworden ist, hat sie sich entschlossen, bei ihrem Lieblingsneffen einzuziehen. Samt all ihrer kostbaren Möblierung und ihres possierlichen kleinen Herzenshundchens. Nein, wird das schön! Verzückt rollte Julius mit den Augen.

Herbie murmelte »Massagesessel. Soso.«

»Mein Bridgekränzchen hat zusammengelegt und mir dieses Monstrum zum Geburtstag geschenkt. Ich kann dieses unglaubliche Ding natürlich unmöglich in meinem Haus aufstellen, und weil mir einfiel, dass es dir ja sicherlich an allen Ecken und Enden hier fehlt in deiner ... in deiner ...«

»Wohnung?«

»Bleibe.« Sie erhob sich und ließ den Blick schweifen. »... da dachte ich, dass du vielleicht dankbar bist für diese kleine selbstlose Überlassenschaft.«

»Sicher, Tante Hettie, sicher. Er ist sicher sehr ... sehr ...«

»Schön?«

»Schwer.« Herbie fuchtelte mit den Armen herum. »Er ist größer als jedes andere Möbelstück hier in der Wohnung.«

Seine Tante witterte Auflehnung und schnarrte giftig: »Das Futter in diesem Sessel ist vermutlich mehr wert, als der ganze Ramsch in diesem Zimmer zusammen. Du brauchst dich nicht zu bedanken.« Sie wies mit der Krücke auf den völlig vermüllten Küchentisch. »Was ist das?«

Herbie zuckte mit den Schultern. »Ich bastle gerne.«

Frau Hellbrecht, ihr Neffe macht ganz reizende Tagesdecken aus alten Kondomtütchen! Julius prustete und beugte sich über den schwarzen Monstersessel.

»Und das?« Mit der Spitze ihrer Krücke visierte sie die Zeitungsausschnitte an, die das Ableben Dave Nizers zum Thema hatten und die Neli offensichtlich in ihrem Ermittlerwahn mit Magneten an der Kühlschranktür festgepappt hatte. »Waffe? Leiche? Was bedeutet das?« Mit Hilfe eines Lippenstifts hatte Neli damit begonnen, auf dem weißen Kunststoff allerlei Pfeile und Notizen um die Papierstücke herum zu malen. Herbie schnappte entgeistert nach Luft.

Julius eilte zum Kühlschrank und beugte sich zu der improvisierten Schautafel hinunter. Er zog nachdenklich die Stirn kraus. *Sag ihr doch einfach, das sei noch vom Vormieter.*

Tante Hettie starrte ihren Neffen durchdringend an. »Woher hast du diese Beule da? Hör mir gut zu! Meiner eindringlichen Warnung von gestern und vorgestern möchte ich nichts hinzufügen, Herbert Feldmann. Ich habe heute Morgen bei meiner Ankunft dieses unschuldige junge Mädchen hier in deiner Küche vorgefunden. Halbnackt. Ich weiß nicht, was sie dazu bringt, sich jemandem wie dir, auf welche Art auch immer, hinzugeben!« Sie hatte jetzt den

Gummipfropfen am Ende ihrer Gehhilfe auf seine Nase gerichtet. »Ihr Vater ist voller Sorge und das scheint mir durchaus berechtigt. Verschone diese zarte junge Seele mit deinen wirren Spinnereien. Wenn Waffen im Spiel sind, dann endet das meistens mit einem Unglück. Das war schon mit deinem Onkel Eugen so, der sich als Kind ein Auge ausgeschossen hat!« Herbie ließ sich langsam von seiner Tante rückwärts durch die Küche treiben. »Sie ist eine gute Partie! Wenn du jemals in deinem kümmerlichen Leben einmal etwas richtig machen willst, dann machst du ihr ordentlich den Hof, hältst um ihre Hand an, wie es sich schickt, und dann bin ich dich vielleicht in Dreiteufelsnamen endlich los!« Bärbelchen verlor in diesem Augenblick seine Beherrschung, kläffte laut auf, grub seine kleinen spitzen Zähne in Herbies linken Pantoffel und der strauchelte nach hinten. Seine Beine stießen an einen Gegenstand, und rücklings plumpste Herbie in das gigantische lederne Scheusal. Als er versuchte sich wieder aufzurappeln, betätigte er mit der Rechten einen verborgenen Knopf und augenblicklich wurde er nach hinten in eine halb liegende Stellung geschleudert und mitsamt der Sitzfläche in heftige Vibrationen versetzt. Unsichtbare Walzen orgelten mit brachialer Gewalt seinen Rücken hinauf und hinunter, und als er seinen Mund öffnete, um zu sagen: »Aber Tantchen, es ist doch alles gar nicht so, wie du denkst ...«, bebte seine Stimme so sehr, dass es nach Bandsalat im Tapedeck klang.

Jetzt erschien auch Neli wieder aus dem Treppenhaus. »Ist das nicht zuckersüß, dass deine Tante dir so ein kostbares Geschenk macht?«, jauchzte sie und schlang ihre Arme um seinen Hals. Erleichtert stellte Herbie fest, dass sie unterdessen ihr violettes T-Shirt mit dem Aufdruck *Why drink and drive if you can smoke and fly?* wieder übergezogen hatte.

Mühsam versuchte er, sich aus der Umklammerung zu befreien, doch das Rütteln und Ruckeln des Sessels verlangte seine ganze Kraft, um sich überhaupt aufrecht zu halten.

»Und nun muss ich gehen. Mein kleines Bärbelchen ist so winzig kleine Räume nicht gewohnt. Das Tierchen kriegt so leicht Platzangst.« Henriette Hellbrecht schüttelte Neli kurz die Hand und bedachte sie mit einem nahezu mitleidigen Lächeln. Ihren Neffen würdigte sie keines Blickes mehr.

Dann verließ sie die Wohnung, flankiert von ihrer schwanzwedelnden Töle, die voller Stolz Herbies Pantoffel als Siegestrophäe mit vom Feld schleppte.

»Ist das Bärbelchen, der Hund, der dich so abgöttisch liebt?«

»Ja, ich schenke ihm auch immer was. Ich hatte gerade nichts im Haus und da hab ich mir gedacht: Gib dem kleinen Racker den Hausschuh.«

»Du bist so süß!«

»Nächstes Mal bekommt er den rechten.« Und bei sich dachte er: mitten in ihren parfümierten kleinen Arsch!

Mit Mühe gelang es ihm sich aus seiner misslichen Lage zu befreien und er flüchtete mit den Worten »Bin mal grade aufs Klo« in sein Badezimmer. Er drehte den Schlüssel zweimal im Schloss und japste nach Luft.

»Was habe ich nur Böses getan, Julius?«, flüsterte er. » Ich dachte, diese Wohnung sei weit genug von meiner Tante entfernt.«

Julius, der mit übereinander geschlagenen Beinen auf der Toilettenschüssel saß, grinste süffisant. *Weit gefehlt, mein Guter. Die Sehnsucht nach ihrem Schutzbefohlenen verleiht ihr Flügel*. Im Spiegel erkannte Herbie, dass die Beule auf seiner Stirn mittlerweile ein breites Spektrum schillerndster Farben angenommen hatte.

»Was muss ich tun? Den Namen wechseln? Mich umoperieren lassen? Wie kann ich all diesen Landplagen entkommen? Es soll Leute geben, deren Haus ist Tag und Nacht geöffnet für Gäste aller Art. Da ist ein stetiges Kommen und Gehen. Da wird nicht abgeschlossen. Aber das will ich nicht, Julius! Hörst du? Für mich ist das nichts!«

Er hockte sich auf den gekachelten Boden und begutachtete seinen dicken Zeh, an dem ein kleines blutiges Rinnsal herunterlief. »Ich sollte Bärbelchen mal mit zu den Brocks nehmen. Da könnte sich der liebe Arnie mal ein bisschen an ihr verlustieren.«

Plötzlich bemerkte er, wie eine Zeitungsseite unter der Tür durchgeschoben wurde.

»Lies das mal!«, rief Neli von draußen. »Es gibt Neuigkeiten.«

Herbie ließ sich auf den Bauch gleiten und stützte den Kopf mit den Händen ab. Ein Artikel verkündete nähere Informationen über den toten Amerikaner. Was er las, fand er durchaus interessant.

Dave A. Nizer war im Krieg über Deutschland geflogen. Die letzten Kriegswochen hatte er 1945 im Luftraum über der Eifel verbracht. Er war Witwer und hatte augenscheinlich keine nahen Verwandten in der Heimat. Über die Herkunft der Waffe gab es noch immer nur Spekulationen. Sicher schien jedoch, dass sie sich nicht in seinem Reisegepäck auf dem Flug aus seiner Heimat in der Nähe von Chicago nach Brüssel befunden hatte.

Und dann wurde Herbies Aufmerksamkeit auf den Artikel gleich daneben gelenkt, in dem es um ein Unfallopfer aus Tondorf ging, um einen alten Mann namens Hubert Stark, der sich als Hobbyhistoriker und Heimatforscher in seinem Dorf offensichtlich großer Beliebtheit erfreut hatte und der in der vorletzten Nacht einem Unfall mit Fahrerflucht mitten auf der B 51 zum Opfer gefallen war. Herbie erinnerte sich an die bruchstückhafte Information, die der abgehalfterte Journalist mit dem Pferdeschwanz am Vorabend taktisch ausgesprochen unbedacht preisgegeben hatte. Ein Unfall? War es das, was dieser Spilles gemeint hatte?

Und er las noch etwas am Ende des Artikels, das ihn zum Grübeln brachte. Der Tote war bis zu seinem plötzlichen Tod jahrzehntelang ein Angestellter eines der größten Möbelhäuser in der Eifel gewesen. Beim Namen der Firma stutzte Herbie. *Möbel Arimont.*

»Glaubst du an Zufälle, Julius?«

Du meinst so etwas wie ein zufällig blank gescheuertes Stromkabel am Toaster, das in diesem Moment nebenan für eine sehr plötzliche Bereinigung der Situation sorgen könnte?

Herbie entriegelte die Tür und betrachtete nachdenklich Neli, die inmitten ihrer Fundstücke eine Wanderkarte der Eifel ausgebreitet hatte und reichlich ungelenk damit begonnen hatte, einen Bleistiftkreis mit einem Radius von vierzehn Kilometern um die Stadt Prüm zu zeichnen. »Das Foto«, sagte sie strahlend. »Das war ein guter Fund, nicht wahr?«

»Mag sein. Es könnte was mit Nizer zu tun haben. Das amerikanische Datum ist mir natürlich gleich aufgefallen. Aber ich habe noch keine Ahnung, wohin mich das führt.«

»Dich?«

»Uns.« Herbie verdrehte die Augen. »Wir werden uns später drum kümmern. Meine Tante hat mich da auf so eine Idee gebracht. Es gibt jemanden, der mir ... der uns vielleicht etwas über die Mordwaffe erzählen kann.« Er nahm einen der Zeitungsausschnitte von der provisorischen Kühlschrank-Pinnwand, ging damit zum Telefon und suchte in einer kleinen Kladde nach einer Nummer. Wenige Augenblicke später hatte er den Anrufbeantworter von Onkel Erwin am Apparat. Während die schnarrende Stimme seines alten Onkels die Ansage herunterleierte, erklärte Herbie knapp: »Tante Hettie schätzt ihn fast ebenso sehr, wie sie mich schätzt. Er ist ein Waffenfachmann. Vielleicht kann er uns helfen.« Dann hinterließ er nach dem Piepton eine kurze Nachricht auf Band und legte wieder auf.

»Und jetzt das Foto?«

»Später. Sagt dir der Name Arimont etwas?«

»Die alte Frau mit dem Daimler?« Neli blickte zu ihm auf und rückte ihre Brille zurecht.

»Genau. Wir werden uns jetzt einmal im Möbelhaus in Gerolstein ein paar Einrichtungsgegenstände anschauen. Was hältst du davon?«

Nelis Blick spiegelte in diesem Moment zahlreiche sich überstürzende Fantasien vom Einrichten einer gemeinsamen Wohnung, vom Ausprobieren des neuen Himmelbetts und vom ersten gemeinsamen Bad im funkelnagelneuen Whirlpool wieder. »Oh, Herbie, das ist eine ganz, ganz wunderbare Idee«, hauchte sie.

15. Kapitel

Das Möbelhaus Arimont war ein uralter Familienbetrieb, hatte im vorigen Jahr sein hundertjähriges Jubiläum gefeiert und gehörte zu den größten Möbelhäusern Deutschlands. Aus der bescheidenen Polsterei des Paul Anton Arimont hatte sich im Verlaufe der letzten hundert Jahre ein blühendes Unternehmen entwickelt, das längst aus dem Zentrum des Städtchens Gerolstein ausgegliedert worden und in das Gewerbegebiet an der Sarresdorfer Straße im Kylltal umgezogen war. Hier erstreckte sich das Arimont-Imperium mittlerweile auf zwei Verkaufsgebäude und ein modernes Hochregal-Lager. Der Firma war es über all die Jahre immer wieder geglückt, die aktuellen Wohntrends aufzugreifen und rechtzeitig umzusetzen.

All diese Informationen erhielten sie von einer Tafel am Eingang des Zentralgebäudes. Eine weitere Tafel zeigte die freundlich lächelnden Gesichter der Mitarbeiter des Hauses. Die abgebildeten Herren waren ausnahmslos mit Schlips und die Damen mit frisch gestylter Frisur abgelichtet worden. Die zahllosen Lagerarbeiter und Monteure hatten hier offensichtlich nicht viel verloren.

Stefan Arimont lächelte von der Spitze der Fotopyramide seinen Kunden entgegen. Er trug eine getönte Brille und auch getönte Haare. Mit den knapp sechzig Jahren, die er, dem Faltenwurf seiner Augenlider nach zu urteilen, bereits hinter sich hatte, war das Schwarz seiner Frisur kaum noch das Schwarz der frühen Jahre.

Und sie fanden auch Hubert Stark, einen freundlichen älteren Herrn mit einem nur schwer zu deutenden Lächeln auf den dünnen Lippen. Herr Stark arbeitete dem Eintrag unter seinem Foto zufolge in der Telefonzentrale, ebenso wie eine gewisse Frau Klietsch und eine Frau Morschhäuser rechts und links neben ihm.

»Nicht gerade auf dem neuesten Stand«, war Herbies einsilbiger Kommentar. Dann legte er den Kopf in den Nacken und ließ den Blick an der riesigen Fassade hinaufwandern. Der Neonschriftzug *Arimont* war weithin sichtbar.

»Ob unsere alte Dame aus dem Wald was mit diesen Leuten zu tun hat?«, fragte er.

Neli zog die Stirn kraus. »Wenn du mich fragst, muss ich zugeben, dass ich noch immer nicht so richtig verstanden habe, was dieser Name jetzt mit unserem Fall zu tun hat.«

»Also, das ist folgendermaßen ...« Herbie holte noch einmal aus, um ihr die Zusammenhänge zu erläutern. Dann dachte er daran, dass er ihr bereits auf der Fahrt hierher mehrfach erfolglos versucht hatte, ihr die Geschichte mit Spilles darzulegen. »Ach, vergiss es einfach.«

Neli seufzte. »Du weißt schon, was du tust.«

Oh, du armes, naives Schaf! Wie kannst du glauben, dass dieser Mensch jemals irgendetwas unternommen hat, ohne sich im Zustand geistiger Umnachtung zu befinden?

Im Inneren des Gebäudes umfing sie sogleich der künstliche Geruch von Teppichboden und Holzfurnier. Es herrschte hektische Betriebsamkeit. Das Plätschern eines Springbrunnens in der Empfangshalle mischte sich unter die Klangkulisse aus kreischenden Kindern, piependen Handys und blechernen Lautsprecherdurchsagen. Über allem säuselten die Synthesizerversionen alter Burt-Bacharach-Songs.

Alles war großzügig dimensioniert, das Gebäude hatte einen runden Platz mit einem riesigen Kuppeldach im Zentrum, um den auf drei Etagen die verschiedenen Wohnbereiche ausgestellt waren.

»Hier hab ich meinen Schlafzimmerschrank gekauft«, erinnerte sich Neli. »Ganz aus Spiegelglas. Ich steh sowieso unheimlich auf Spiegel.«

Und der Spiegel sagte: Das seid natürlich Ihr, Frau Königin. Aber hinter den Sieben Eifelbergen, bei den sturen Eifelzwergen, da ist ein Mädchen, das ist noch viel hässlicher als Ihr ...

Herbie war für einen raschen Themenwechsel. »Ich würde sehr gerne etwas über diesen toten Herrn Stark erfahren. Möchtest du dich nicht solange da hinten ins Bistro setzen und ein paar Espresso trinken?«

»Aber Herbie. Wir sind doch ein Team. Ich weiche nicht von deiner Seite.«

Herbie schluckte eine entsprechende Bemerkung hinunter.

Lasst uns bummeln gehen, Kinderchen. Ich habe den Eindruck, dass eure Beziehung in diesem Haus mal wieder so richtig in Schwung kommen könnte! In einem plötzlichen Anflug von Albernheit setzte sich Julius auf den Gummihandlauf der Rolltreppe und ließ sich jauchzend in den ersten Stock hinaufbefördern.

Herbie folgte ihm kopfschüttelnd und Neli versuchte ständig, ihn irgendwie »unabsichtlich« an der Hand zu fassen, was gründlich misslang.

Im ersten Stock fanden sie sich in der Polstermöbelabteilung wieder und Neli konnte an keinem Sofa vorbeigehen, das ihren Weg säumte, ohne sich nicht wenigstens einmal genüsslich auf der Sitzfläche zu räkeln. Ihrer fortwährenden Einladung, es auch einmal zu probieren, widerstand er mannhaft.

Beim Gedanken daran, dass ihr neuerlicher gemeinsamer Ausflug eigentlich nur der Tatsache zu verdanken war, dass er sich nach all den Jahren noch immer nicht im Besitz eines eigenen fahrbaren Untersatzes befand, wurde ihm ein wenig mulmig. Auch sein schlechtes Gewissen in Form eines großen, fetten, bärtigen Mannes hieb in dieselbe Kerbe: *Männer wollen immer nur das eine. Herbie Feldmann will immer nur gefahren werden.*

Es roch penetrant nach Leder, aber Herbies Aufmerksamkeit galt nicht den umstehenden Möbeln. Er hatte auch kein Auge für die albernen Buchattrappen und die Pappfernseher, die Neli immer wieder zu Heiterkeitsausbrüchen veranlassten.

Zwischen einer Reihe von Schrankwänden hindurch erkannte er am hinteren Ende der Halle undeutlich eine doppelflügelige Milchglastür, aus der geschäftig und in Papiere vertieft Menschen heraus und hinein eilten. Dahinter verbargen sich womöglich die Büros. Er reckte den Hals und entdeckte ein entsprechend beschriftetes Schild, das seine Vermutung bestätigte.

Die Büros. Wenn sie die Chance hatten, etwas über das Unfallopfer in Erfahrung zu bringen, dann dort.

Also schlenderte er zielstrebig in diese Richtung und ließ augenscheinlich gedankenverloren die Hand hie und da über Sofalehnen und Sesselrücken streichen.

»Sieh mal da!«, kreischte Neli plötzlich und stürmte an ihm vorbei auf ein Möbelstück zu, das er bislang nicht wahrgenommen hatte, weil er fortwährend bemüht war, das Geschehen an der Bürotür im Auge zu behalten. »Genau derselbe! Das ist ja geil!« Sie umrundete den schwarzen ledernen Koloss und bückte sich mehrmals, um irgendwo ein Preisschild ausfindig zu machen.

Es war in der Tat das gleiche Modell, das seit diesem Vormittag als gigantischer Lückenfüller fast ein Viertel seines gesamten Wohnraums vereinnahmte.

»Mann! Ich fass es nicht. Eintausendsiebenhundertachtundneunzig Euro!« Neli gluckste. »Muss deine Tante dich aber lieb haben.«

»Oh ja, das muss sie wohl«, seufzte Herbie und betrachtete ehrfurchtsvoll das Gebirge aus Leder. Und ehe er sich's versah, hatte Neli ihn auch schon hineingeschubst, und wie schon am Morgen tat auch dieses Modell augenblicklich brutal und unbarmherzig seinen Dienst. Herbie klappte mit der Lehne nach hinten und wurde im selben Moment nach allen Regeln der Kunst durchgewalkt.

Sofort war wie aus dem Nichts ein Verkäufer erschienen und machte durch ein dezentes Hüsteln auf sich aufmerksam.

»Ein wirklich wunderbares Stück!«, deklamierte er. »Spüren Sie, wie Ihre Akupressurpunkte stimuliert werden?« Der Möbelverkäufer war nur schwer von einem gemeinen Bänker zu unterscheiden: ein kurzärmeliges Hemd in Hellblau, ein brutal gemusterter Schlips, ein Schnäuzer und eine Krawattennadel. Herbie glaubte sich an sein Gesicht zu erinnern, das er vorhin in der Fotogalerie gesehen hatte. An einen Namen konnte er sich jedoch nicht erinnern. Der Mann zwinkerte kumpelhaft hinter den Gläsern seiner riesigen Porsche-Brille. »Computerjob, was? Ich kenne das. Einseitige Belastung der Muskulatur, völlig krumme Haltung den lieben langen Tag. Das führt auf die Dauer zu Verhärtungen und Durchblutungsstörungen. Schulterblattheber, Trapezmuskel, alles ganz schön hinüber. Jaja!«

Von irgendwoher zauberte er einen Prospekt hervor und begann damit, den Werbetext herunterzuleiern: »Der Massagesessel Flexo 103 kopiert exakt die Druckbewegungen eines professionellen Masseurs. Wie dieser Masseur mit seinen beiden Daumen, arbeitet der Flexo 103 mit seinen beiden Vibrationsrollen und erreicht auf diese Art und Weise nahezu millimetergenau ihre Verspannungspunkte.

Und wenn es schnell gehen muss, kann man ihn auch mal rasch einen Hefeteig kneten lassen oder mit ihm einen Berg Bügelwäsche falten.

»Weiß ich doch alles längst«, sagte Herbie mit einem unnachahmlichen Vibrato in der Stimme und versuchte mühsam sich wieder aufzurichten.

»Ach, Sie kennen die Vorzüge des Flexo 103 bereits?«

»Oh ja!«, sagte Neli verzückt. »Das Ding ist total toll!«

»Sind Sie interessiert?«

»Aber sicher«, ächzte Herbie und warf sich mit Gewalt nach vorne. »Ist ja fast geschenkt, das Möbel.«

Als er wieder festen Boden unter den Füßen hatte, schwankte er leicht. »Entschuldigen Sie, können Sie mir auch sagen, ob Frau Klietsch im Hause ist?«, fragte er den Verkäufer, der auf einem Formular herumkritzelte. »Oder Frau Morschheuer?«

»Frau Morschhäuser meinen Sie?«

Herbie nickte. »Stimmt, Frau Morschhäuser. Jemand da von den beiden?«

»Mmmja, die Frau Klietsch ist da. Frau Morschhäuser hat eine Woche Urlaub«, murmelte der Verkäufer ohne aufzublicken. »Wollen Sie sie sprechen?«

»Oh, das wäre fein.«

»Wenn Sie einen Augenblick warten wollen.« Der Verkäufer verschwand für einen kurzen Moment heftig kritzelnd hinter der Glastür und während seiner Abwesenheit wurden sie Zeugen eines Dialogs in der voluminösen Eichebrutal-Sitzgarnitur gleich nebenan.

»Und was sagst du? Ist doch gemütlich, oder?« Der Mann war ein Mittvierziger mit Bauchansatz und unreiner Haut.

»Ich weiß nicht so recht. Das erinnert mich so an deine Mutter.«

»Was ist dagegen zu sagen?«

»Gar nichts, ich meine nur ...«

»Was hast du denn gegen meine Mutter?«

»Eigentlich gar nichts ...«

»Also das ist ja das Erste, was ich höre!«

»Aber wohin gehst du?«

»Ich gehe zurück zu meiner Mutter!«

»Warte, ich komme mit!«

Unbemerkt war unterdessen eine junge Dame neben dem Massagesessel erschienen. Frau Klietsch hatte Beine, die gar nicht enden zu wollen schienen. Und mit einem entsprechend knappen Rock rückte sie sie durchaus ins rechte Licht. Überhaupt war sie eine bemerkenswerte Erscheinung mit Schmollmund, lässig hochgesteckter, blonder Mähne und allem wünschenswerten Drum und Dran. Die Person, die vor ihnen stand, hatte mit der Fotografie am Eingang herzlich wenig zu tun.

Ratlos blickte sie auf Herbie und Neli hinunter und fragte: »Sie wollten mich sprechen?«

Klapp das Kinn wieder hoch! Und sieh ihr in die Augen, wenn du mit ihr sprichst!

»Frau Klietsch?«

»Das bin ich. Und wer sind Sie?«

Neli drängte sich dazwischen. Ihre Augen hatten dank der Brillengläser einen resoluten Ausdruck angenommen und um ihren Mund hatte sich ein trotziger Zug gelegt. »Cornelia Pottkämper.«

16. Kapitel

Frau Klietsch war umgänglich. Das spürte Herbie sofort. Sie war die Sorte Mensch, die nur mit Mühe ihr Mundwerk unter Kontrolle behielt und die für diesen Umstand von den Kollegen wechselweise belacht, gehasst oder bedauert wurde. Das konnte nur von Vorteil sein, wenn es darum ging etwas herauszubekommen.

»Ich kannte bislang nur ihre Kollegin, Frau Morschhäuser«, log Herbie.

»Die ist aber leider im Moment in Urlaub.«

»Oh, das hat uns Ihr Kollege schon mitgeteilt. Eigentlich bin ich ja auch wegen Herrn Stark hier.«

»Und bei der Gelegenheit wollten wir mal nach Möbeln gucken. Nach Schlafzimmermöbeln«, warf Neli ein. Das letzte Wort dehnte sie bedeutungsschwanger in die Länge.

»Herrn Stark?« Sie wurde unsicher. »Wissen Sie, was ...«

»Wissen wir«, sagte Herbie beschwichtigend und senkte den Blick.

»Oh, der arme Herr Stark. Wir sind alle ganz betroffen. Sind Sie ....?« Sie setzte einen fragenden Gesichtsausdruck auf. »Sind Sie irgendwie mit ihm ...?« Dabei fixierte sie den schillernden Fleck auf seiner Stirn.

»Verwandt? Ja, schon.« Herbie streckte seine Hand aus. »Ich bin sein Neffe aus dem Hessischen. Er wird sicher mal von mir erzählt haben.«

Frau Klietsch löste mit sanfter Gewalt ihre Hand aus der seinen. »Das kann schon sein. Er war so ein liebenswerter alter Herr.«

Das meint sie nie und nimmer ernst. Schau dir ihren Blick an. Eine wirklich schlechte Schauspielerin. Sie ringt sich Seufzer und

Tränen ab und in Wirklichkeit hat sie ihn überhaupt nicht gemocht. Julius stand direkt neben ihr. Sie war fast genauso groß wie er. Dafür war er fast viermal so dick wie sie.

Herbie war in diesem Moment ausnahmsweise einmal der gleichen Meinung wie sein Schatten.

Neli begann an seiner Seite ungeduldig von einem Fuß auf den anderen zu treten. Diese Befragung dauerte ihrer Meinung nach entschieden zu lange.

»Und wie kann ich Ihnen helfen?«

Herbie machte eine vage Handbewegung. »Ach, ich wollte nur mal vorbeischauen. Wollte mich mal umschauen. Mal schauen, wo er so gearbeitet hat. Eben einfach mal schauen.«

Super Verhörtaktik! Ich ziehe meinen Hut vor dir.

»Wir haben ihn alle so sehr gemocht. Er war ein reizender Kollege. Das kam ja alles so plötzlich mit diesem Unfall. Eigentlich hatte er sich ja schon auf seine Pension gefreut.«

»Und Sie auch, nicht wahr?«, entfuhr es Herbie. Er entschloss sich spontan seiner Intuition zu folgen und die Taktik zu ändern. Sein Gegenüber schrak auf.

»Wie meinen Sie denn das?«

»Ach, wissen Sie, reden wir nicht lange drum herum. Mein Onkel war nicht gerade mein Lieblingsonkel.«

»Ach.«

»Wahrscheinlich war er nicht mal besonders beliebt hier bei Ihnen. Frau Morschhäuser hat mir mal so was erzählt.« Jetzt kam Herbie in Fahrt. Wenn sich ihm ab und zu einmal die Gelegenheit bot, das Blaue vom Himmel herunterzulügen, dann gab er seinem Affen ordentlich Zucker. Neli schwankte in diesem Moment zwischen völliger Verwirrung und bodenloser Bewunderung.

»Frau Morschhäuser? Soso.« Die Blonde schürzte die vollen Lippen. »Das hätte ich gar nicht gedacht. Mit der hatte er doch gar keinen Ärger. Die konnte es doch sogar ganz gut mit ihm.«

»Ach, wenn Sie wüssten ...« Herbie schüttelte viel sagend den Kopf.

Frau Klietsch versicherte sich mit einem kurzen Blick, dass niemand sie von der Bürotür aus beobachtete und winkte die beiden stumm zu einer kleinen fliederfarbenen Ledersitzgruppe zwischen zwei Schleiflackschränken. Dort ließ sie sich auf einem Einsitzer nieder und beugte sich verschwörerisch vor.

Zu weit, wie ich finde. Sie beugt sich viel zu weit vor.

Neli war offensichtlich derselben Ansicht, denn im Vorbeigehen rempelte sie kurz an die Lehne des Sessels, sodass Frau Klietsch für einen Moment den Halt verlor und sich rasch gerade setzte.

»Wie gut kannten Sie Ihren Onkel denn? Waren Sie nahe Verwandte?«

»Ach was. Tausend Ecken«, sagte Herbie und winkte ab. Er ließ keinen Zweifel daran, dass es sich lohnte, bei ihm einmal so richtig über den toten Hubert Stark abzulästern. »Ich gehöre zum verstoßenen Zweig der Familie, wissen Sie?«

Sie nickte verständig. »Er hat uns hier alle beobachtet, wissen Sie? Vorne herum war er immer sehr freundlich. Aber hinter unserem Rücken hat er immer versucht uns gegeneinander auszuspielen. Sie kennen das ja. Lustige Gedichte vortragen auf der Weihnachtsfeier, in so was war er große Klasse, aber ein Geheimnis für sich behalten, das war nicht drin für ihn.«

»Geheimnis?« Herbie horchte auf.

»Ach, wenn sich mal einer rasch zwei Euro aus der Kaffeekasse geborgt hat. So was halt.«

»Das ist so einem Betriebsklima nicht besonders zuträglich, was?«, fragte Herbie so einfühlsam wie möglich.

Du hörst dich an wie eine alte Kummerkastentante und du siehst aus, als würdet du ihr am liebsten gleich in den Ausschnitt hineinkriechen.

»Einmal, da hat er mich ...« Sie blickte sich um und senkte die Stimme zu einem Flüstern. »Einmal, da hat er mich sogar begrabscht.«

»Nein!«

»Doch!«

»Kann man sich ja gar nicht vorstellen.« Nelis Stimme klang betont gelangweilt und Frau Klietsch geriet für einen winzigen Moment aus der Fassung. Herbie verwünschte insgeheim seine ungeliebte Begleiterin.

»Wir hatten eine kleine Feier im Dorfsaal von Alendorf, wo Herr Arimont herkommt.« Herbies Augenbrauen zuckten in die Höhe. Hier war die Verbindung zu Frau Arimont, die er erhofft hatte.

»Kaisers Geburtstag vor acht Jahren.«

»Kaisers Geburtstag?«, fragte Neli verständnislos.

»Ja, so heißt das bei uns im Haus, wenn Herr Arimont Geburtstag hat. Der Chef wurde fünfzig und ich war gerade erst zwei Tage in der Firma. Ganz neu. Und kaum einen habe ich gekannt. Es war der zweite Februar und es ging ja auf Karneval zu und wir waren alle kostümiert. Ihr Onkel hatte einen Strohhut auf dem Kopf und mit Kajalstift einen dünnen schwarzen Schnurrbart unter die Nase gemalt.«

»Super Kostüm. Und was haben Sie getragen?«

»Ich war die Biene Maja. Und Ihr Onkel wollte sich ständig um meinen Honig kümmern. Der hatte zwei Piccolo getrunken und war schon ganz schön voll. Und als er dann mit mir getanzt hat. Da hat er mir immer ...« Ihr Kopf ging wieder herum. »Da hat er mir dauernd hier oben ins Kostüm gepackt, das alte Ferkel.«

Herbie riss sich mit seinen Blicken von der Region ihres Körpers los, die sie gerade mit ihrem rotlackierten Fingernagel umrissen hatte.

Verzettel dich nicht, mein Teuerster. Wenn ich mich richtig erinnere, geht es hier um zwei tote Herren und nicht um zwei Blütenpollen im schwarzgelb gestreiften Karnevalskostüm.

»Mit der Thailänderin, die in der Geschenkboutique im anderen Gebäude arbeitet, hat er das auch schon mal versucht. Die hat sich beim Chef beschwert und dann gab's einen Rüffel.«

Herbie hatte noch immer keine Ahnung, was er von der naiven Bürokraft zu erfahren hoffte, und beschloss einfach noch ein wenig herumzustochern.

»Herr Arimont kommt aus Alendorf?«

»Das ist an der Landesgrenze. Weiter nördlich.«

»Ich weiß.

»Er ist ein wirklich guter Chef.«

»Und seine Mutter?«

»Die lebt noch. Eine reizende alte Dame. Die ist schon seit zehn Jahren oder so aus dem Betrieb raus.«

»Hat mein Onkel noch mit ihr zusammengearbeitet?«

»Na, hören Sie mal, das müssen Sie doch wissen. Der hat doch vor ein paar Jahren sein Vierzigjähriges gefeiert. Der war doch Urgestein.« Sie verengte die Augen zu Schlitzen. »Sie stellen aber komische Fragen.«

»Ach, das erscheint Ihnen nur so«, mischte sich Neli wieder ein. »Herbie weiß genau, was er tut.« Und da sie offensichtlich Gefallen daran fand, auch ein bisschen herumzulügen, deutete sie auf Herbies Beule, die farblich durchaus mit der fliederfarbenen Sitzgelegenheit harmonierte, auf der er sich befand. »Gucken Sie mal da. Das hat Herrn Starks Familie getan.«

»Seine Schwester?«, fragte Frau Klietsch ungläubig. »Die ist doch über siebzig.«

Neli machte eine wegwerfende Handbewegung. »Die und ihr Bruder ... beide vom gleichen Schlag.«

Julius schob sein feistes Gesicht zwischen Herbie und Neli und sagte mahnend: *Reg dich jetzt bloß nicht künstlich auf. Wer spielt sich denn hier pausenlos auf wie der uneheliche Schwippneffe mütterlicherseits des seligen Baron Münchhausen. Das Mädel lernt halt schnell.*

Herbie setzte eine verschwörerische Miene auf und versuchte Frau Klietschs Aufmerksamkeit wieder vollkommen auf sich zu lenken. »Hören Sie, Frau Klietsch. Mein Onkel war alles andere als beliebt. Haben Sie schon einmal daran gedacht, dass sein Tod ... naja, dass jemand absichtlich ...«

Sie hauchte ein entsetztes »Nein«.

»Wissen Sie, ob mein Onkel was mit einem Amerikaner zu schaffen hatte?«

So ein kleines rundes Gebäckteilchen mit klebrigem Zuckerguss?

Frau Klietschs Augen wurden immer größer. »Mit einem Amerikaner? Das wird mir aber langsam alles sehr unheimlich, was Sie mir da erzählen.«

»Hat er mal Besuch bekommen? Kürzlich. Oder haben Sie mal ein Telefonat belauscht? Ein Amerikaner, wie gesagt ...«

»Ich belausche keine Telefonate!« Sie erhob sich brüskiert von ihrem Sessel. »Ich muss jetzt wieder an die Arbeit!«

»Hätte ja sein können. Sie sitzen doch in ein und demselben Büro.«

»Ich habe ihn mal Englisch sprechen hören.«

Herbie sprang ebenfalls auf. »Englisch? Am Telefon?«

Sie legte nachdenklich einen Finger an die Lippen. »Warten Sie mal. Das war erst vor ein paar Tagen. Da rief ein Ausländer an und wollte Frau Arimont sprechen. Frau Morschhäuser und ich haben uns noch amüsiert, weil Stark so radebrechen musste, um sich verständlich zu machen.«

»Worum ging es denn bei dem Telefonat?«

»Wir haben kein Wort verstanden. Da wollte nur jemand die alte Frau Arimont sprechen. Und Stark hat nach langem Hin und Her dann die Nummer rausgerückt. Das ist sonst nicht üblich. Ich muss jetzt aber wirklich ...«

»Kennen Sie die Brocks?«

»Nein. Wer ist das?«

»Kennen Sie eine Frau Leinen?« Seine Fragen kamen immer hektischer. Er versuchte herauszuholen, was noch herauszuholen war.

»Sagen Sie mal, Sie fragen ja wie ein Polizist. Nein, ich kenne auch keine Frau Leinen.«

Herbie hatte wieder ihre Hand ergriffen und drückte ihr seine Visitenkarte hinein. »Wenn Ihnen noch was einfällt, können Sie mich gerne anrufen. Wir könnten uns ja mal treffen. In Kerpen im *Kleinen Landcafé*. Da ist es gemütlich und man ist ungestört. Kennen Sie das?«

Lade sie doch gleich zu dir nach Hause ein, mein Bester. Da könnt ihr euch dann mal gemeinsam vom Flexo 103 so richtig durchrubbeln lassen.

Neli war offensichtlich der gleichen Meinung wie Julius. Dass Herbie den gewöhnlichen Reizen von Biene Maja bereitwillig auf den Leim ging, brachte sie zum Kochen. Sie wollte gerade dazwischen gehen, als hinter einem der beiden Schleiflackschränke der pechschwarze Kopf eines Mannes auftauchte. Sie erkannten ihn beide sogleich als den Chef des Hauses, Herrn Stefan Arimont.

»Ach, Frau Klietsch«, sagte er lächelnd. »Hier sind Sie. Man sucht Sie schon überall. Am Telefon geht alles drunter und drüber. Zu dumm, dass Frau Morschhäuser auch ausgerechnet jetzt Urlaub machen muss.« Er nickte Neli und Herbie beiläufig zu. Sie konnten sein Rasierwasser riechen. Herbie dachte daran, dass Frau Klietsch ihn als Chef sehr schätzte. Arimont versprühte einen gediegenen Charme, der zu seinem Beruf passte. Und mit Sicherheit konnte er kalkulieren und zupacken. Ein Imperium dieser Art schuf man nicht im Handumdrehen.

»Natürlich, Herr Arimont. Sofort!« Frau Klietsch lachte auf. »Ich werde mal nach dem Rechten sehen.« Dann wandte sie sich noch einmal kurz mit einem irritierten Blick zu Herbie und Neli um und eilte schließlich mit immer schneller werdenden Schritten auf die Glastür zu.

Da summt es hin, das fleißige Bienchen. Summsumm, schon wieder auf dem Weg zur nächsten Blüte.

»Nun, meine Dame, mein Herr, wird Ihnen schon weitergeholfen?«, fragte Stefan Arimont mit einer angenehm sonoren Stimme. Neli wollte gerade etwas sagen, aber Herbie schnitt ihr rasch das Wort ab. »Vielen Dank. Wir haben alle Informationen, die wir brauchen. Jetzt müssen wir zu Hause noch ein bisschen nachdenken und dann melden wir uns wieder.« Und er packte Neli bei der Hand und zog sie wortlos mit sich.

Im Hintergrund winkte von der Bürotür her verzweifelt der Verkäufer mit der Porschebrille.

Als sie am Ausgang ankamen, warf Herbie noch einmal einen prüfenden Blick auf die Fotos von Stark und der Klietsch. »Wer hätte das gedacht. Der Herr Stark war ein alter Fiesling. So kann man sich täuschen. Warum haben sie ihn wohl überfahren?«

Als sie auf das Auto zugingen, bemerkte keiner von ihnen die grauhaarige Gestalt, die sich mit dem Rücken an einen blauen VW-Van drückte, um nicht gesehen zu werden. Jost Spilles fluchte leise vor sich hin. Er wusste in diesem Moment, dass er Herbie Feldmann unterschätzt hatte. Als die beiden Gestalten in ihrem schrottreifen Panda vom Parkplatz gerollt waren, wagte er sich aus seinem Versteck und ging entschlossen auf die Eingangstür des Möbelhauses zu.

17. Kapitel

Von einer Telefonzelle in der Gerolsteiner Innenstadt aus versuchte Herbie erneut seinen Onkel Erwin zu erreichen. Er hatte sich schon darauf vorbereitet, wieder mit dem Anrufbeantworter Vorlieb nehmen zu müssen, als die kiesige Stimme seines alten Onkels ertönte. Sie kam nicht vom Band.

»Herbertchen! Hosenscheißer! Was willst du? Brauchst du Geld? Brauchst du Hilfe? Was hat Hettie wieder getan?«

Erwin Dorsel war ein prächtiger alter Knabe. So bezeichnete ihn Herbie ganz gerne und es entsprach auch dem, was er selber gerne von sich behauptete.

In den einundachtzig Jahren, die er jetzt schon auf der Erde weilte, hatte er keine Gelegenheit ausgelassen dieselbe zu bereisen, und erst vor ein paar Jahren war er endlich im Wildenburger Ländchen in der Nähe von Reifferscheid sesshaft geworden. Ebenso wie sein Neffe Herbie schätzte er an solchen ländlichen Gegenden zwei Dinge: die Ruhe und Abgeschiedenheit an einem der schönsten Flecken der Welt, nämlich der Eifel, und die Tatsache, dass sie sich in ausreichender Entfernung zu seiner Schwester, Henriette Hellbrecht, befanden.

»Kannst du einen Besuch vertragen?«, fragte Herbie.

»Dann beeil dich, Junge. Ich fahre morgen früh zur Kur. Deiner Tante habe ich vorgeflunkert, dass ich schon seit vier Tagen auf Achse bin, sonst hätte ich zu ihrer gräulichen Angeberfete antreten müssen.«

Julius hatte sich zu Herbie in die Telefonzelle gezwängt und fächelte sich mit einem Taschentuch Luft zu. *Ist das nicht der Onkel, der bei der Beerdigung deiner Eltern zu vorge-*

rückter Stunde Strip-Poker spielen wollte? Wenn ich mich recht entsinne, sollte sein Glasauge der erste Einsatz sein.

»Es geht um eine Waffe, Onkel Erwin.«

»Männer, Weiber, Worte ... Es geht immer irgendwie um Waffen. Komm vorbei.«

»Jetzt gleich?«

»Jetzt gleich!«

Sie brauchten eine Weile, bis sie auf Nelis Wanderkarte die kürzeste Strecke von Gerolstein nach Wildenburg gefunden hatten. Es war heißer geworden und die Sonne spiegelte sich im Lack der verbeulten Motorhaube. Am Abend würde es möglicherweise erneut ein Gewitter geben.

»Du, Herbie«, sagte Neli, die eine ganze Weile lang schweigsam gewesen war.

»Was denn?«

»Vorhin, diese Blonde. Das war doch nicht ernst gemeint von dir, oder?«

»Wie bitte?«

»Na, wie du die angehimmelt hast. Das war doch nur, um mich ein bisschen zu quälen, oder?«

Herbie schnappte nach Luft. »Ich weiß nicht, wie du das meinst, Neli. Wirklich nicht.«

»Na, ich kann dich ja auch verstehen. Gestern Nacht, das war wirklich völlig dämlich von mir.«

»Was?«

»Na, zuerst komme ich in deine Wohnung, dann ziehe ich mein T-Shirt aus ...« Sie riss die Hand hoch, um Herbies Einwand abzuwehren. »Wobei ich wirklich nichts vorhatte. Es war nur alles pitschnass. Und ich habe auch gleich gemerkt, was in deinem Kopf vorgegangen ist. Und dann bin ich dusselige Kuh einfach eingeschnarcht. Das tut mit so unglaublich Leid. Kannste mir glauben.« Sie vermied den direkten Blickkontakt. Ihre Finger schlossen sich fest um das Lenkrad.

Julius kicherte still in sich hinein und beugte sich nach vorne, bis er zwischen den Kopfstützen auftauchte. *Jetzt bin ich aber mal gespannt. Ein falsches Wort und du bist deine Chauffeurin los.*

Herbie räusperte sich und zupfte sich nervös am Kragen. »Neli.«

»Hm?«

»Schwamm drüber. Kann doch jedem mal passieren.«

Ihr Kopf glühte, bis das Orange ihre Haare nahezu nahtlos in das Rot ihrer Wangen überging. »Du bist einfach so unglaublich verständnisvoll, Herbie.« Dann schaltete sie das Autoradio an und summte gut gelaunt »die größten Hits aller Zeiten« mit.

Die Wildenburg hatte zu jeder Jahreszeit etwas Pittoreskes. Wie sie da so auf der Felsnase über dem bewaldeten Hang ins Tal hineinragte, bot sie Romantik wie aus dem Bilderbuch. In unmittelbarer Nachbarschaft der zur eigentlichen Burg gehörenden Gebäude gab es noch zwei Gasthöfe, wobei Herbie an den einen, den *Gasthof zur Wildenburg* zahlreiche turbulente Erinnerungen knüpfte. Das urige Lokal mit dem ebenso urigen Gottwald hinter der Theke war ein Geheimtipp für Eifeler und Städter. Hier lief alles ein wenig anders als in den anderen Kneipen und bei Gottwald hatte Herbie schon so manches Besäufnis mit seinem Kumpel Köbes bestritten, das den alten Rittern, die einstmals hier gehaust hatten, zur Ehre gereicht hätte.

Hattest du hier nicht auch ein verturteltes Rendezvous mit einer gewissen Nina? Julius bemühte sich nicht eben um

Feinfühligkeit. *Für Feinfühligkeit werde ich nicht bezahlt*, fügte er unverschämt grinsend hinzu.

Oberhalb der Straße, im Berghang, lag das eigentliche Dörfchen Wildenburg. Dort oben am Waldrand hauste Onkel Erwin, der beim selbst gebrannten Schnaps gerne von seiner Zeit beim Bau des Suez-Staudamms, von seiner Gefangenschaft in Bolivien und von seinen Jahren in der Fremdenlegion erzählte.

Onkel Erwin hatte keine Türklingel. Er hatte einen Klopfer, der wie Donnerhall durch das zugewucherte Fünfziger-Jahre-Haus schallte.

»Herbert, du kleine Sackratte!«, krähte der kleine Mann mit dem Glasauge und der spiegelblank polierten Glatze und kniff ihn sofort schmerzhaft ins Ohr. »Schon wieder 'ne Neue?« Er musterte Neli mit unverhohlenem Interesse. Je knochiger der alte Herr geworden war, desto mehr Interesse hatte er an handfesten Rundungen entwickelt. Als Herbie beim letzten Mal hier gewesen war, hatte er noch eine Haushaltshilfe gehabt, hinter der Julius sich locker hätte verstecken können. Und Onkel Erwin hatte mit zitterndem Finger immer wieder auf Stäubchen und Fleckchen in den Zimmerecken gedeutet, die niemand sehen konnte, die aber die Putzfrau immer wieder dazu brachten sich zu bücken und noch mal nachzuwischen.

Neli schloss den alten Herrn sofort in ihr großes Herz.

»Trinken Sie Schnaps, junge Frau?«, fragte Onkel Erwin mit kehliger Stimme. »Ich hab da was ganz Feines. Je mehr wir von dem feinen Zeugs jetzt schon verputzen, umso weniger muss ich morgen früh mit nach Bad Krozingen in die Kur schmuggeln.« Er lachte keckernd.

Beim Gang durch das dunkle, verwinkelte Gebäude wurde klar, was Onkel Erwins Passion war. Die Wände waren über und über behängt mit Waffen. Im Laufe seiner langen Jahre als Sammler hatte der alte Mann ein beträchtliches Arsenal der exotischsten Kampfwerkzeuge um sich herum versammelt. Lanzen, Schwerter, Handfeuerwaffen, Gewehre, Bogen und Krummsäbel mutierten hier zum Paradies für Spinnen, die eifrig ihre filigranen Netze zwischen ihnen spannen.

»Ein Schnäpschen«, erklärte der alte Glatzkopf, während er seine Gäste durch das Haus zur Terrasse führte. »Was ganz Wildes. Habe ich letztes Jahr gebrannt. Müsst ihr probieren. Und dann ratet ihr, was es ist.«

»Onkel Erwin, wir haben nicht so sehr viel Zeit«, wandte Herbie ein, was zur Folge hatte, dass sein Onkel ihn bei der Nase packte und seinen Kopf hin und her schüttelte. »Kommst mich alle Jubeljahre mal besuchen und willst nicht mal einen kleinen mit mir verlöten? Das könnte dir so passen!«

Er warf ein paar verschossene Sitzkissen auf die morschen Gartenstühle und wies ihnen Plätze zu. »Eure Ratschläge kriegt ihr nur, wenn ihr einen süffelt.

Selbst im Garten gab es überwucherte rostige Feldgeschütze zu bestaunen, bei denen Herbie sich jede Vermutung über ihre Herkunft verkniff. Am anderen Ende des Gartens war die grellbunte Bemalung einer Zielscheibe erkennbar. Onkel Erwin war ein prächtiger Bogenschütze.

Wenn ich mich recht entsinne, stieg beim letzten Besuch seine Trefferquote konstant mit dem Spiegel seines Blutalkohols. Ich erinnere mich genau. Ihr hattet euch damals durch die ganze Vielfalt seines zu Alkohol gewordenen Obstgartens getrunken.

»So, da wären wir!«, krähte Onkel Erwin, als er kurze Zeit später mit Schnapsgläschen und einer Flasche mit verdächtig klarem Inhalt zurückkehrte.

»Hast du noch diesen Kerl bei dir?«, fragte er Herbie mit zusammengekniffenen Augen.

Herbies Stocken und der nervöse Seitenblick war ihm Antwort genug.

Ich bin immer sehr gerührt, wenn sich jemand an mich erinnert. Ach, könnte ich doch nur mit euch anstoßen.

Es schien fast so, als habe der Onkel Julius' Wunsch erraten. »Dann trinkst du für den mit!« Er stellte zwei Gläschen auf Herbies Platz. Der Protest verhallte ungehört. Neli verstand kein Wort.

Einen Marsch flötend goss der alte Mann die bereitgestellten Gläser randvoll.

»Und jetzt brausen wir uns einen hinter den Knorpel!« Herbie erkannte, dass hier jede Diskussion völlig überflüssig war und setzte an. »In einem Zug!«, kommandierte Onkel Erwin im Kasernenhofton.

Sie schluckten gleichzeitig. Onkel Erwin streckte sich danach und brüllte orgiastisch »Jaaaaah!«. Sein Glasauge schien zu funkeln. Neli sagte, behutsam mit dem Kopf nickend: »Mmmmh. Das war wirklich mal was Feines.«

Herbie schossen augenblicklich die Tränen in die Augen. Die Luftzufuhr seiner Lungen war von einem Augenblick auf den anderen wie abgeschnitten und plötzlich wusste er, was die Leute meinten, wenn sie nach einem Nahtod-Erlebnis Stein und Bein schworen, sie hätten ihr ganzes Leben noch einmal wie einen Film an sich vorbeiziehen sehen.

»Da stehen einem doch die Sackhaare stramm, was?«, keckerte sein Onkel und deklamierte:

»Durch die Kehle rinnt der Trank,
brennt im Hals die Speiseröhre,
wie als wenn mit Sicheln föhre
man sich in den Schlund damit.«

Er zwinkerte listig. »Patrajev, russischer Dichter. Und? Na? Was ist es?«

Sind es weiche Pfläumchen, süße Erdbeerchen oder weiche Birnchen? Oder sind es eher knackige Kirschlein, zarte Träubchen oder honigsüße Apriköschen?

»Pepperoni?«

»Fast richtig«, krähte der Alte und trippelte aufgeregt um den Gartentisch herum. »Tannenzapfen. Aus dem eigenen Garten. Dritter Durchlauf, etwa fünfundachtzig Umdrehungen. So und jetzt noch einen für den Unsichtbaren!«

Herbie riss die Arme in die Höhe. »Bloß nicht! Bevor wir hier gleich völlig benebelt rumsitzen, brauchen wir deinen Rat, Onkel Erwin.«

Der Alte ließ sich zu ihnen an den Tisch nieder, setzte eine konspirative Miene auf und sagte: »Um was geht's denn, mein kleiner Klugscheißer?«

Herbie entfaltete den Zeitungsausschnitt und zeigte seinem Onkel das Foto der Waffe. »Du bist doch ein Fachmann.«

Sein Onkel lachte laut auf und kippte sich einen weiteren Schnaps in den Rachen. »Eine P 08! Dazu muss man doch kein Fachmann sein. Wartet mal.« Wieselflink eilte er ins Haus und kehrte einen Moment später mit einem Exemplar der Waffe zurück, die sie vor sich auf dem Zeitungsfoto sahen.

Neli grabschte sofort danach und wog sie in der Hand.

Unser Herzchen ist sicher so ein Kind, das immer alles anfassen muss.

»Liegt gut in der Hand«, konstatierte sie. Onkel Erwin zwinkerte ihr schelmisch zu.

»Die P 08 war die Militärwaffe der Deutschen im Zweiten Weltkrieg. Neun Millimeter Parabellum. War damals nicht billig. Über dreißig Reichsmark allein in der Herstellung.

Kompliziert, kostspielig, groß, leistungsfähig. Wegen der teuren und präzisen Herstellung war das Ding extrem treffsicher und zuverlässig, aber das Problem ...« Er nahm die Waffe nun selbst in die Hand, fasste mit seinen knotigen Fingern an zwei metallenen Rundungen am hinteren oberen Ende und zog daran. Es schnappte metallisch. »Das Problem war der Kniegelenkverschluss. Wir nannten den das ›Heuschreckenbein‹. Hier, guckt mal, wie ein menschliches Knie. Der Schlitten wird nicht nach hinten gezogen wie beim Browning-System, sondern die Waffe wird nach oben gespannt. Wenn das nicht alles minutiös eingestellt ist, kann der Verschluss nicht mehr richtig zurückgleiten und die nächste Patrone einführen. Das Resultat: Ladehemmung.« Er richtete sich grinsend auf und streckte die Waffe weit von sich. »Die Waffe bildet die genaue Verlängerung von Hand und Arm, seht ihr?«

Herbie spürte, wie sich ihm die Nackenhaare sträubten. In dieser Haltung sah Erwin Dorsel exakt so aus, wie man Hunderte von Nazis in Hunderten von Filmen dargestellt hatte.

Onkel Erwin legte die Waffe auf den Tisch, ließ sich wieder auf seinem Stuhl nieder und faltete die Hände über dem kleinen Bäuchlein. »Ich weiß, was ihr jetzt denkt, Kinderchen. Ihr glaubt, die Welt braucht so was nicht. Und da stimme ich euch gerne aus voller Brust zu. Aber diese Dinger gibt es nun mal, seit es Menschen auf dieser verdammten Erde gibt. Faustkeile, Keulen, Speere, Revolver ... Und immer gibt es irgendwen, der anfängt damit rumzuspielen.«

Herbie griff nach der Schnapsflasche ohne dazu aufgefordert worden zu sein. Ihm war plötzlich danach.

»Ich habe auch damit rumgespielt.« Während er nachdenklich den Blick ins Nichts richtete, fuhr sich der alte Mann mit der flachen Hand über den Kahlschädel. »Aber nach dem, was uns hier auf dieser Seite der Grenze passiert ist, habe ich immer versucht, meine Spielchen auf der Seite der Unterdrückten zu spielen.«

Es herrschte einen Moment Schweigen. Nur eine Kreissäge jaulte irgendwo weit entfernt durch die Stille. Aus den Augenwinkeln heraus konnte Herbie Julius erkennen, der in einiger Entfernung über das Gras schlenderte und neugierig die Zielscheibe beäugte.

»Ein Amerikaner, der in einem Leihwagen vom Flugplatz Brüssel hierher in die Eifel kommt, trägt angeblich eine solche Waffe bei sich«, nahm er den Faden wieder auf. »Das ist doch eigentlich kaum denkbar, oder?«

Sein Onkel schlug sich auf die Schenkel. »Dieser Mister Nizer. Hab ich im Radio gehört. Das ist es also!«

»Wo kommt diese Waffe her? Er hat das Ding nicht im Flugzeug gehabt, soviel steht fest.«

»Ach, Knäblein. Das ist doch ganz simpel. Die Amerikaner fliegen nur so auf solche Schätzchen. Deutsche Schießprügel, deutsche Blechhüte, Gefrierfleischorden ...«

»Gefrier ... Was?«

»Ostmedaillen. Verzeihung. Landserjargon. Also auf jeden Fall sammeln die dieses Zeug. Und da ist leicht dranzukommen. Übers Internet ist das ein Kinderspiel. Alles vorher geordert, und wenn der Herr Nizer in Brüssel aus dem Flugzeug klettert, braucht er nur noch zur vereinbarten Adresse, um das gute Stück abzuholen.«

»Die Amis. Nun ja ...« Herbie schüttelte den Kopf.

»Bekloppte. Waffennarren, allesamt.«

»Aber die Dinger sind doch uralt! Schießen die denn nach all den Jahren überhaupt noch?«, fragte Neli, die halb über den Tisch gestreckt lag, den Kopf auf die Faust gestützt hatte und Onkel Erwin wie gebannt lauschte.

»Als Käufer darf man erwarten, dass so was gepflegt und gängig ist. Man heiratet ja auch keine Frau aus dem Nonnenkloster, was, Bürschchen?« Er klatschte Herbie mit der flachen Hand auf den Oberschenkel. »Was hast du mit diesem Nizer zu schaffen?«

Neli drängte sich dazwischen. »Wir ermitteln.«

Diese Erklärung verursachte bei Onkel Erwin erneut einen lautstarken Heiterkeitsausbruch. »Ihr ermittelt! Huhuhu! Das ist ja spitze. Und dieser Nizer? Was habt ihr bisher über ihn rausgefunden?«

»Er war Flieger im Zweiten Weltkrieg.«

»Soso. Das habt ihr also *ermittelt*.« Der Alte packte die Schnapsflasche, drehte flink den Schraubverschluss ab, verzichtete jetzt völlig auf den Umweg über das Gläschen und nahm einen ordentlichen Schluck. Dann zog er geräuschvoll die Luft zwischen den Zähnen ein. »322nd Bomb Group. Er flog im Februar Fünfundvierzig eine P-38, eins von fünf Begleitflugzeugen für eine fünfzehn Maschinen starke Bomberstaffel, die unterwegs war, um Dollendorf mit einem Bombenteppich zu belegen. Aber das Ding ging gründlich schief. Vermutlich war das fiese Winterwetter dran schuld. Neunzig Bomben haben ihr Ziel verfehlt. Sind irgendwo in Richtung Vellerhof runtergeprasselt. Und in Ripsdorf stand eine Vierlingsflak, weil man im Ort ein Lazarett eingerichtet hatte. Und deshalb hat's Nizer an diesem Tag erwischt. Er ist irgendwo zwischen Blankenheim und Hillesheim abgeschmiert. Aber der Kerl hat Schwein gehabt. Die Front stand damals bei Schmidtheim und er hat sich zwei Tage verletzt durch den Eifelwinter gekämpft und war wieder bei seinen Landsleuten. Ich hab solche Abschüsse oft genug erlebt. Als deutscher Fußlappenindianer. Die getroffenen Maschinen heulen plötzlich viel heller auf als der Rest des Pulks, scheren plötzlich mit einer kleinen Rauchfahne aus dem Pulk aus, oder das Heck oder der Flügel bricht direkt ab und das Ding trudelt runter. Manchmal sah man dann noch einen Fallschirm. Ich war oft dabei. Ich hab so manchen Mist mitgemacht in meinem Leben.«

Die beiden Besucher starrten ihn mit offenstehenden Mündern an. Auch Julius war tief beeindruckt. *Der unsägliche Fusel scheint ihn aber sehr gesprächig gemacht zu haben. Wenn ihr ihn nicht bremst, wird er noch erzählen, wie er allein nach Polen einmarschiert ist, oder auch das ein oder andere kleine Churchill-Attentat zugeben.*

»Du warst dabei, als Nizer abgeschossen wurde?« Herbie fand als Erster die Sprache wieder.

»Ich? Iwo, Jungchen.«

»Aber woher wissen Sie denn das alles?«

Wortlos erhob sich der Alte, diesmal schon merklich langsamer, wackelte erneut ins Haus und kehrte mit einem großformatigen Buch wieder, das er auf den Tisch knallen ließ. »Kann man ja alles nachlesen, wenn man sich ein bisschen dafür interessiert.« Er blätterte eine Weile herum, fand schließlich das, was er suchte und tippte mit dem Finger auf die Buchseite.

»Lieutnant D. A. Nizer (Fallschirmabsprung) 1.2.1945. Konnte am 3.2. von amerikanischen Bodentruppen gerettet werden.«

Herbie sah eine Tabelle der bislang erforschten Flugzeugabstürze des Zweiten Weltkrieges über der Eifel. Deutsche und Amerikaner waren hier gleichermaßen versammelt. Es handelte sich bei dieser Tabelle um den Appendix eines Werkes mit dem Titel *Luftkrieg über der Eifel*. Als er auf dem Titel den Namen des Verfassers las, zuckte er zusammen, blätterte noch einmal ungläubig bis zur Autorenbiographie, und als er das dortige Schwarzweißfoto in Augenschein genommen hatte, ließ er sich zurück auf den Stuhl plumpsen.

Oho, kommt uns dieses fischige Grinsen nicht irgendwie bekannt vor?, fragte Julius, der sich ebenfalls neugierig über das Buch gebeugt hatte.

»Hubert Stark! Kaum zu fassen.«

Onkel Erwin runzelte die Stirn. »Was ist mit Stark? Kennt ihr den?«

»Kennst du ihn?«

»Wir hatten schon mal miteinander zu tun. Ziemliches Weichei, aber immer gut für ein paar Informationen über die Historie und so. Was ist mit ihm?«

»Liest du denn keine Zeitung?«

Er machte ein säuerliches Gesicht. »Ich bitte dich, Jungchen. Ich habe meine Zeit doch nicht gestohlen.«

»Er ist tot«, kam es wenig diplomatisch von Neli.

Diese Nachricht löste bei Onkel Erwin offensichtlich einen Schock aus und er griff erneut zur Flasche. »Aber so alt war der Huppert doch noch gar nicht.«

»Er ist überfahren worden.«

»Ach, du heilige Scheiße.«

Herbie blätterte immer noch in dem Buch herum. Er hatte das Gefühl, plötzlich eine ganze Reihe loser Enden in der Hand zu halten, ohne zu wissen, welcher Faden ihn zum Ziel führen konnte. Er blickte nachdenklich zu seinem Onkel hinüber, dem die Nachricht vom Tod seines Bekannten arg zuzusetzen schien. Der alte Mann war verstummt und drehte die Flasche in den Händen. Als er zu Herbie aufblickte, sagte er ungewohnt leise: »Da ist was Schlimmes im Gange, was?«

Herbie nickte. »Ich fürchte, ja.« Und dann schoss ihm plötzlich ein neuer Gedanke durch den Kopf. »Stark muss damals noch ein kleines Kind gewesen sein. Und trotzdem könnte er diesen Absturz miterlebt haben, oder?«

»Wie kommst du darauf?«

Neli schaltete sich ein. »Wir glauben nicht, dass dieser Herr Stark tatsächlich einem Unfall zum Opfer gefallen ist. Vielleicht hat er damals etwas beobachtet, das ihm heute zum Verhängnis geworden ist?«

»Vergiss es, Mädelchen, vergiss es.«

»Weshalb?«

»Stark und seine Familie sind Rucksackdeutsche. Sie sind Ende Fünfundvierzig aus Schlesien rübergekommen. Damals hießen sie Starczinsky.«

Herbie seufzte abgrundtief. »Wir stochern in der trüben Vergangenheit und alles, was wir ab und zu rausfischen, ist ein alter Schuh.«

Sein Onkel hob bedeutungsvoll seinen Zeigefinger und sagt: »Eine alte Geschichte. Eine längst begrabene, alte Geschichte, über die mittlerweile Gras gewachsen ist. So was wird das sein. Irgendwann kommt irgendein Esel und frisst das Gras weg.«

18. Kapitel

Und das Foto? Was ist mit dem Foto?«

»Welches Foto?« Auf dem Beifahrersitz hing Herbie immer noch seinen trüben Gedanken nach.

»Das Foto mit dem amerikanischen Datum.« Sie deutete auf das Handschuhfach und seufzend holte Herbie es hervor. »Fünfundsiebzig ist ein komisches Datum. Nizer war, wenn ich das in der Zeitung alles richtig verstanden habe, seit dem Krieg nie mehr in Deutschland. Was war also Fünfundsiebzig? Das passt doch irgendwie überhaupt nicht zu den Fakten, die wir bis jetzt beisammen haben.«

Findest du, die Fakten, die wir bis jetzt beisammen haben, passen überhaupt irgendwie zusammen?

Neli steuerte die Tankstelle oberhalb von Blankenheim an. »Ich muss tanken. Und ich hole uns auch gleich was zu beißen. Der Schnaps von deinem Onkel hat mich hungrig gemacht. Wir hätten bei ihm noch einen Happen zu uns nehmen sollen.«

»Ich bezweifle, dass Onkel Erwin überhaupt irgendeine feste Nahrung im Hause hat.«

Neli verließ das Auto und während sie unter lautem Gelärme Sprit in den Tank füllte, wandte Herbie sich zu seinem Begleiter um. »Du kannst ja manchmal wirklich so eine richtige Pest sein, mein teurer Julius, aber eins kannst du mir glauben: Ich sehne mich wieder nach den Tagen der trauten Zweisamkeit mit dir.«

Du bist so ein liebenswerter kleiner Schnuckel.

»Neli kann im Grunde genommen nicht mal was dafür. Sie ist nur ... nur so ...«

Genau so. Du nennst die Dinge gern ganz präzise beim Namen. Das muss man dir lassen.

»Und? Was glaubst du? Sollen wir dieser Foto-Idee nachgehen? Womöglich hat irgendein Tourist das da im Wald verloren und wir kreisen stundenlang im Radius von vierzehn Kilometern rund um Prüm und zum Schänzchen.«

Julius schnaubte verächtlich. *Bei anderen Gelegenheiten hast du mich vor deinen hirnrissigsten Unternehmungen weniger ernsthaft um Rat gefragt.*

»Ich fühle mich eben hilflos. Irgendwie habe ich das Gefühl, dass mir die Dinge entgleiten, seit wir diese Klette am Bein pappen haben. Oh, still, sie kommt!«

Wenige Augenblicke später war der Innenraum des Autos erfüllt vom deftigen Geruch von Leberkäse-Brötchen. Das Fett troff ihnen über die Hände, aber sie genossen die ersten warmen Bissen seit ihrem Aufbruch am Vormittag und schlangen alles gierig in sich hinein.

Ihr solltet euch sehen, ihr kleinen Ferkelchen. Jetzt glänzt ihr, als hätte man euch mit einer Speckschwarte abgerieben.

Neli brachte es sogar noch fertig, währenddessen ihr Auto zurück zur B 51 zu lenken. Als sie an der Einmündung angelangt waren, sah sie Herbie fragend an. »Rechts nach Hause, oder links in Richtung Prüm?«

Herbie schluckte seinen Bissen hinunter und seufzte. »Links dann eben in Dreiteufels Namen!«

Oh, Herbie, du bist ja soooo süß! Julius zwinkerte mit den Augen und warf ihm eine Kusshand zu.

»Wen meinte dein Onkel mit dem *Unsichtbaren*?«, fragte Neli nach ein paar Kilometern.

»Nichts weiter als wirre Fantasien eines alten Mannes.« Herbie versuchte es möglichst abgründig klingen zu lassen.

Gertrud Brenner trug Schwarz. Auf ihrem Küchentisch stapelten sich die Beileidskarten. So viel Papier. So viele Danksagungen, die sie unterschreiben, frankieren und zur Post geben musste. Sie lächelte still in sich hinein, als sie daran dachte, dass dies eine Arbeit war, die Hubert Spaß bereitet hätte. Sie rieb sich die Träne weg, noch bevor sie aus dem Augenwinkel gequollen war. Müde war sie. Müde und kraftlos. Zwei Nächte schon hatte sie kaum geschlafen. Wenn es so weiterging, würde sie ins Heim gehen.

Es klingelte und sie schrak aus ihren Gedanken hoch. Mühsam stemmte sie sich vom Tisch hoch und strich sich eine graue Strähne hinter das Ohr.

»Besuch, Hubert«, flüsterte sie. So, wie schon so oft in den letzten beiden Tagen. »Besuch.«

Als sie die Haustür öffnete, sah sie Jost Spilles. Er stand auf der untersten der drei Granitstufen und sie merkte gleich, dass er sehr aufgeregt war.

»Ich hab was übersehen, Gertrud.«

»Etwas übersehen? Hast du was liegen gelassen? Beim Hubert im Zimmer?« Sie trat automatisch zur Seite und gab den Weg frei. An ihrer Tür war noch nie jemand abgewiesen worden.

»Nicht liegen gelassen«, schnaufte Spilles, als er an ihr vorbei in den kühlen Hausflur trat. »Mir ist erst jetzt etwas eingefallen, das ich gestern übersehen habe.« Als sie die Tür geschlossen hatte und sich zu ihm umdrehte, sah sie, dass er von einem Fuß auf den anderen trat und mit dem Daumen über seine Schulter in die hinteren Räume wies. »Darf ich.«

»Natürlich, Jost. Geh nur.«

Sie schlurfte langsam hinter ihm her und machte sich in der Küche ganz selbstverständlich daran, Wasser für einen Kaffee aufzusetzen. Der Jost war nicht mehr wie früher.

Wenn er so weiterlebte, würde er krank werden, da war sie sich sicher. Das mit seinem Kind hatte ihn zu stark angeschlagen.

»Kommst du zurecht?«, rief sie.

Und einen Augenblick später stand er wieder im Türrahmen und hielt ein Buch in der Hand. Es war der Bildband, den Hubert herausgegeben hatte. Sie erinnerte sich an die Tage und Nächte, die ihr Bruder daran gearbeitet hatte.

»Der Luftkrieg?«, fragte sie zaghaft. Jost hatte das Buch aufgeschlagen und war in ein paar ganz bestimmte Zeilen vertieft. »Was ist denn damit?«

Er hob langsam den Kopf, richtete einen gänzlich entrückten Blick auf sie und klappte das Buch zu.

* * *

Mit etwas Fantasie konnte man auf der Fotografie im Hintergrund eine abschüssige Straße erkennen. Am rechten Rand des Bildes war ein Teil einer Backsteinmauer zu sehen und ganz im Vordergrund, direkt neben der Frau, so etwas wie ein riesiges Stück Sandstein, bei dem es sich möglicherweise um eine Art Stützpfeiler einer Kirche handelte. Daher hatten sie in den ersten beiden Orten ihre Suche von der Dorfkirche aus begonnen. »Neuendorf und Büdesheim ... Fehlanzeige«, murmelte Herbie grimmig. »Bleiben noch Seiwerath, Nimsreuland, Lünebach. Und Bleialf. Und wenn wir richtig Pech haben, handelt es sich um irgendein verschissenes Prüm in Oberbayern oder in Neubundland, und wir kreisen hier um die Schneifel bis es in der Hölle schneit!«

Die malerischen Hügelkuppen, der Anblick der glücklichen Eifelkühe. Ist das nicht Lohn genug?

Neli lenkte ihr Gefährt tapfer über sich schlängelnde Sträßchen, ohne auch nur im Mindesten demoralisiert zu wirken. »Es ist ja nur ein Versuch, Herbie. Wenn sich herausstellt, dass ich völlig daneben liege, dann werde ich mich hinterher kampflos ergeben. Du kannst mit mir tun, was du willst.«

Ich lese deine Gedanken, Herbert Feldmann. Ich sehe, wie du dir für diese Gelegenheit bereits einen Plan zurecht legst. Du wirst dir ein paar Meter Packpapier besorgen, sie sehr sanft damit umhüllen, sie hernach ausreichend frankieren und mit einer völlig erfundenen Adresse in Feuerland beschriften und ohne Absenderangabe in Hillesheim auf der Post abgeben.

»Quatsch. Betonklotz, Gemündener Maar«, presste Herbie zwischen den Zähnen hervor, sodass Neli es nicht hören konnte.

Sie waren übereingekommen, als nächstes Bleialf anzusteuern.

Von Prüm her schlängelte sich die Straße in wilder Achterbahnfahrt durch die Landschaft.

»Zur Siegfriedlinie, wo die Drachen hausen«, murmelte Herbie.

»Drachen?« Neli schlürfte an ihrer Coladose. »Siegfried?«

»Das ist von Hemingway.«

»*Der* Hemingway?«

Wen meint sie? Franz-Anton Hemingway, den berühmten Mediziner, der die Masern erfunden hat, oder Ulf Hemingway, den Mann, der mit den Zähnen ein Pferd am Zaumzeug hochheben konnte?

»*Der* Hemingway.«

»Der hat was über diese Gegend hier geschrieben?«

»Ach, weißt du, vergiss es.«

Im Dorf erinnerten bunte Plakate an das Frühlingskonzert im Saal Scheer, das vor einer Woche stattgefunden hatte. Bleialf schlummerte in nachmittäglichem Frieden.

»Nur ein Steinwurf von hier bis zur Grenze«, sinnierte Herbie. »Hier oben ist so hart gekämpft worden. So viel Blut im Boden, dass der scharfe Eifelwind es kaum trocknen konnte. Und doch ist es so schön hier. Ich muss immer wieder daran denken, dass Onkel Ewald vom Gras sprach, das über alles gewachsen ist.« Er setzte seine Cola an die Lippen, schlürfte geräuschvoll, und im selben Augenblick ging Neli voll in die Eisen. Süßer Schaum schoss ihm in die Nase.

»Da!«, jubelte sie und hätte ihm fast mit dem ausgestreckten Arm auch noch die Dose zwischen die Zähne gehauen, als sie die rechterhand einmündende Straße hinaufwies.

Vor ihnen stand in all seiner Pracht der *Schneifeldom*, die Kirche des Ortes, deren charakteristischer Turm weithin sichtbar über den Dächern von Bleialf thronte. Zu seiner Rechten kam eine Straße von Mützenich den Berg herunter. »Da oben!«, quäkte Neli, setzte mit einem Ruck zurück und riss das Auto nach rechts herum. Herbie wusste nicht, wie er die Dose noch halten sollte, um weiteres Unheil zu vermeiden. Mit dem Handrücken wischte er sich notdürftig den Mund ab.

Es gibt in der Volkshochschule Seminare für gute Umgangsformen, moderne Esskultur und Tischsitten bei offiziellen Anlässen. Und es gibt auch einen Aufbaukurs »Schlemmen im Panda für Fortgeschrittene«.

Neli hatte Recht behalten. Schon wenige Minuten später nahmen sie genau die Position ein, die der Fotograf innegehabt haben musste, als er im Jahr 1975 das Foto schoss.

»Und wie hilft uns das weiter?«, brummte Herbie. »Wer ist denn nun die Frau auf dem Foto?«

»Wir fragen einfach jemanden!«

Herbie druckste herum. »Ich weiß nicht ... Das führt doch zu nichts. Wer kann sich denn hier schon an ein junges

Mädchen erinnern, das hier vor fast dreißig Jahren mal durchgereist ist?«

»Bittebitte!«

Bevor sie ihre Arme um ihn schlingen konnte, hob er bereits kapitulierend die Hände. »Schon gut! Wenn's denn sein muss!«

Sie parkten das Auto am Marktplatz auf der anderen Seite der Kirche und schlenderten ein wenig ziellos umher.

»Du fragst irgendwen«, entschied Neli. »Du bist eindeutig der gewieftere Ermittler. Irgendwo in den Gaststätten da vielleicht.«

An einem wenig passenden modernen Geschäftshaus mit allerlei Sichtbeton und bunten Reklamen zögerte Herbie einen Augenblick. War eine Gaststätte oder aber die Eisdiele gleich vor ihrer Nase ein geeigneter Ort, derlei Erkundigungen einzuholen? Da entdeckte er, ein wenig versteckt, in einer Passage eine Buchhandlung.

»Buchhändlerinnen sind gute Tippgeber!«, gab er mit einem durchaus belehrenden Unterton an Neli weiter. »Analytischer Verstand, prächtige Beobachtungsgabe, guter Sinn fürs Wesentliche.« In der Tat hegte er seit jeher ein großes Vertrauen zu Menschen, die in Buchhandlungen ihr Brot verdienten.

Das Magazin in Bleialf war offensichtlich eine Fundgrube für vielseitig interessierte Besucher. Madonnenfiguren und Bastelbögen, Dieter Bohlen und Günther Grass, Kommunionskerzen und Fotoalben. Und über allem hing der süßliche Duft eines fernöstlichen Aromaöls.

Nichts ist spannender als ein Mord am schönsten Arsch der Welt, behauptete Jacques Berndorf auf einem Plakat über seine Heimat, die Eifel. Na, der musste es ja schließlich wissen.

Als Herbie schließlich der Buchhändlerin gegenüberstand, hätte er sich fast nicht getraut das Foto zu zeigen. Er war weder Bulle noch Privatdetektiv und er konnte keinerlei Legitimation vorweisen. Er kam sich lächerlich vor.

Du bist lächerlich, mein Bester. Julius betrachtete fasziniert ein Mobile aus Vogelfedern. *Gleich wirst du es wieder unter Beweis stellen, indem du eine hinreißend hirnrissige Geschichte zu diesem dämlichen Foto erfindest. Frag die Frau stattdessen doch einf...*

»Entschuldigung, kennen Sie vielleicht das Mädchen von diesem Foto?« Er hielt sichtlich verlegen das Foto in die Höhe.

Die dunkelhaarige Frau beugte sich vor und schenkte ihm ein Lächeln. »Das ist doch die Maggie, oder? Das Foto ist ja uralt. Wo haben Sie das denn her?«

Herbie und Neli sahen sich verblüfft an. »Maggie?«

»Maggie Kendall. Sie hat die kleine Kneipe in Richtung Brandscheid. *Maggies Stübchen*. Können Sie gar nicht verfehlen. Aber ich glaube, die hat für ein paar Tage zugemacht und ist verreist.«

Herbie bedankte sich artig und war bemüht, keine weiteren Fragen aufkommen zu lassen. Er dachte kurz nach, ob er aus Verlegenheit rasch etwas kaufen sollte, aber Neli kam ihm zuvor. »Das kleine Buch der Liebe«, sagte die Verkäuferin mit einem viel sagenden Zwinkern. »Soll ich es als Geschenk einpacken?«

Als sie wenige Minuten später das Auto vor einem Klinkergebäude mit der Aufschrift *Maggies Stübchen* parkten, verspürte Herbie schon wieder einen mittelprächtigen Hunger. Ihm war nach einer ordentlichen Tasse Kaffee und einem ordentlichen Stück Sahne-Nuss oder einer ähnlichen Schweinerei.

In *Maggies Stübchen* allerdings, so machte es den Anschein, würden sie nicht einmal ein müdes Käsebrötchen bekommen. Die heruntergelassenen Rollladen und ein weithin sichtbares Pappschild an der Eingangstür sprachen eine deutliche Sprache.

Mutlos näherten sie sich der Tür und studierten den Hinweis.

»Ab Morgen ist wieder geöffnet«, brummte Neli enttäuscht.

Herbie machte einen halbherzigen Versuch sie zu trösten: »Sie hat wahrscheinlich ohnehin mit unserer Sache so viel zu tun wie eine Kuh mit dem viel zitierten Schlittschuhlaufen.

Viel, viel weniger auf jeden Fall als das Hirn von Herbie Feldmann mit sieben Wochen altem Hüttenkäse.

Sie hatten gerade auf dem Absatz kehrt gemacht, um zum Auto zurückzukehren, als von der Hausecke ein Geräusch kam. Ein Garagentor wurde donnernd zugeschlagen und einen Lidschlag später tauchte mit hochrotem Kopf eine Frau auf. An ihrer Seite baumelte eine große, schwarze Reisetasche und ihr Blick war intensiv auf den Schlüsselbund in ihrer Rechten gerichtet, aus dem sie soeben versuchte den Hausschlüssel herauszusortieren. Sie bemerkte die beiden Gestalten erst, als diese sie schon fast erreicht hatte, und bedachte sie mit einem fragenden Blick. Dann lächelte sie und sagte: »Tut mir Leid, heute ist noch geschlossen.« Der Hauch eines amerikanischen Tonfalls klang in ihren Worten mit.

Herbie hatte wieder das Foto hervorgeholt und ließ den Blick hin- und herwandern. An dieser Maggie war das Leben in den letzten fünfundzwanzig Jahren nicht spurlos vorübergezogen. Ihr Gesicht wirkte verquollen, ihre Haare waren mit grauen Strähnen durchzogen und zu einem Knoten hochgebunden. Und trotzdem war die Ähnlichkeit mit der alten Fotografie nicht zu leugnen.

Diesmal ergriff Neli das Wort. Ihr Satz schnitt wie ein scharfes Messer durch die warme Luft des Maitags: »Sagt Ihnen der Name David Abraham Nizer etwas?«

Die Frau ließ langsam den Schlüssel sinken und suchte nach Worten. Schließlich sagte sie unsicher: »Ja, kenn ich.«

Herbie beobachtete aus den Augenwinkeln, wie sich Neli neben ihm bemühte, nicht vor Freude laut loszujubeln.

Maggie trat einen Schritt näher auf ihn zu und sagte: »Sicher kenne ich ihn. Dave ist schließlich mein Vater.«

19. Kapitel

Im Inneren der Gaststätte roch es sauer. Schales Bier und kalter Zigarettenqualm atmeten aus jeder Pore der Strukturtapete. Nur durch die zweiflüglige Glastür fiel gedämpftes, gelbliches Licht herein und der lange, schlauchförmige Raum mit den Barhockern und der Messingtheke lag im Halbdunkel. Maggie Kendall hatte es noch nicht fertiggebracht die Rollladen hochzuziehen. Nach hinten weitete sich die Räumlichkeit und schemenhaft waren ein paar hölzerne Tische und Stühle zu erkennen. Der Geldautomat stand leblos und finster an der Wand, die Flaschen im Regal schimmerten nur sehr matt. Eine menschenleere Kneipe im Dunkeln ist ein Hort der Trostlosigkeit.

Herbie und Maggie saßen an der Theke, während Neli auf der anderen Seite in fast völliger Finsternis versuchte, die Kaffeemaschine in Gang zu bringen.

Maggie hatte die Nachricht vom Tod Nizers schweigend aufgenommen. Stumm hatte sie den Zeitungsartikel betrachtet, den ihr Herbie gereicht hatte, hatte sich abgewandt, das Treppenhaus aufgesperrt und sie mit einem Wink ihres Kopfes aufgefordert, ihr durch eine Nebentür in die Kneipe zu folgen.

Es dauerte fast zehn Minuten, bevor sie endlich etwas sagte. »Shit«, sagte sie bitter. »Ich habe uns unsere letzte Chance versaut.« Dann hatte wieder Stille geherrscht, sie hatte ein Päckchen Lucky Strike hervorgekramt und sich eine Zigarette angezündet, und Herbie hatte gesehen, wie im schwarzen Schatten, der ihr ins Gesicht gemalt war, ein paar Tränen aufblitzten. Er brachte es nicht übers Herz zu fragen, was sie mit ihren Worten hatte sagen wollen.

Und so warteten sie geduldig, bis sich Maggie geschnäuzt hatte und von sich aus begann zu erzählen. Herbie hatte sich während der nur quälend langsam verstreichenden Minuten der Stille gefragt, warum wohl Maggie Kendall keinen blassen Schimmer davon hatte, was alle Welt zu wissen schien. Nämlich, dass Dave Nizer tot war. Aber gleich ihr erster Satz lieferte ihnen die Erklärung.

»Ich war ein paar Tage in Holland, wisst ihr. Manchmal krieg ich einen Rappel und ich muss hier raus. Das geht nur neben der Saison. Ich hatte das Gefühl, noch mal für zwei, drei Tage ausspannen zu müssen, bevor im Sommer die ganzen Touristen anrücken.«

Dann blickte sie Herbie an. »Und was habt ihr mit all dem zu schaffen?« Wenn sie lauter wurde, kam ihr Akzent stärker durch.

Im Hintergrund kündigte ein lautes Zischen und Blubbern die nahende Ankunft eines Kaffees an. Ein aromatischer Duft füllte den Raum.

Herbie machte den hilflosen Versuch einer Erklärung. Wortreich versuchte er zunächst zu erläutern, was sie überhaupt antrieb, dem Ableben Dave Nizers nachzuspionieren. Als er dabei ins Straucheln geriet, schloss er abrupt mit den Worten: »Aber eigentlich sind wir nur sehr neugierig.«

Die neue Ehrlichkeit. Wie einfach könnte dein Leben sein, wenn du dich nur öfter dazu durchringen könntest.

Neli stellte zwei Tassen Kaffee auf die Theke. Maggie packte mit zitternden Fingern zwei Klümpchen Zucker aus einem Papier und warf sie in die schwarze Flüssigkeit.

»Ich habe vorhin gesagt, dass ich uns die letzte Chance versaut habe. Bemüht euch bitte, euch das vorzustellen. Er wird versucht haben, mich zu erreichen, und ich war nicht da. Wir hätten uns noch mal sehen können. Dann wäre vielleicht alles wieder glatt gewesen. Wenn ich auch nur eine Ahnung davon gehabt hätte, dass er mich besuchen will, dann wäre ich doch ... dann hätten wir noch mal ...« Sie klopfte trotzig mit der Faust auf die Theke.

»Welche letzte Chance?«, fragte Herbie und schlürfte am Kaffee.

»Doch noch mal zu reden.«

»Hattet ihr Stress?«

Sie nickte. »Ich bin damals, vor knapp dreißig Jahren, mit Russell rübergekommen. Er war da oben in der Radarstation am Schwarzen Mann stationiert. Damals waren da noch fünfhundert Mann. Wir hatten Freunde hier. Wir waren allein drei Pärchen von zu Hause, aus Galesburg. Und heute passt da oben nur noch eine Handvoll Leute auf, dass die Eichhörnchen nix anknabbern.« Sie steckte sich eine neue Zigarette an und pustete den Qualm in den Schatten über ihren Köpfen. »Russell ist dann später wieder zurück. Er ist jetzt irgendwo in Illinois. Und ich bin eben hier hängen geblieben.« Sie lachte nervös.

»Hattest du nie Lust zurückzugehen?«, fragte Neli.

»Nicht für Geld. Ich habe zwei Jahre in Chicago gelebt. In einer Stadt, in der es bei Strafe verboten ist im Stehen Alkohol zu trinken. Sie verbieten einem alles da drüben. Ihr könnt euch nicht vorstellen, wie krank dieses Amerika ist.«

»Dein Vater war anderer Ansicht?«

»Dave hat mir nie verziehen, dass ich nicht zurückgekom men bin. Solange ich mit Russell zusammen war, konnte er damit leben, dass ich hier auf der anderen Seite des Atlantik war. Die Air Station war ein Stück Amerika in Feindesland. Er hat die Deutschen gehasst. Er konnte einfach nicht verstehen, dass ich seiner Scheißheimat ein für alle Mal den Rücken gekehrt hatte. Das ist hart, oder?«

Herbie nickte bedächtig. Neli war hinter der Theke hervorgekommen und schwang sich ungelenk auf den nächsten Barhocker. In Anbetracht der Ernsthaftigkeit der Situation verhielt sie sich erstaunlich taktvoll.

»Vor elf Jahren war ich zuletzt drüben. Da ging's ihm ziemlich dreckig. Er war grad von Maytag in den Ruhestand geschickt worden. Das war die Kühlschrankfirma, in der er jahrzehntelang gearbeitet hat. Eigentlich wollte er noch zwei Jahre dranhängen, aber da haben sie ihm einen Strich durch die Rechnung gemacht. Später hat er mir mal gebeichtet, dass er am liebsten mit einer Wumme zu Brian Clusterfield bei Maytag ins Büro gegangen wäre und ihm ein paar Kugeln in beide Beine geballert hätte, wie Steve McQueen in *Nevada Smith*. Seit damals haben wir nur noch telefoniert. Ich hab ihm mal ein paar Briefe geschrieben. Er mir leider nie. Das lag ihm einfach nicht.«

»Hatte er 'ne Waffe?«

Maggie zog die Stirn kraus. »Glaub schon ... Ja, er hatte so einen alten Armeerevolver.«

Herbie tippte auf den Zeitungsartikel. »So was?«

»Nee. Der sah anders aus. Wie so ein richtiges Wildwest-Schießeisen. Da drüben hat fast jeder eins im Haus. Dave liebte Western. Er machte sich immer lustig darüber, dass wir hier im Fernsehen immer John Wayne mit der Stimme von irgendeinem Kraut vorgespielt bekommen.«

Eine Weile schwiegen sie, bevor Maggie unversehens fortfuhr: »Vor zwei Monaten hat er mich dann noch mal angerufen. Das war schon das zweite Mal in diesem Jahr und da bin ich gleich stutzig geworden. Ich hab gesagt: ›He, Dave. Was ist? Haben wir schon Weihnachten oder was ist passiert?‹ Und da hat er mir das von seinem Tumor erzählt.«

Sie ließ den Kopf langsam nach rechts und links gehen und erntete von beiden Seiten ratlose Blicke.

»Er hatte was im Kopf. Was Bösartiges. Ich hätte direkt zu ihm rüberfliegen müssen, aber ich hatte keine Kohle. Aber das Mindeste, was ich für ihn ... für uns hätte tun können, wäre gewesen, hier zu sein, als er mich besuchen wollte.«

»Keine Ahnung, dass er herkommen wollte?«

Sie schüttelte den Kopf. »Dave hatte gern seine Geheimnisse.«

»Dave?«, fragte Neli. »Nicht Dad?«

»Dave war mein Stiefvater. Das heißt, auch das noch nicht mal richtig. Er war nur mit Ma verheiratet und ich hatte schon meine erste eigene Bude in Galesburg, am anderen Ende der Stadt. Wir mochten uns eigentlich ganz gern. Als Ma vor fünfzehn Jahren starb, waren Russell und ich zuletzt drüben. Dave hielt uns für das große Traumpaar. Er hätte es zu gern gesehen, wenn wir Kinder miteinander gehabt hätten. Er wollte zu gerne Großvater werden. Aber es klappte nicht mit uns. Also, das mit Russell und mir und unserer Ehe sowieso nicht. Aber auch das mit dem Nachwuchs nicht. Dave hat Russell immer aufgezogen und gesagt: ›Du kannst die schönsten Häuser bauen, du kannst einen Arsch voll Geld im Lotto gewinnen und du kannst zum Mond fliegen, aber das Größte, das es überhaupt gibt, ist, bei so einer Geburt dabei zu sein und zu sehen, wie ein so ein kleiner Mensch zum ersten Mal die Klappe aufreißt.‹ Russell war immer beleidigt und hat gemault, dass Dave ja selber auch nichts auf die Reihe gekriegt hätte. Dave hat überall immer so getan, als sei er bei meiner Geburt dabei gewesen. Er machte auf Familienfeiern immer ›Maggies‹ ersten Schrei nach. Das war echt schrill. Er verschwieg ganz gern, dass er nur mein Stiefvater war. Russell wusste natürlich Bescheid.«

»Hatten Dave und Russell denn noch Kontakt, als dein Mann dann wieder rübergegangen ist?«

Maggie schüttelte den Kopf. »Ich glaube nicht. Ich war Daves Liebling. Er hat Russell nie vergeben können, dass er mich nicht halten konnte.«

»Seid ihr geschieden?«

Sie nickte langsam. »Eine Mordsprozedur, das kann ich euch sagen.«

Herbie hielt das Foto hoch. »Hat Russell das gemacht?«

Maggie nickte. »Das war damals, als wir ganz neu hier waren. Wir haben Dave und Ma ein paar Fotos geschickt, obwohl Dave immer wieder gesagt hat, dass es ihn einen Scheißdreck interessiert, wie es heute hier aussieht.«

»Woher kam denn dieser Hass auf die Deutschen?«

Mit einem heiseren Lachen drückte sie ihre Kippe im Aschenbecher aus. »Na, ihr seid lustig. Sein Bruder ist an der Grenze gefallen und ihn selbst haben sie vom Himmel geballert. Er hat nie ein gutes Haar an den Deutschen gelassen. Noch beim letzten Telefonat hat er sie verwünscht, weil sie im Irak die Drückeberger spielen wollten, wie er es ausdrückte. Er wäre am liebsten selbst mit nach Bagdad geflogen. Er hatte so viel Amerika in sich, dass es manchmal wirklich zum Kotzen war. Er war schon ein verdammter Idiot ... aber ich habe so sehr an ihm gehangen.« Sie biss sich auf die Knöchel und begann leise zu schluchzen.

Herbie blickte fragend zu Neli hinüber. War dies jetzt unter Umständen der richtige Zeitpunkt diesen Besuch abzubrechen? Neli zuckte mit den Schultern.

»Shit!« Maggie kreischte plötzlich auf. »Er wird doch sicher versucht haben mich anzurufen!« Sie sprang von ihrem Hocker, sodass dieser beinahe umkippte, eilte auf die Tür zu, die zum Treppenhaus führte und verschwand.

Sie wechselten kein Wort. Herbie betrachtete nur die Tür, die sich mit Verzögerung langsam schloss und stand ebenfalls auf.

Wohin des Wegs, junger Freund? Siehst du nicht das Schild? Das ist privat!

»Ich habe ein schlechtes Gefühl, wenn wir sie jetzt alleine lassen.« Herbie hörte, wie Neli ihm folgte, und zaghaft stiegen sie im kühlen Treppenhaus die hellen Steinstufen zum ersten Stock hinauf. Bereits durch die geöffnete Wohnungstür schallte eine verzerrte Männerstimme zu ihnen hinaus. »Hi, honey. It's me. Guess where I am.«

* * *

»Ich werde wohl besser die Polizei anrufen«, sagte Maggie später. »Schon seltsam, dass die mich noch nicht haben ausfindig machen können.« Sie wedelte mit dem Zeitungsausschnitt hin und her. »In Galesburg werden sie ein bisschen suchen müssen, bis ihnen einer wirklich was über Dave erzählen kann. Er war so ein verdammter Eigenbrötler, seit Ma tot ist.«

Sie starrte auf den Anrufbeantworter, der auf seinem kleinen Messingtischchen durch die geöffnete Wohnzimmertür zu sehen war.

Dave Nizer hatte seine Tochter angerufen. Einmal, zweimal und noch ein drittes Mal. Der erste Anruf war kurz nach seiner Landung aus einer Telefonzelle auf dem Flughafen in Brüssel gekommen. Der zweite gegen Mittag aus einer Imbisstube an der Grenze in Losheim und der dritte schließlich kam am Abend aus dem *Landcafé Maus* in der Nähe von Nonnenbach. Von Anruf zu Anruf hatte seine Stimme müder geklungen. Er beschrieb jeweils in breitem

Amerikanisch, wo er sich gerade befand, er erläuterte, welchen Kuchen er zu sich genommen hatte, wie scheußlich stark der deutsche Kaffee war, und dass das ganze Café vor holländischen Touristen aus den Nähten platzte. Und er ließ lange Pausen zwischen seinen Sätzen, so als lausche er im Geiste Maggies nicht hörbaren Erwiderungen. Er klang sehr einsam. Herbie und Neli hatten Mühe ihn zu verstehen.

Maggie hatte, während sie das Band abhörte, auf der Couch gesessen und eine Zigarette nach der anderen geraucht. Die Hilfeschreie Dave Nizers erreichten sie viel zu spät.

»Er hatte einen Tumor?«, fragte Herbie vorsichtig.

Sie nickte stumm.

»Nicht zu operieren?«

»Verdammt bösartig und völlig außer Kontrolle. Dave hat geweint, als er's mir erzählt hat.«

Herbie blickte zu Julius hinüber, der stumm im Türrahmen lehnte und die Arme verschränkt hielt. Er dachte daran, dass Dave Nizer womöglich wirklich Selbstmord begangen hatte, und dass all das, was sie sich in den letzten Tagen zusammengesponnen hatten, möglicherweise ein einziger großer Irrtum war.

»Dreimal hat er versucht mich anzurufen. Vielleicht hat er sogar gedacht, ich sitze hier und höre zu. Vielleicht hat er geglaubt, ich wollte ihn gar nicht sehen.« Maggie schluckte schwer.

Herbie schüttelte den Kopf angesichts der Tatsache, dass Nizer offensichtlich an öffentlichen Plätzen gespeist, von öffentlichen Plätzen aus telefoniert hatte, und dass sich im Nachhinein niemand mehr an ihn erinnern konnte. Keine Menschenseele hatte sich bei der Polizei gemeldet, um zu sagen: Ich habe diesen Ami gesehen.

Als Maggie aufstand und für einen Moment im Badezimmer verschwand, blitzten Nelis Augen auf. »Und was ist nun, wenn das alles nur zusammengelogen ist?

Herbie brauchte einen Moment um zu begreifen, was sie da sagte. Er sah sie entgeistert an. »Sag mal, höre ich richtig?«

Immerhin könnte sie in Wirklichkeit eine glänzende Tragödin sein, die eine blühende Fantasie hat. Womöglich war Nizer ein heimlicher Lottomillionär oder hatte heimlich ein paar Bohrinseln am laufen und sie erbt jetzt den halben amerikanischen Kontinent und noch ein Stückchen von Australien.

»Ihr spinnt ja wohl völlig!«

»Ihr?« Neli zog die Augenbrauen kraus.

In diesem Moment ertönte das Rauschen der Toilettenspülung und wenige Augenblicke später kam Maggie aus dem Bad zurück. Sie steuerte das Telefon an.

Herbie sprang auf. »Warte mal!«

Sie hielt den Hörer in der Hand und blickte ihn fragend an.

»Lass uns da bitte raus, wenn's irgendwie geht. Sag einfach, du wärst zurückgekommen und hast die Zeitung gelesen.«

Sie nickte und wandte sich wieder dem Telefon zu. Gerade als sie die Nummer der Polizei eintippen wollte, stockte sie.

»Dave hat nicht wirklich *alle* Deutschen gehasst.«

»Wie bitte?«

»Es gab da etwas. Es gab irgendein Kriegserlebnis, von dem er nie erzählt hat.«

Jetzt geht's ans Eingemachte.

»Hing das mit seinem Abschuss zusammen?«

Maggie schwieg. Sie schien intensiv nachzudenken.

Herbies Ungeduld wuchs. »Und?« Er nickte ihr aufmunternd zu.

»Nichts.« Maggie breitete die Arme aus. »Ich hab ja schon gesagt, dass er nie über den Krieg sprach. Er hat manchmal im Keller gesessen und versucht, auf der Gitarre die Noten zu spielen, die sein Bruder ihm hinterlassen hatte. Er hat nur mal gesagt, dass er seine Rettung einer Deutschen zu verdanken hat. Nichts sonst.« Ihr Finger schwebte über der Tastatur des Telefons.

»Hat er womöglich einen Namen erwähnt?«

»Nein, wie schon gesagt ...«

»Stark? Hubert Stark?«

»Nein.«

»Leinen?«

»Ich hab doch gesagt, dass er keine Namen genannt hat. Er hat nie was erzählt!«

»Arimont?«

»Nein, gottverdammt!« Dann wählte sie die Nummer der Polizei.

20. Kapitel

Es ist schon komisch«, sagte Neli leicht angesäuert. »Sobald dir eine Frau gegenübersitzt, bist du wie ausgewechselt. Du verlierst völlig den objektiven Blickwinkel.«

Herbie staunte nicht schlecht. Was war mit Neli passiert?

Stutenbissigkeit, war Julius' knappes Statement.

Das Blatt wendete sich. Die duldsame Begleiterin verlor langsam die Geduld. Herbie triumphierte innerlich. Es konnte nicht mehr lange dauern, dann war er sie ein für allemal los. Wenn er es jetzt darauf anlegen würde, würde ihre bedingungslose Hingabe sich innerhalb kürzester Zeit in Hass umschlagen, da war er sich sicher. Und damit würde er umgehen können. So was kannte er.

»Hör mal zu ...«, begann Herbie. Aber sie fiel ihm ins Wort. Sie war sichtlich aufgebracht.

»Was spricht denn dagegen, dass sie uns in Wirklichkeit die Hucke voll gelogen hat? Nenn mir bitte mindestens vierunddreißig Fakten, die das widerlegen!« Trotzig griff sie ins Lenkrad, während sie hinter Prüm die Schönecker Held hinauffuhren.

Genau meine Rede. Was ist denn mit ihrem Alibi? Ihr hättet euch die Bikinistreifen vom Sonnenbad am Hollandstrand zeigen lassen sollen!

Herbie überlegte einen Augenblick. Er durfte jetzt keinen Fehler machen.

»Na gut!« Er warf die Hände in die Luft. »Ich verspreche, Maggie Kendall solange nicht von der Liste der Verdächtigen zu streichen, bis sich eine andere Spur als die richtige abzeichnet!«

Er ging einen Schritt weiter. »Wahrscheinlich hast du sogar Recht.«

»Womit?«

»Mit Maggie Kendall. Du bist schließlich eine Frau. Du hast die bessere Intuition.«

»Ach, Quatsch ...« Neli lächelte verschämt. Ihr Zorn war schon so gut wie verraucht. Sie rückte die Brille zurecht und ließ wieder ihre Finger auf dem Lenkrad tänzeln.

Herbie warf so heimlich wie möglich einen triumphierenden Blick zum Rücksitz hin.

Was wird das, wenn ich fragen darf? War da irgendwas im Kaffee?

»Du hast mir wirklich sehr geholfen, Neli«, legte Herbie nach.

»Ach ...«

»Doch, doch.«

Nelis Laune besserte sich von Sekunde zu Sekunde.

»Ohne dich wäre ich nie über diese Sache gestolpert, und jetzt, wo wir uns so intensiv damit beschäftigen, merke ich, welch große Hilfe du mir eigentlich bist.«

»Nun ja ...« Die Verlegenheit trieb ihr die Schamesröte ins Gesicht.

»Ich habe mir etwas überlegt.«

»So? Was denn?«

»Wir sollten für heute erst mal Schluss machen. Es gibt zwar noch allerlei zu überlegen und zu grübeln, aber irgendwann haben wir uns eine Ruhepause verdient.«

»Meinst du?« Sie wurde sehr unsicher. Man konnte ihr an der Nasenspitze ansehen, wie sich eine gewisse Vorahnung breit machte.

»Wir sollten heute Abend mal so richtig ausspannen.«

Herbie bemühte sich, es möglichst beiläufig klingen zu lassen und trotzdem eine notwendige Portion Lüsternheit in die letzten Silben zu legen, um den gewünschten Effekt zu erzielen.

Neli schluckte. Ihre Ohren glühten auf und ihre Augen zwinkerten nervös hinter den dicken Brillengläsern.

Sie wollte gerade den Mund öffnen, um die Frage aller Fragen zu stellen, um den Damm zu brechen und das Unabänderliche endlich geschehen zu lassen. Er spürte mit jeder Faser seines Körper, dass sie jetzt fragen würde: Bei dir oder bei mir?, und deshalb fiel er ihr dank seines minutiösen Timings im allerletzten Moment ins Wort und sagte: »Lass uns ins Kino gehen.«

Neli stutzte. Sie warf einen konsternierten Blick nach rechts, doch was sie da sah, ließ ihr das Herz im Leibe hüpfen. Herbies Blick glitt an ihren Rundungen entlang, traf den ihren, schenkte ihr ein Funkeln und Glitzern und versprach ihr in diesem Moment alles.

»Kino. Oh jaaaa!«

Was ich sehe, gefällt mir nicht, mein Bester. Was immer du vorhast, steht schon jetzt im Verdacht, das Abgefeimteste, Menschen Verachtendste und Arglistigste zu werden, was du dir je geleistet hast.

Herbie lächelte. »Das wird bestimmt sehr schön werden. Hoffentlich gibt es einen Film mit Tieren. Da muss ich immer weinen.« Er beobachtete, wie Neli hinter dem Steuer geradezu zerfloss.

* * *

»*Catch me if you can.*« Neli kräuselte die Mundwinkel. »Klingt nicht so wahnsinnig romantisch.«

»Wart's nur ab«, säuselte Herbie. Er sprang aus der Beifahrertür, huschte ums Auto herum und öffnete Neli die Tür.

Und all das krönst du mit dem blödsinnigsten Lächeln, das ich je an dir beobachten durfte.

Mit sanfter Gewalt nahm er ihr den Autoschlüssel ab, verschloss den Wagen, reichte ihr den Arm und geleitete sie in das Gebäude.

Das Hillesheimer Kino war einzigartig in der ganzen Eifel. Es hatte sich bewusst den Charme der Fünfziger Jahre bewahrt. Herbie verbrachte hier oft seine Abende. Neben den Kassenschlagern gab es immer wieder kleine Filme zu sehen, denen ansonsten im kommerzgesteuerten deutschen Kinoalltag ein eher trauriges Schicksal beschieden war.

Frau Runge saß im Kassenhäuschen und reichte ihnen Eintrittskarten, das obligatorische Studentenfutter, das Eiskonfekt und die Cola.

Und als sie wenig später im Halbdunkel saßen und erwartungsfroh dem Film entgegenfieberten, flüsterte Herbie: »Ein Spielberg-Film, ein Mann, eine Frau, eine laue Sommernacht. Das wird bezaubernd schön.«

Und als der Vorspann über die Leinwand rollte, wollte Neli in die Offensive gehen und sich seufzend an ihn schmiegen, aber Herbie sagte: »Sekündchen. Ich muss zur Toilette. Bin gleich zurück.«

Julius erwartete ihn am Ausgang. *Du bist Schmutz, du bist ein Bastard ohne jede Moral, du bist meiner Verachtung nicht wert. Aber ich verbeuge mich vor deiner List.*

»Ich weiß, Julius, ich weiß. Aber ich kann nicht anders. Ich brauche noch einmal ihr Auto. Und bei dieser Gelegenheit werde ich gleich unserer zart knospenden Beziehung den Todesstoß versetzen.«

An Frau Runge gewandt, die gerade das Kassenhäuschen verlassen wollte, fragte er: »Wie lange dauert das?«

Sie tippte auf das Plakat. »Hundertvierzig Minuten, Herr Feldmann.

»Ausgezeichnet, Julius!«, rief er und klatschte in die Hände. »Das ist Zeit genug!« Er sprang in Nelis Auto, sagte grimmig: »Catch me, if you can!« und ließ den Motor aufheulen.

Aus den langen Schatten des Vorabends war ein Netz aus Finsternis geworden, das zwischen den Bäumen des Waldes den Boden bedeckte. Herbie strauchelte vorwärts und hielt ein ums andere Mal inne, um sich erneut zu orientieren. Am helllichten Tag sah hier alles ganz anders aus.

Die Abendluft war voller Geräusche und Herbie unterdrückte den Gedanken daran, wo sie wohl herkommen mochten. Ein besonders lautes »Schuhuh« schien ganz aus der Nähe zu kommen und er hätte beinahe laut losgeflucht, als ihm bewusst wurde, dass nicht irgendein bizarrer räuberischer Nachtvogel über ihm kreiste, sondern dass es Julius war, der mit gespitzten Lippen die unheilvollen Laute ausstieß.

Verzeihung, aber die Szenerie war so inspirierend.

»Du hättest im Kino bleiben und ihr verschwitztes Händchen halten sollen!«

»Ach was, du wärst doch völlig hilflos ohne mich, du Männlein, allein im Walde ...

»Da vorne war was!«

Ganz still ...

»Da ist ein Licht!«

... und stumm.

Vor ihnen war das Fenster der Hütte zu erkennen, in dem die Spiegelscherben tanzten und munter aufblitzten.

Herbie beschleunigte seinen Schritt und eilte auf die Tür zu. Er durfte keine Zeit verlieren. Steven Spielberg war ein wirklich guter Regisseur. Für Neli würde die Zeit wie im

Fluge vergehen, aber irgendwann würde der Film dann schließlich doch zu Ende sein. Er griff nach der Türklinke und wollte gerade eintreten, als ihm noch rechtzeitig ein Gedanke durch den Kopf schoss. Er hielt inne, klopfte laut und vernehmlich und rief: »Hallo, Frau Leinen! Ich bin's! Herbie Feldmann!«

Er wandte sich mit einem triumphierenden Lächeln zu Julius um. »Du erinnerst dich? Die Bratpfanne!«

Erst dann öffnete er die Tür.

Jetzt, wo er von einer Kerze beleuchtet wurde, hatte sich ein Schleier der Gemütlichkeit über den Raum gelegt. Das weiche, gelbliche Licht malte tanzende Schatten an die Holzwände, alle Ecken und Kanten waren weich und konturlos geworden. Zwischen den umhertanzenden Spiegeln erkannte Herbie jetzt gerahmte Fotografien und bunte Kinderzeichnungen an den Wänden, die mit Heftzwecken am dunklen Holz befestigt worden waren. Er entdeckte Steinguttöpfchen mit Sträußen von Vogelfedern darin und bunt bemalte Schneckenhäuser. Auf einem windschiefen Regal an der hinteren Wand lagen Stapel von Büchern neben alten Keksdosen und Einmachgläsern voller vielfarbig schillernder Glasklumpen. Als er sich halb in dem Raum herumdrehte, konnte er sich mit einem Mal sehr gut vorstellen, wie Lämpchen hier ihre Abende verbrachte. Ein Buch lesend, einen Tee schlürfend, nur die Stimmen des Waldes im Ohr, die sie flüsternd dabei begleiteten.

Kein flimmernder Fernseher, kein Radiogeplärre, keine Chips. Das ist doch kein Leben.

Er betrachtete interessiert ein paar der Fotografien. Sie zeigten Lämpchen als kleines Mädchen und als junge Frau. Ihren verkrüppelten Arm verbarg sie, so gut es ging, vor dem Fotografen. Wenn man aber wusste, um wen es sich auf den Bildern handelte, konnte man ihn auf jedem einzelnen erahnen. Es gab auch Bilder von ihr, die im Alter von drei oder vier Jahren aufgenommen worden sein mochten. Und einmal war sie mit einer Kommunionskerze vor einer alten zweiflügligen Haustür zu sehen. Zu ihrer Linken stand ein einzelner Mann mit schlecht sitzendem Anzug und auf der rechten Seite war ein Pärchen zu sehen, von dem er wenigstens die Frau zu erkennen glaubte: Es war Frau Arimont. Die Bilder waren manchmal mit getrockneten Blüten geschmückt und manchmal mit einem bunten Rahmen aus geflochtener Wolle umkränzt.

Auf dem Tisch neben der flackernden Kerze sah er eine kleine schwarze Tafel liegen. Es handelte sich um ein holzgerahmtes Stück Schiefer, wie es früher in der Schule benutzt worden war. »Ich bin heute Nacht am Wasserfall. Wir sehen uns morgen«, stand darauf geschrieben.

Plötzlich erschien ihm etwas völlig unlogisch. Wieso brannte während Lämpchens Abwesenheit die Kerze? An wen war diese Nachricht adressiert?

Und die nächste Frage lautet: »Woher kommt das leise Geräusch hinter dir?« Soviel sei schon jetzt verraten: Ich bin es nicht.

Als Herbie erschrocken herumfuhr, kam etwas lautlos aus dem Dunkel von Lämpchens Kochnische auf ihn zugeschossen. Das blecherne Dröhnen der Bratpfanne und die sich schlagartig um ihn herum ausbreitende Schwärze kamen fast gleichzeitig.

21. Kapitel

Er kommt zu sich. Mein Gott, er kommt zu sich. Was bin ich froh.« Die Lippen der alten Frau zitterten, als sie das leise flüsterte. Sie wrang einen Waschlappen über einer Schüssel aus. Es plätscherte leise.

Herbie begriff nur sehr langsam, was um ihn herum geschah. Er erkannte die Kerze weit oben, auf dem alten gedrechselten Holztisch, und er erkannte auch die Spiegelscherben.

Frau Arimont legte ihm erneut den kühlenden Lappen auf die Stirn. »Können Sie mich verstehen?«, fragte sie besorgt. »Geht es besser?«

Herbie stieß ein heiseres »Ja« aus. Als Julius' Stimme ganz nah an seinem Ohr erklang, wusste Herbie, dass er langsam wieder alle Sinne beisammen hatte.

Auch den Unsinn. Willkommen zurück auf der Erde, mein Teuerster. Julius richtete sich ächzend auf. Frau Arimont tat das Gleiche. Herbie lächelte matt, während er beobachtete, wie ihre Bewegungen nahezu synchron abliefen.

Frau Arimont lächelte zurück. Sie schien sehr erleichtert darüber, dass er offensichtlich seine Ohnmacht ohne Schaden überstanden hatte. »Jedes Mal, wenn wir uns begegnen, haben sie eine frische Beule an der Stirn, junger Mann.«

Oh, so was trägt man heute wieder.

Herbie richtete sich mit verkniffenem Mund auf und stützte sich auf die Ellenbogen. Ein scharfer Schmerz packte ihn im Nacken und breitete sich über seinen gesamten Schädel aus. Er warf einen Blick auf die Uhr und stellte fest, dass ihm fast eine Viertelstunde fehlte.

Julius schmunzelte. *Für unser Karottenköpfchen bist du jetzt schon seit einer Dreiviertelstunde auf dem Lokus des Kinos. Wir wollen nur hoffen, dass der Film ein echter Gähner ist. Dann schläft sie jetzt vielleicht schon.*

Herbie wog die Bratpfanne in Händen, die neben ihm auf dem Boden gelegen hatte. »Warum macht sie so was?«, fragte er. »Warum tut sie das nur? Als ob ich ihr ein Leid zufügen wollte. Ich habe laut und deutlich meinen Namen gesagt, bevor ich hereingekommen bin.«

Frau Arimont hob die Wasserschüssel vom Boden auf und trug sie zum Spülstein. Dabei lächelte still in sich hinein. »Ach, wissen Sie, die Grete hat so ihre Eigenheiten.«

»Wo ist sie hin?«

Frau Arimont deutete vage zur Tür. »Vermutlich ausgeflogen. Ich habe einen ganz schönen Schrecken bekommen, als ich gerade eben hereinkam und Sie hier auf dem Boden liegen sah.«

»Aber was denkt sie sich nur dabei?«

»Sie hat Angst, das ist alles. Sie wohnt hier schon seit so vielen Jahren allein im Wald. Sie wird Ihnen erzählt haben, dass sie hier geboren worden ist, oder?«

»Hier in dieser Hütte?«

»In unserer Hütte. Genau. Früher war es eine Jagdhütte. Ich finde, heute wird sie sinnvoller genutzt.«

»Das ist Ihre Hütte?«

»Die der Familie Arimont. Genau. Und hier ist Grete geboren worden. Es war im Krieg, in den letzten Wochen, wissen Sie? Mein Mann und ich bewohnten damals sein Elternhaus in Gerolstein. Im Erdgeschoss war die Polsterei und wir wohnten im ersten Stock. Und oben unterm Dach, da hatten wir Gretes Mutter einquartiert. Sie war ein blutjunges Ding, das bei uns im Haushalt half. Und als dann zu Weihnachten die fürchterlichen Bomben fielen, da habe ich mich hierher aufgemacht. Hier hatte ich wenigstens ein wenig Sicherheit vor den Bomben. Ich war schwanger, wissen Sie. Das war geschehen, als mein Mann auf Heimaturlaub war.« Sie nahm den nassen Lappen von Herbie entgegen und wrang ihn über dem Spülstein aus. »Und Gretes Mutter, die Elisabeth, die hatte sich mit einem jungen Burschen eingelassen, der später mit dem Volkssturm an die Front geschickt wurde. Halbe Kinder waren die ja noch. Und doch hat sie schon gleich Nachwuchs erwartet. Wie konnte ich sie da zurücklassen? Ich habe sie mit hierher geholt. Es war ja auch gut so, dass jemand in der Nähe war, wenn es zu Komplikationen kommen sollte. Das war ein harter, harter Winter für uns Mädels, hier allein in der Einsamkeit. Das Haus ist später tatsächlich völlig zerstört worden. Wir haben großes Glück gehabt, wirklich sehr großes Glück.« Sie seufzte und trocknete sich die Hände mit einem karierten Spültuch. Herbie staunte in diesem Moment wieder über ihren Chic und ihre Eleganz, die sie sich trotz ihres hohen Alters bewahrt hatte. Man konnte ihr ansehen, dass sie ihr Leben lang gewohnt gewesen war, mit anzupacken und Entscheidungen zu treffen.

»Was ist mit den Eltern von Frau Leinen?«

»Elisabeth hat die Geburt nicht überlebt. Als unser kleines Valentinstagskind auf die Welt kam, ging es ihr sehr schlecht. Ich habe alles versucht, aber es war kein Arzt in der Nähe und niemand, der uns hätte helfen können. Die Schwangerschaft war ohnehin problematisch. Denken Sie nur, Gretes Arm. All das kommt nicht von ungefähr. Wir hatten Krieg.« Als ihr Blick auf Gretchens Kommunionsfoto fiel, tippte sie auf den jungen Mann an der Seite des Mädchens. »Das war ihr Vater, der Josef. Er war ein guter Kerl. Ein bisschen simpel, aber herzensgut. Er hat sein Kind abgöttisch geliebt. Josef hat eine Weile bei uns in der Firma in Gerolstein gearbeitet. Er ist im Herbst Einundsiebzig gestorben. An einer Magenblutung. Er war viel zu jung.«

»Ihr Haus stand in Gerolstein?« Herbie rappelte sich auf und versuchte einen Blick auf seine Stirn in einer der zahlreichen Spiegelscherben zu erhaschen.

Ich kann es beschreiben. Versuch mal, dir einen Boskop vorzustellen, der vor zwei Wochen vom Baum gefallen ist ...

»Ja, in Gerolstein. Wir haben dann neu gebaut, als alles vorbei war, als mein Mann zurückkam. Uns ging es besser als den meisten. Wir konnten auf etwas aufbauen. Wir hatten noch einen Teil der Firma, wir hatten einen kräftigen Sohn. Und aus der Polsterei wurde dann später ein Möbelhaus. Stefan führt es seit dem Tod meines Mannes.«

»Ich dachte, Sie wohnen in Alendorf.«

»Das ist richtig, junger Mann. Sie sind ja bestens informiert. In Alendorf steht mein Elternhaus. Da wohne ich auch jetzt wieder. An Alendorf hängt mein ganzes Herz, wissen Sie. Es gibt nichts Schöneres, als auf den Kalvarienberg zu gehen und von oben auf das Dorf hinunterzuschauen. Dort oben würde ich am liebsten meinen letzten Atemzug tun.«

»Haben Sie eine Waffe?«, fragte Herbie. Sie lachte laut auf. »Oh, nein! Gretchen würde kein Wort mehr mit mir wechseln, wenn ich ein Schießeisen besäße! Wie kommen Sie auf eine solche Frage?«

Er zuckte mit den Schultern. »Der Schlag hat anscheinend einiges bei mir im Kopf durcheinander gewirbelt. Ich musste gerade an diesen Amerikaner denken. Der hat seinen letzten Atemzug ein paar hundert Meter von hier getan.«

Die alte Frau schüttelte sich. »Ein fürchterlicher Gedanke. Verstehen Sie mich richtig. Ich bin sehr dafür, dass man selbst bestimmt, wann das Leben zu Ende sein soll. Ich bin sehr alt und ich denke seit vielen Jahren immer wieder daran, dass ich mit klarem Kopf aus dem Leben scheiden möchte.«

Herbie sah sie fragend an.

»Aber ich würde niemals eine Waffe benutzen. Es gibt eine kleine Pille, die mir helfen wird, wenn ich den Moment für gekommen halte. Man bekommt so etwas in Holland. Dort ist man in mancher Hinsicht sehr viel klüger als hier.«

»Und wer sorgt dann für Läm... für Frau Leinen?«

Auf ihrer Stirn zeigten sich mit einem Mal tiefe Furchen. Sie faltete die Hände und führte sie langsam zum Mund. »Darüber denke ich auch oft nach. Ich mache mir in letzter Zeit oft große Sorgen. Sehr oft. Sie wird wunderlicher. Immer wunderlicher. Sie führt hier im Wald ein glückliches und bescheidenes Leben. Aber das da ...« Ihr Finger deutete auf seine Stirn. »Das da bereitet mir Kummer. Ich werde mit meinem Sohn überlegen müssen, was zu tun ist. Am besten wird sein, wenn ich ihn gleich nachher deswegen anrufe.«

Herbie tastete unwillkürlich nach der Beule und zuckte vor Schmerz zusammen.

Als er die Tafel auf dem Tisch liegen sah, bemerkte er, dass die Schrift fortgewischt worden war. »Sie haben ein gutes Kommunikationssystem. Einfach aber praktisch.«

»Sie schreibt immer auf, wenn sie fortgeht, damit ich mich nicht unnötig sorge.«

Das solltest du mit Neli auch mal machen, so oft wie du dich in letzter Zeit unerlaubt von der Truppe entfernst.

»Ich weiß ... Wasserfall. Sie meint sicher den bei Nohn, oder?«

Frau Arimont ließ den Blick zwischen der Tafel und Herbie hin und her schweifen. »Ich weiß nicht, wovon Sie sprechen.«

Herbie hob die Tafel hoch. »Haben Sie das nicht weggewischt?«

Sie nahm ihm nachdenklich die Tafel aus der Hand und schüttelte den Kopf.

»Das verstehe ich nicht.« Plötzlich sah er Frau Arimont sehr ernst an. »Könnte es vielleicht sein, dass das vorhin gar nicht Grete war, die mich hier niedergestreckt hat?«

Die alte Frau ließ langsam die Tafel sinken und fuhr sich mit der Zunge über die Lippen. »Sie meinen, jemand anderes hat Sie niedergeschlagen?«

Herbie nickte bestimmt. »Jemand, der in diesem Moment zum Wasserfall unterwegs ist. Und ich habe auch eine Vermutung, wer das sein könnte.«

22. Kapitel

Herbie stolperte den schmalen Waldweg entlang, den er schon so oft gegangen war. Es roch nach Erde und Laub, der Waldboden atmete einen warmen Sommertag aus. Der Weg wand sich am Hang entlang, vorbei an knorrigen Wurzeln und über bemooste Steine. Bei schönem Wetter begegnete man hier Scharen von Ausflüglern und Spaziergängern. Jetzt, wo es fast völlig finster war, war alles menschenleer.

Sie hatten Lämpchens Mofa im Schutze der Mauer der Nohner Mühle gefunden. Es war dort abgestellt und mit einer Wegfahrsperre gesichert worden. Lämpchen war hier, hatte einen Fußmarsch am Bach entlang zum Wasserfall angetreten, und wenn seine Befürchtungen sich bewahrheiteten, war ihr unterdessen jemand gefolgt. Jemand, der nichts Gutes im Schilde führte.

»Mein Gott, Julius«, schnaufte Herbie. »Was ist, wenn wir zu spät kommen?«

Julius grunzte verächtlich. Daran solltest du dich doch im Laufe der Jahre gewöhnt haben.

Als sie nach der nächsten Kehre im Halbdunkel den Wasserfall sahen, der über den monumentalen Rücken aus Kalkablagerungen und Moos und Flechten plätscherte, stockte Herbie für einen Augenblick der Atem. Was sich ihm hier bot, war ein Naturschauspiel von so beeindruckenden Ausmaßen, dass er einfach innehalten musste. Er verstand mit einem Mal, was es war, das Lämpchen zu so später Stunde an einen solch entlegenen Ort wie diesen trieb. Tagsüber war der Wasserfall ein Juwel. Das Licht der durch das Blätterdach hereinrieselnden Sonnenstrahlen brach sich millionenfach in der aufschäumenden Gischt des Wassers und malte kleine Regenbogen in die feuchte Luft. Die Kaskaden plätscherten laut und satt über den Kalkbuckel, der von Jahr zu Jahr in das Tal hineinwuchs. Dass dieses Schauspiel selbst dann kein Ende fand, wenn die Dunkelheit nahte, dass das Wasser weiter floss und toste, daran dachte man nie an einem solchen Sonnentag.

Jetzt, in der Finsternis, war das Rauschen lauter. Die Sinne konzentrierten sich auf das Konzert der vielen, kleinen, einzelnen Ströme, die sich ihren Weg in die Tiefe suchten.

Langsam ging Herbie weiter. Die Anwesenheit von Julius empfand er als tröstlich. Irgendetwas lauerte hier.

Sollte er ihren Namen rufen?

Ahme doch den Balzruf eines Eichhörnchens nach. Das wird sie bestimmt hervorlocken.

Als sie den freien Platz erreichten, an dem die Ruhebänke aufgestellt worden waren, blieb Herbie erneut stehen und drehte sich einmal um die eigene Achse. Der Wasserfall, der Bach, der schwarze Dreimüllerwald ... Er fluchte darüber, dass er in der Eile keine Taschenlampe hatte auftreiben können. Leise sagte er: »Wo bist du bloß?« und hoffte inständig, dass ihr nichts zugestoßen war.

Und dann sah er sie. Ihr Gesicht schien geradezu durch die Dunkelheit zu ihm hinzuleuchten. Sie stand hoch oben über dem Platz im Wald und hatte die für sie so typische Position eingenommen. Unbeweglich und starr ruhte ihr Körper zwischen den sie umgebenden Bäumen. Dort oben verlief mit groben hölzernen Stufen der Aufstieg zum alten Bahndamm. Lämpchen ruhte über den tosenden Gewässern, als sei sie ein Bestandteil dieses Naturdenkmals.

Da steht sie stumm im Wald und glotzt. Mag sein, dass sie auf diese Weise nie von einem Jäger erschossen werden wird. Aber unter Umständen könnte es passieren, dass ein Waldarbeiter vorbeikommt und sie versehentlich einfach fällt.

»Ich bin's«, rief Herbie freudig und winkte aufgeregt mit der Hand. »Herbie Feldmann!« Er wandte sich zu Julius um. »Wir haben Glück, Julius. Frau Arimont wird erleichtert sein.«

Die alte Dame und er hatten sich vor Lämpchens Hütte getrennt. Sie war zu ihrem Auto gelaufen, um über das darin befindliche Telefon ihren Sohn zu benachrichtigen. Er, Herbie, war mit der famosen Unterstützung seines Freundes Julius zu Nelis Auto zurückgekehrt, das in der entgegengesetzten Richtung geparkt war, und war unterdessen nur drei Mal ins Unterholz gestürzt. Er hatte sich ein Knie aufgeschlagen, er hatte sich einen Ellenbogen aufgeschürft, aber er war hier. Und Lämpchen war am Leben.

Herbies Augen hatten sich mittlerweile an das Dunkel gewöhnt und er konnte jetzt selbst von seiner Position aus Lämpchens versteinerte Gesichtszüge in der Höhe erkennen. Als er näher an die Steilwand trat, folgte er unwillkürlich der Richtung ihres Blicks und bemerkte plötzlich etwas, das hier nicht hingehörte. Ein heller Fleck am Fuße des Wasserfalls erregte seine Aufmerksamkeit. Etwas, das aus einer der Lachen am Fuße des Kalkrückens herausragte. Etwas, das Herbie einen kalten Schauer des Entsetzens über den Rücken trieb.

Auch Julius stutzte. *Entweder ein Sommerfrischler hat seine Prothese liegen gelassen, oder ...*

»Ein Bein!« Herbie stolperte nach vorne. In dem kleinen See lag der Körper eines Mannes. Das von oben herabrieselnde Wasser peitschte um die leblose Gestalt herum die Oberfläche auf. Das graue Haar trieb wie ein Algenfächer um das kalkweiße Gesicht. Der Knoten des Pferdeschwanzes hatte sich gelöst. Die Dunkelheit ließ nicht zu, dass Herbie erkannte, ob es Blut oder Schmutz war, das wie kleine Wolken im Wasser umhertrieb.

»Spilles!«, hauchte Herbie. Er blickte in starre Augen und sah einen weit aufgerissenen Mund. »Sie hat sich gewehrt. Oh, mein Gott, Julius, was hat sie nur getan? Sie hat ihn erschlagen!«

Aber plötzlich merkte er, wie ihm ein anderer Gedanke in die Quere kam. Irgendetwas hakte plötzlich und mit einem Mal griffen alle Rädchen ineinander. Sein Gesicht hellte sich auf.

In diesem Augenblick verstand er den Zusammenhang: »Der war es, der mich vorhin niedergeschlagen hat. Er wollte dringend mit Lämpchen sprechen und hat ihre Zeilen von der Tafel gewischt, damit ihm niemand folgen konnte.«

Und dann fiel ein weiterer Groschen und in seinem Kopf formte sich nebulös eine Idee dessen, was Spilles herausbekommen und schließlich mit dem Leben bezahlt hatte.

»Maggies erster Schrei!«, sagte er und hob den Kopf. Er warf Julius einen verzweifelten Blick zu. »Erkennst du es auch, Julius?«

Ich erkenne seit geraumer Zeit, dass du den Verstand verloren hast. Was hat Spilles mit Maggies erstem Schrei zu tun?

»Das Datum! Das Geburtsdatum.« Herbie zischte seine Worte nur noch und erhob sich wie in Trance. Langsam drehte er sich um. »Er ist hier, Julius. Sie hat ihn vom Autotelefon aus angerufen und jetzt ist er hier irgendwo ganz in der Nähe. Er war schnell und konnte Spilles am Sprechen hindern, so wie er es schon mit Stark gemacht hat.«

Lämpchen war verschwunden. An der Stelle, an der noch vor wenigen Augenblicken ihr weißes Gesicht in der Höhe geschwebt hatte, war nun nur noch schwarzer Wald zu sehen.

»Der erste Schrei bei der Geburt. Ein kleines Mädchen aus dem Mutterleib. Ein klirrend kalter Winter mit Schnee und Bomben, die vom Himmel fallen!« Vorsichtig bewegte sich Herbie umher. Er warf wilde Blicke zu den Felsbrocken und der Steilwand. Er versuchte alles gleichzeitig im Blick zu behalten: die Bäume am Bachufer, die hölzerne Hinweistafel, den kleinen Steg, der um den Wasserfall herumführte ...

»Irgendwo lauert der andere. Das Valentinstagskind.« Er steigerte seine Stimme zu einem schrillen Singsang. »Ich weiß, dass Sie hier sind, Herr Arimont. Ich weiß, was Sie getan haben!« Er fuhr herum, aber das Knacken kam aus der Höhe. Er glaubte Lämpchen zu erkennen, die die Waldtreppe hinabhuschte.

»Es gehört alles ihr!«, rief Herbie wütend. »Alles ihres! Sie haben nichts! Kommen Sie heraus und machen Sie endlich Schluss mit dieser gottverdammten Lüge!«

Für einen Augenblick war es, als würde der Wasserfall stillstehen, als wäre mit einem Mal der tosende Lärm verebbt, nur um in der nächsten Sekunde umso donnernder wieder loszubrechen. Eine Gestalt schoss aus einer der Höhlungen hervor, die das Wasser mit seinem Schleier verhängte. Ein großer, kräftiger Mann warf sich auf Herbie und riss ihn zu Boden. Wasser spritzte durch die Nacht, heißer Atem umhüllte die beiden Kämpfenden, als sie sich Kopf an Kopf über den felsigen Boden wälzten. Zwei Hände krümmten sich mit der Kraft der Verzweiflung um Herbies Hals.

»Das könnt ihr nicht tun!«, keuchte Arimont, »nicht nach all den Jahren!« Er drückte zu. Herbie sah sein schweißnasses Gesicht über sich im Halbdunkel glänzen. Arimonts Augen waren weit aufgerissen. Seine Lider zuckten, weil ihm immer wieder Schweiß und Wasser hineinrannen. »Das dürft ihr nicht!« Er fasste immer wieder nach, stöhnte jedes

Mal verzweifelt auf, wenn er die Finger zusammenkrallte, keuchte, schnaufte ...

Dann plötzlich schrie er laut auf, verdrehte die Augen, riss den Oberkörper empor und mit einem Mal lockerte sich sein Griff und er rutschte seitlich weg.

Lämpchen hielt etwas fest, das schwarz und unförmig war: einen Stein, schwer genug, dass sie ihn mit zwei Händen fassen musste. Julius stand neben ihr und wischte sich mit einem Schnaufen den imaginären Schweiß von der Stirne.

Es hat uns wirklich nicht gefallen, was dieser Kerl da mit dir gemacht hat. Es war ein unfairer Kampf. So ein stattlicher, durchtrainierter Kerl verhaut ein mickriges Würstchen wie dich. Wir mussten hier einfach eingreifen.

Lämpchen starrte auf den Stein in ihren Händen. In ihrem Blick mischten sich blankes Entsetzen über das, was sie getan hatte, mit der nackten Furcht vor dem bevorstehenden Moment, in dem sie all das verstehen würde, das sich zugetragen hatte.

23. Kapitel

Wir haben ihr eine Wolldecke gegeben«, sagte Frau Leyendecker besorgt und trat verlegen auf der Fußmatte vor ihrer Wohnung hin und her. »Wir haben ihr angeboten bei uns zu schlafen, wo sie doch keinen Schlüssel hatte, und wo Sie doch nirgendwo auffindbar waren, Herr Feldmann. Aber sie wollte partout da oben auf Sie warten.«

Herbie bedankte sich artig und stieg weiter die Treppen zu seiner Wohnung hinauf. Frau Leyendecker blickte ihm noch eine Weile hinterher.

Es war fünf Uhr durch, draußen graute bereits der Tag und Herbie fühlte sich wie gerädert. Alle Knochen im Leibe taten ihm weh. Er hatte Prellungen und Platzwunden an allen nur erdenklichen Ecken und Enden seines Körpers davongetragen und das lange Verhör durch die Polizei hatte ihn mürbe gemacht.

Mit den Sanitätern, die Arimont abgeholt hatten, hätte er sich beinahe auch noch geprügelt, weil sie ihn eigentlich gleich hatten mitnehmen wollen.

Warum hast du dich geweigert? Im Gegensatz zu ihm sah Julius strahlend frisch aus. Er hatte sich bei Herbie herzlich für die grandiose Darbietung im Schlammcatchen bedankt, einer Sportart, der er immer wieder gerne zugeschaut hatte. *Du könntest jetzt irgendwo schön im weißen Laken am Tropf hängen und würdest gesalbt und verwöhnt und eine Schwester würde dir pürierten Schweinebraten in den Mund löffeln.*

»Da wartet noch etwas auf mich, Julius?«

Dein Bett?

»Das da!« Er zeigte geradeaus. Neli war auf der Fußmatte eingeschlafen und hatte sich halbwegs eine karierte Decke über den Leib gezurrt. So, wie sie dalag, konnte sie es nicht sonderlich bequem haben. Ihr Gesicht war gegen den Türpfosten gedrückt, ihre Brille hing ihr schief im Gesicht.

Herbie stemmte sich seufzend die Hände in die Seite. »Es gibt Dinge, die ein Mann einfach tun muss.« Dann beugte er sich zu Neli hinunter und tippte leicht an ihre Schulter.

»Hallo. Wach werden! Wie war der Film?«

Im nächsten Augenblick traf ihn die erschütterndste Ohrfeige seines Lebens. Das Klatschen schallte wie Donnerhall durch das Treppenhaus und Herbie hörte, wie eine Etage weiter unten schamhaft die Wohnungstür geschlossen wurde.

Trotz allem lächelte Herbie.

Julius applaudierte mit unverhohlener Freude. *Das hast du dir doch gewünscht, nicht wahr?*

»Nun, immerhin habe ich gehofft, dass endlich irgendetwas in dieser Art geschieht«, sagte Herbie und blickte sanft auf Neli hinunter.

»Herbert Feldmann, du bist wirklich ein Dreckskerl«, sagte sie tonlos.

Wenig später tranken sie Kaffee und Herbie fegte, während er Neli berichtete, was sich zugetragen hatte, den Müll in die Tüte zurück, mit der sie in der Nacht zuvor in seine Wohnung gekommen waren.

Neli hörte zu und zeigte wenig Reaktion. Nur mit Mühe hatte Herbie sie überhaupt überreden können, nicht gleich den Autoschlüssel zu nehmen und ihm auf immerdar Lebewohl zu sagen.

»Du willst doch wissen, was hinter all dem gesteckt hat, oder?«

Julius betrachtete die beiden überwiegend schweigsam. Ab und zu räusperte er sich vernehmlich, zum Beispiel wenn Herbie wieder einmal drohte, die Beschreibung seines Zweikampfs allzu blumig auszuschmücken.

Auf dem Anrufbeantworter war eine Nachricht von Pottkämper gewesen, der offensichtlich die Tatsache, dass seine Tochter einen weiteren Abend lang nicht zu Hause geweilt hatte, als durchaus gutes Zeichen wertete und sie beide zu einem romantischen Abendessen in seinen Tennisclub einlud. Sie hatten einander nicht ansehen können, während die Nachricht abgespielt wurde. Mit einem Knopfdruck löschte Herbie das Gesäusel des unsympathischen Anwalts.

»Es gibt nur noch eins, das jetzt zu tun ist«, sagte er, rupfte die Notizen vom Kühlschrank und stopfte sie zu dem anderen Plunder in die Tüte.

»Und das wäre?«

»Könntest du mich gleich auf dem Heimweg ein Stück in deine Richtung mitnehmen?«

»Wohin?«

»Nach Alendorf.«

»Verstehe.«

Es war halb acht, als sie aufbrachen. Herbie fühlte sich, als habe er die Nacht in einem Wäschetrockner verbracht, und am liebsten hätte er sich senkrecht in sein Bett fallen lassen, um drei Tage am Stück durchzuschlafen. Aber es gab noch etwas, das er jetzt tun musste, bevor die letzte Gelegenheit unwiederbringlich verstrichen sein würde.

In Hillesheim herrschte bereits geschäftige Betriebsamkeit, als sie das Haus verließen und zum Auto gingen, das er vor dem Rathaus abgestellt hatte. Wären sie nur ein wenig später losgegangen, hätten sie vielleicht noch mitbekommen, wie ein großer Möbelwagen vor dem Haus vorfuhr. Jetzt nahm an Herbies Stelle die überraschte Frau Leyendecker die ominöse Lieferung entgegen, die an Herrn Herbert Feldmann adressiert war: Am Abend würde Herbie einen weiteren prachtvollen Massagesessel und eine gesalzene Rechnung auf seinem Treppenabsatz vorfinden, was er einzig und allein der Tatsache zu verdanken hatte, dass er Frau Klietsch mit seiner Visitenkarte bedacht hatte.

Sie fuhren in Richtung Norden. Der beinlose Werner hatte mit seinem Rollstuhl bereits Stellung in seiner Kurve aufgenommen und winkte jovial, als sie vorbeituckerten. Vor dem *Hotel zum Amtsrichter* formierte sich ein dort untergebrachter Kegelclub in schwarzweißen Sträflingskostümen, die man sich in diesem Hause zwecks »Urlaub im Knast« überzustreifen pflegte.

Der Verkehr war mäßig und Herbie schaltete das Radio ein, um die Stimmung ein wenig zu heben.

»Was ich gestern gesagt habe, ist wahr. Ohne deine Hilfe wäre ich niemals so weit gekommen«, sagte er schließlich, weil er das dumpfe Brüten, in das Neli in den letzten anderthalb Stunden verfallen war, nicht mehr ertragen konnte. »Du, Neli, ich meine das ernst.«

Sie grunzte verächtlich und schaltete das Radio ab. »Du hast gestern so allerlei gesagt.«

»Ich meine es wirklich ernst.«

Vergiss es, mein Teuerster. Der Frau kannst du die Uhrzeit sagen und sie wird dir nicht mehr glauben.

»Du hast das Foto gefunden, du hast mich vor den Brocks gerettet ... Ohne dich wäre ich überhaupt nie in diese Sache hineingeraten.«

Neli schwieg.

Herbie gab auf. Bis Alendorf sprachen sie kein Wort mehr miteinander.

Frau Arimonts Haus zu finden, war kein Kunststück. Jeder kannte sie im Ort und so, wie Herbie die Dame kennen gelernt hatte, schätzte sie sicherlich auch jeder.

Ein Nachbar hatte sie gesehen, wie sie vor etwa zwanzig Minuten das Haus verlassen hatte. Ihr Garagentor war verschlossen, sie war zu Fuß unterwegs. Wahrscheinlich wolle sie sich die Beine vertreten, vermutete der Mann, der offensichtlich noch keine Ahnung von all dem hatte, was in dieser Nacht vorgefallen war.

Neli durchquerte den Ort, bis sie am nördlichen Ausgang zu einer alten Bergkirche kamen. Sie fuhr an den Straßenrand und ließ den Motor laufen. Zu ihrer Rechten erhob sich, sanft ansteigend, der mächtige Rücken des Kalvarienberges. Er war gespickt mit den pittoresken Wacholdersträuchern, die, weit verstreut auf den umliegenden Hügeln, der Landschaft ihr typisches Erscheinungsbild gaben.

Zwischen den steil aufgerichteten, schlanken Büschen führten die steinernen Stationen eines Kreuzwegs bis hinauf zum Ende des Berges, das hoch über dem Dorf lag.

»Da oben finde ich sie. Ich bin mir ganz sicher.«

»Was willst du denn von ihr hören?«

»Die Wahrheit.«

»Ich denke, du hast alles herausbekommen, Herr Detektiv.« Ihr Tonfall war immer noch schnippisch.

Herbie nickte nachdenklich. »Ich will es noch einmal aus ihrem Mund hören. Aus dem Mund einer Mutter.«

Neli seufzte und blickte ihn lange an. Er hatte mit einem Mal das Gefühl, dass sie weitaus mehr Chancen bei ihm gehabt hätte, wenn sie ihn nur ein einziges Mal wirklich in ihr Innerstes hätte schauen lassen. Ihre äußere Verpackung war eine einzige Katastrophe. In ihrem Inneren allerdings, das ahnte er in diesem Moment, steckte ein Kern, den es vielleicht lohnen würde herauszuschälen.

Er stieg aus und beugte sich noch einmal durch die offene Tür hinunter. »Danke fürs Mitnehmen.«

Sie winkte ab.

»Sehen wir uns irgendwann wieder?«

Neli lachte kurz auf. »Wir sind hier in der Eifel. Man trifft sich hier immer irgendwo wieder.«

Als sie davonfuhr, blickte ihr Herbie eine Weile nach, bis sie um die nächste Kurve verschwunden war.

»Wenn sie sich nur ihre Haare anders färben würde und wenn sie nicht diese mordsmäßige Brille trüge ...«

Das Leben ist kein Wunschkonzert, mein Freund.

Herbie grüßte freundlich zu einem alten Knaben hinüber, der auf der anderen Seite der Straße gerade damit beschäftigt war, mit etwas Mörtel die Mauer der Bergkirche zu reparieren.

Dann fasste er sein Ziel ins Auge und machte sich an den Aufstieg.

Bereits an der vierten Kreuzwegstation war Herbie völlig außer Puste. »Lach nicht so dämlich. Du hast keinen Zweikampf hinter dir. Du bist nicht niedergeschlagen worden. Du hast dir keine Nacht um die Ohren geschlagen ...«

Hab ich wohl!

Herbie winkte ab und schritt tapfer weiter aus. Je höher sie stiegen, desto deutlicher wurde seine Ahnung, dass Frau Arimont mit dem grandiosen Ausblick, den sie beschrieben hatte, nicht übertrieben hatte.

Sie saß auf der Bank am großen Gipfelkreuz. Einige Meter weiter vorn ging es steil zum Dorf hinab, dessen Häuser und Höfe wie auf der Platte einer Modelleisenbahn unter ihnen lagen.

Für einen Moment verschlug es Herbie beim Anblick der Aussicht die Sprache.

Als sie ihn erkannte, versuchte sie ein scheues Lächeln und wandte dann wieder den Blick nach vorne.

»Nennen Sie mir etwas, was auch nur annähernd so schön ist.«

Herbie trat an ihre Seite und fragte höflich: »Darf ich neben Ihnen Platz nehmen?«

Sie nickte und rutschte ein wenig zur Seite.

Julius räusperte sich. *Wäre da auch noch ein Plätzchen für mich?*

Herbie warf ihm einen grimmigen Blick zu und beschloss, ihn für die nächsten Minuten einfach zu ignorieren.

»Sie müssten einmal hierher kommen, wenn die Enziane blühen. Das ist eine Pracht.« Im Tal knatterte ein Trecker, irgendwo hupte ein Auto und auf den Weiden grasten Kühe und Schafe friedlich vor sich hin. »Schauen Sie, das ist mein Dorf. Ich liebe es. Manchmal denke ich, ich hätte niemals von hier weggehen sollen.«

»Ihr Sohn ist verhaftet worden, Frau Arimont.«

»Ich weiß. Man hat mich informiert. Jetzt, wo ich weiß, was er getan hat, glaube ich, dass es gut so ist.«

»Er hat viel Schuld auf sich geladen.«

Langsam schüttelte sie den Kopf. »Die Hauptschuld trage ich. Ich habe diese Katastrophe heraufbeschworen. Vor langer, langer Zeit.«

Sie malte mit dem Finger Kreise in die Luft. »Alles war voller Flugzeuge. Es waren fürchterliche Zeiten. Es sind so viele Menschen gestorben. Können Sie sich vorstellen, was für ein Gefühl das ist, den geliebten Mann wieder ziehen lassen zu müssen? Zu sehen, wie er wieder fortgeht, und fürchten zu müssen, dass er nie wiederkehrt?« Die Pause, die sie ließ, war zu kurz, als dass Herbie irgendeine Floskel hätte anbringen können. »Nein, das kann niemand wissen, der es nicht mitgemacht hat. Die Elisabeth und ich, wir haben uns tapfer geschlagen. Wir haben in unserem Unterschlupf im Wald gehungert und gefroren. Elisabeth hat es leider nicht überlebt, wie Sie schon wissen. Und ich war plötzlich völlig allein mit den beiden Säuglingen. Es hätte nicht viel gefehlt und wir wären allesamt zugrunde gegangen. Man hätte vier Leichen gefunden. Vier Tote, von denen zwei gerade erst das Licht der Welt erblickt hatten.«

Sie rückte unruhig auf der Bank hin und her. »Als ich es irgendwann nicht mehr aushielt und zurück ins Dorf gegangen bin, war zum Glück schon fast alles vorbei. Der Schnee ging und die Amis kamen. Als ich mit den beiden Bündeln ankam, da haben die Leute vor Staunen den Mund nicht mehr zugekriegt. Ich hab's allen gezeigt. Damit hat damals niemand gerechnet. Und als ich hörte, dass Paul im Lazarett in Gerolstein lag, da bin ich gleich hin, um ihn noch einmal zu sehen, weil man mir sagte, dass er so schwer verletzt sei, dass man davon ausgehen musste, dass ...« Sie kämpfte mit den Tränen. »Und als er da lag und sagte, er wolle noch einmal seinen Sohn sehen, da habe ich das kleine Gretchen angeschaut mit seinem verkrüppelten Ärmchen, und ich konnte doch nicht ...« Mit einem Mal war es vorbei mit ihrer Beherrschung und sie schluchzte los und verbarg ihr Gesicht in den Händen. Herbie reichte ihr mit nervös zitternden Händen ein Taschentuch.

»Aber ihr Mann starb nicht.«

Sie schnäuzte sich und schüttelte den Kopf. Ein Lächeln huschte um ihre Mundwinkel. »Der Paul, das haben sie früher schon immer alle gesagt, der Paul ist zäh wie Leder. Er ist dann, Gott sei Dank, noch sehr alt geworden.«

Dann wurde sie wieder still und blickte ins Tal hinunter. Herbie vermutete, dass sie in die liebevolle Erinnerung an ihren verstorbenen Mann versunken war.

Nach einer Weile wurde er ungeduldig: »Und von da an hatten sie also einen Sohn. Eigentlich geboren am Valentinstag, aber für die Leute angeblich schon am ersten Februar auf dieser Welt angekommen.«

»Wir haben Grete immer behandelt wie unsere eigene Tochter.« Sie fuhr auf, als habe er ihr etwas unterstellt.

»Sie *ist* ihre Tochter!«

»Ihr fehlte es an nichts. Sie hätte niemals das Geschäft übernehmen können, sie war behindert, damals dachten wir, so etwas käme vom Krieg und vom Mangel und von der Aufregung. Heute weiß ich, dass es sich nur um eine Abschnürung gehandelt hat, bei der das kleine Ärmchen verkrüppelt wurde. Was wissen Sie denn schon, junger Mann? Ein krankes Mädchen in der damaligen Zeit? *Unwertes Leben* hieß das damals!« Sie schöpfte tief Luft. »Ihr Vater ... also, der Josef, der hat sie dann trotzdem abgöttisch geliebt. Ich habe ja schon gesagt, dass er ein einfacher, aber sehr guter Mensch war. Er war ihr ein richtiger Vater.«

»Aber trotzdem hätte sie es auch schaffen können, den anderen Weg zu gehen. Den ihrer Tochter. Den der Erbin eines großen Möbelhauses. Sie ist doch ansonsten eine kräftige, ganz normale Frau, nicht wahr? Man hat ihr nur keine Chance gegeben!«

Frau Arimont nickte langsam und senkte den Kopf. »Sie haben natürlich Recht. Irgendwann lügt man sich etwas vor, um es sich leichter zu machen.«

»Es gab einen Zeugen.«

»Stimmt. David Nizer kam blutüberströmt in unsere Hütte, als ich gerade in den Wehen lag. Er war nur oberflächlich verletzt worden, als sein Fallschirm vom Wintersturm in den Wald abgetrieben worden war. Wir hatten keine Angst vor ihm. Wir hatten überhaupt keine Zeit, um Angst vor diesem Mann zu haben. Er kam ganz plötzlich herein, brachte einen Schwall von Kälte mit sich und lachte sogar, als er merkte, dass er es nur mit zwei Frauen zu tun hatte.«

»War er bei der Geburt dabei?«

»Aber natürlich!« Es klang fast ärgerlich. »Meinen Sie, wir hätten ihn solange vor die Tür geschickt? Er störte nicht. Er sorgte sogar dafür, dass heißes Wasser da war, und am Morgen, als er wieder einigermaßen bei Kräften war, da zog er weiter. Er hat uns seinen Namen gesagt und wir ihm die unseren. Wir haben damals für ihn gebetet. Eigentlich haben wir nicht daran gedacht, dass er es schaffen könnte, sich zu seinen Leuten durchzuschlagen. Obwohl die Front schon bis Schmidtheim vorgerückt war. Mich hätte fast der Schlag getroffen, als er irgendwann vor ein paar Jahren plötzlich einen Brief schrieb, der mich auf Umwegen erreichte. Irgendetwas war in seinem Leben geschehen, sodass er plötzlich begonnen hatte in der Vergangenheit zu wühlen. Ich vermute, dass es mit dem Tod seiner Frau zusammenhing. Er muss sich sehr genau an die Geschehnisse von damals und an meinen Namen und an den von Elisabeth erinnert haben. Dem Brief hatte er ein Foto beigelegt. Er war ein sehr alter Mann geworden.«

»Seine Tochter sagte, er habe nicht gern Briefe geschrieben.«

Frau Arimont lachte hell auf. »Dutzende hat er mir geschrieben. Ich weiß nicht mal warum, wo er doch gar keinen

Hehl daraus machte, dass er die Deutschen überhaupt nicht mochte. Wahrscheinlich war es die Langeweile, die ihn dazu trieb. Er war Rentner und er hatte seine Frau verloren. Er hatte viel Zeit.«

»Hat er sich auch nach Grete erkundigt?«

»Ja, natürlich hat er das.« Hoch über dem Tal lieferten sich in diesem Augenblick ein Bussard und zwei Krähen ein Scharmützel. Ihre Augen folgten einige Momente dem turbulenten Treiben, während sie weitersprach. »Immer wieder hat er nach ihr gefragt. Ich musste ihm berichten, was sie alles zustande gebracht hatte, im Beruf und so. Ich habe ihm geschrieben, dass sie das Möbelhaus leite und eine erfolgreiche Geschäftsfrau geworden sei. Und eines Tages ... Vor ein paar Tagen ... Mein Gott, es ist kaum zu glauben, dass das erst so ein paar lächerliche Tage her ist ... da rief mich Hubert Stark aus der Firma an und sagte mir, dass ein Amerikaner namens Nizer offensichtlich seinen Schwur gebrochen hatte, nie wieder deutschen Boden zu betreten, und dass er meinen Rückruf in irgendeiner Imbissbude in Losheim erwarte.«

Herbie betrachtete sie nachdenklich. Wie wirkte wohl ein solcher Schrecken auf jemanden, der sein ganzes Leben lang Abend für Abend mit der Last einer unglaublichen Lüge zu Bett gegangen und am Morgen mit ihr wieder aufgestanden war? »Haben Sie nie daran gedacht, ihm die Wahrheit zu sagen?«

Langsam wandte sie sich zu ihm. »Aber das habe ich doch.« Sie rückte ihre Brille zurecht. »Ich habe ihm alles erzählt. Spät in der Nacht. Ich habe das Gespräch lange hinausgezögert. Ich bin zu meinem Sohn gegangen und habe reinen Tisch gemacht, während Nizer versuchte seiner Stieftochter in Bleialf einen Besuch abzustatten. Und dann haben wir uns getroffen. Im Wald. Nur ein paar Hundert Meter von der Hütte entfernt, in der wir uns zuletzt vor über fünfzig Jahren begegnet waren. Wir haben in seinem Auto gesessen und ich habe ihm alles erzählt.« Sie breitete die Hände aus. »Einfach so.«

»Und er war begeistert, nehme ich an.«

»Er war empört. Ich glaube, in diesem Moment ist wirklich etwas Fürchterliches in ihm vorgegangen. Er war zu mir gekommen, um noch einmal die einzige Deutsche zu sehen, der er jemals vertraut hatte, der er so etwas wie Zuneigung entgegengebracht hatte. Und jetzt erkannte er, was für eine gewöhnliche Lügnerin ich war. Er hatte mir von seiner Krankheit erzählt, und dass er sich am liebsten das Leben nehmen würde, aber dass er unmöglich dulden könne, dass Grete nicht zu ihrem Recht komme. Er hat geweint und geflucht und dann hat er mit diesem Schießeisen herumgefuchtelt, das er irgendwo in Brüssel gekauft hatte, und er hat mir erklärt, dass er Grete Gerechtigkeit wiederfahren lassen wolle, und wenn es das Letzte auf der Welt sei, denn danach würde er dem Tumor in seinem Kopf ein Schnippchen schlagen und sich den Pistolenlauf an die Schläfe halten und ...«

Ihre Erzählung war immer schneller geworden. Die Worte flossen aus ihr heraus, wie das Wasser durch einen Damm sprengt, nachdem dieser erst einmal gebrochen ist. Jetzt stockte sie, sah Herbie ganz unvermittelt mit einem Gesichtsausdruck an, der Aufschluss darüber gab, wie sehr sie ihr eigenes Tun verblüffte, und sie hauchte: »Und ich habe nur nach seiner Hand gegriffen und seinen Zeigefinger gekrümmt. Es war fast so, als habe er es so gewollt.«

Nachdem sie eine Weile geschwiegen hatten, berichtete sie davon, dass Stark am nächsten Morgen in der Firma ihren Sohn angesprochen habe, nachdem er im Radio die Nachricht von Nizers Tod gehört hatte. Dass Stark und ihr Sohn miteinander auf Kriegsfuß standen, wusste sie wohl. Was aber dann zwischen den beiden abgelaufen war, entzog sich ihrer Kenntnis. Sie konnte nur das namenlose Entsetzen schildern, das sie packte, als ihr Sohn Stefan ihr beichtete, dass er Starks Tod gewaltsam herbeigeführt hatte.

»Den Jungen trifft eigentlich keine Schuld«, sagte sie bitter. »Das ist das Ärgste an der ganzen Geschichte. Ich habe das Leben zweier Menschen verpfuscht und es gibt keinen Weg, alles wieder gut zu machen.«

Mit einem Schaudern zog sie ihre Jacke enger zusammen. »Könnten Sie mich wohl jetzt noch eine Weile allein hier oben lassen?«

Herbie nickte langsam und erhob sich. Als er ihr die Hand reichte, sagte er: »Egal, was Sie jetzt vorhaben, Frau Arimont. Sie sollten immer daran denken, dass Grete nur eine einzige Chance hat, diese Tragödie einigermaßen unbeschadet zu überstehen. Und das geht nur, indem Sie ihr helfen. Indem Sie ihr einmal in Ihrem Leben wirklich und bedingungslos helfen. Wie eine Mutter.« Er blickte noch einmal ins Tal hinunter und sagte. »Wo immer Sie auch diese merkwürdige holländische Tablette am Leibe tragen, nehmen Sie sie heraus und werfen Sie sie in die Tiefe. Das, was Sie ursprünglich vorhatten, dürfen Sie nicht tun.«

Als Herbie zu Tal schritt, fühlte er sich leichter. »Es schien alles so monströs und unglaublich. Eine Mutter, die ihr eigenes Kind weggibt und stattdessen ein fremdes großzieht. Das hätte mir vorige Woche mal einer erzählen sollen. Junge, Junge!«

Und jetzt erscheint es dir auf einmal völlig plausibel?

»Nein, Julius, nicht plausibel. Aber ich habe jetzt begriffen, wie alles entstanden ist. Das macht mir das Herz leicht. Ich werde Neli morgen anrufen und ihr Bericht erstatten. Das wird sie sicherlich interessieren.«

Darauf würde ich mich nicht verlassen.

»Ach was, Julius, du kennst dich einfach nicht aus mit Frauen. Wenn du ab und zu mal auf mich hören würdest, könntest du eine Menge über Frauen lernen. Und über die Art und Weise, wie man mit ihnen umgehen muss.«

Sie hatten die Straße erreicht und Herbie kratzte sich nachdenklich am Kopf. »Nina sollte ich auch anrufen. Ich finde, ich habe sie jetzt lange genug zappeln lassen, oder?« Er überlegte kurz, schlug dann den Weg ins Dorf hinab ein und begann zu pfeifen.

Sicherlich hast du Recht. Glaub mir, es ist manchmal wirklich ein hartes Los, neben einem so profunden Kenner der weiblichen Spezies bestehen zu müssen.

»Ich sollte mich überhaupt mal wieder ein bisschen amüsieren. Ein bisschen auf die Pirsch gehen, mich mal ein bisschen umgucken ... Jetzt, wo das alles hinter uns liegt.«

Das wird nur schwerlich möglich sein, solange du noch nicht einmal ein Auto besitzt, mit dem du den Frauen imponieren kannst. Mit einer Wohnung im Schuhkartonformat und zwei Familien-Massagesesseln kann man Frauen nur schwerlich beeindrucken.

»Es ist das Charisma, das zählt, Julius.« Er postierte sich am Straßenrand und streckte den Daumen raus. »Auto, Auto! Was brauche ich ein Auto? Eine Mitfahrgelegenheit findet sich doch immer. Und wer weiß ... vielleicht sitzt ja schon im nächsten Fahrzeug ein hübscher junger Käfer, der gerade auf der Suche ist nach jemandem wie mir.« Er lachte der Sonne entgegen, die gerade durch den Frühdunst brach.

Von der Mauer der Bergkirche her beobachtete der Alte halbwegs interessiert den jungen Mann, der in ein intensives Selbstgespräch vertieft war und mit ausgestrecktem Daumen auf das Ortsschild zubummelte. Er rührte in seinem Mörtel und tippte sich an die Stirn.

Ein junger, hübscher Käfer auf der Suche nach jemandem wie dir ... Soso. Auf der Suche möglicherweise, aber als hübsch und jung würde ich das nur schwerlich bezeichnen. Und statt »Käfer« würde ich, wenn wir *schon bei der Spezies der Insekten bleiben wollen, eher den Begriff »Kakerlaken« wählen.*

»Von wem redest du?« Herbie achtete in diesem Moment nur auf Julius' feixendes Gesicht und schenkte dem Transportfahrzeug, das, von Norden kommend, auf ihn zu steuerte und langsam die Fahrt drosselte, nicht die nötige Aufmerksamkeit.

Dafür sind es allerdings gleich zwei. Julius Äugelchen blitzten auf vor boshaftem Vergnügen. *Und auch noch zwei besonders aparte Tierchen.*

Das Fahrzeug kam zwei Handbreit neben Herbie zum Stehen und als er den Kopf umwandte, blickte er direkt in die zahnlos grinsenden Backpfeifengesichter von Fredo und Heinz-Dieter Brock.

Der alte Eifeler an der Kirche beobachtete im Folgenden noch, wie der junge Bursche unter lautem Schreien querfeldein rannte, nachdem sich ihm zwei andere Männer auf seinem Spaziergang angeschlossen hatten. Dann verlor er das Interesse, drehte sich um und widmete sich wieder seiner Arbeit.

In der Eifel trieb sich manchmal wirklich ein merkwürdiges Volk herum.

ENDE

Mein herzlicher Dank an:

Dr. Peschen-van Issum, Hillesheim
Klaus Ring, Waldorf
Frank Güth, Schleiden

KBV-KRIMI

Ralf Kramp

Tief unterm Laub

KBV-Krimi Nr. 11
Taschenbuch, 256 Seiten
ISBN 3-934638-11-2

Ein alter Mann wird überfahren. Nur ein Unfall? Einige Zeit später kommt sein ehemaliger Zivi beim Sturz aus dem Fenster seiner Dachwohnung ums Leben. Selbstmord? Laurentius Bock, Besitzer eines kleinen Copy-Shops, wird unfreiwillig in den rätselhaften Fall hineingezogen. Zusammen mit Lindy, der Freundin des jungen Mannes, versucht er, die Hintergründe der seltsamen Geschehnisse aufzudecken. Die Spur führt in die Eifel, doch auch hier ist die Welt nicht mehr in Ordnung, und das schon seit vielen, vielen Jahren.

»... Wirklich gelungen ... Brillant ... Sehr gut!«
(Jacques Berndorf)

»Kramps brillanter Krimi fesselt bis zur letzten Seite.«
(Das neue Buch / Buchprofile)

Ralf Kramp

Der neunte Tod

KBV-Krimi Nr. 44
Taschenbuch, 256 Seiten
ISBN 3-934638-44-9

Herbie Feldmanns dritter Fall. Er hütet das protzige Haus seiner Tante, und sein ständiger Begleiter Julius ahnt bereits Böses, als Herbie in jener kalten Winternacht einem Obdachlosen Asyl gewährt. Und er behält Recht. Tante Hettis Kostbarkeiten werden bei Nacht und Nebel gestohlen, und Herbie hat seine liebe Mühe, die teuren Stücke wiederzubeschaffen. Das kann er nur, wenn er den Landstreicher auftreibt. Der nennt sich »Mikesch«, wie der Kater, und glaubt, ebenso wie der, neun Leben zu haben und auch neun Tode. Und ganz plötzlich, auf schreckliche Weise, kommt schließlich auch der neunte ...

»... der lokale Meister des schwarzen Humors.«
(Kölner Stadt-Anzeiger)

Ralf Kramp

Still und starr

KBV-Krimi Nr. 51
Taschenbuch, 185 Seiten
ISBN 3-934638-51-1

Marcus Mathei kehrt zurück. Aus seiner gescheiterten Ehe heraus flüchtet er in ein kleines Nest in der Eifel, kehrt zurück an die Stätte seiner Jugend. Dort sucht er Ablenkung vom drohenden Scheidungsdesaster, Erholung von der Stadt und Ruhe von seinem nervenaufreibenden Job in der Werbeagentur, der auf der Kippe steht.
Doch als er in das Dorf zurückkehrt, in dem sich sein Vater, der Dorfarzt, vor Jahren das Leben nahm, wird es nicht nur eine Reise in seine eigene Jugend auf dem Land.
Alles deutet darauf hin, dass mit seiner Rückkehr auch der Tod Einzug in das Dorf hält. Die übel zugerichtete Leiche eines Bahnarbeiters wird gefunden, und es sieht ganz so aus, als würde dies nicht der einzige Tote bleiben.

KBV-KRIMI historisch

Ralf Kramp
...denn sterben muss David!
KBV-Krimi Nr. 82
Taschenbuch, 229 Seiten
ISBN 3-934638-82-1

801 nach Christus. Karl der Große ist in Rom zum Kaiser gekrönt worden und befindet sich auf der Rückreise in seine Heimatpfalz Aachen. Zur gleichen Zeit werden in der Eifel einige ruchlose Morde verübt. Die Täter sind kahlgeschoren und grausam. Ihre Losung lautet: »...denn sterben muss David!«
Es geht um gefälschte Schriftstücke und um eiskalte Rache, und ihre blutige Spur führt nach Aachen, wo der Kaiser erwartet wird. Nur einer hat ihr Tun beobachtet und heftet sich an ihre Fersen: Enno, ein einfacher Bauernjunge, den man fälschlicherweise des Mordes bezichtigt.
Kann er sie aufhalten?

Andreas Scheepker
Du sollst nicht stehlen
KBV-Krimi Nr. 88
Taschenbuch, 240 Seiten
ISBN 3-934638-88-0

Ostfriesland im Frühsommer 1528: Große Umwälzungen in Kirche und Gesellschaft bestimmen das Land in der Reformationszeit. Der Rechtsgelehrte Lübbert Rimberti kehrt in seine Heimat zurück und wird durch Zufall in einen grauenhaften Mordfall verstrickt.
Am Rande des Moores wird eine unbekleidete Leiche entdeckt.
Wer war der Tote?
Wer steckt hinter der Tat?
Bei dem Versuch, Licht in die Sache zu bringen, schafft sich Rimberti viele neue Freunde ... Aber auch viele Feinde in den höchsten Kreisen des Landes.
Und schließlich lüftet er eines der bestgehüteten Geheimnisse der ostfriesischen Geschichte.

Maria Kastellitz
Im Höllenturm
KBV-Krimi Nr. 89
Taschenbuch, 356 Seiten
ISBN 3-934638-89-9

Um die Jahrhundertwende wächst im verschlafenen Eifelstädtchen Euskirchen die junge und hübsche Helena heran. Eigentlich wäre sie lieber ein Junge, denn die Benimmregeln und der Anstand der wilhelminischen Zeit hemmen sie in ihrer Abenteuerlust.
Beinahe ahnungslos aufgewachsen, wird sie mitsamt ihrem väterlichen Firmenanteil an einen Geschäftspartner ihres Vaters verheiratet. Als sich plötzlich eine Reihe grausamer Frauenmorde in ihrer Umgebung ereignet, beginnt Helena, den eigenen Mann als Mörder zu verdächtigen.
Sie muss handeln!
Mit weiblicher Finesse versucht sie, den Schuldigen zu entlarven.

KBV-KRIMI

F. G. Klimmek

Wie die Fliegen

KBV-Krimi Nr. 112
Taschenbuch, 333 Seiten
ISBN 3-937001-07-7

Karl-Heinz Schmidt ist fett und fünfzig. Er mag keine Schwulen, keine Kinder, keinen Knoblauch und keine Hitze. Er liebt Heineken und Jenever. Also ist Holland für ihn das gelobte Land, in dem er als Frührentner im Alkoholdunst vor sich hindämmern kann. Jedenfalls so lange, bis aus unerklärlichen Gründen ein heimtückischer Mordanschlag auf ihn verübt wird, dem er nur mit sehr viel Glück entgehen kann. Schmidt muss bei seinen Nachforschungen feststellen, dass die Leute, denen er dabei begegnet, plötzlich sterben wie die Fliegen. Er braucht ziemlich lange, bis sein Herumstochern ihm mehr zufällig zum Drahtzieher der Verbrechen führt und er erkennen muss, dass ein antiker Schimmelpilz ein mörderischerer Antrieb sein kann als eine schöne Frau.

Jürgen Raap

Ein Koffer aus Bern

KBV-Krimi Nr. 107
Taschenbuch, 283 Seiten
ISBN 3-937001-02-6

Was befindet sich in dem Koffer, den der verkrachte Kölner Detektiv, Karl-Josef Bär aus der Schweiz abholen soll? Sein Auftraggeber, der Geheimdienstler Schröder, behauptet, es sei Geld - viel Geld. Möglicherweise sind es aber auch irgendwelche brisanten Papiere. Wie immer wird Detektiv Bär nicht schlau aus dem Mann vom MAD. Als er den Koffer bei einem gewissen Dr. Kaspereit in Köln abliefern will, stößt er dort auf dessen Leiche. Von nun an wird die Luft für Bär ziemlich dünn, denn nicht nur die Witwe des Toten, sondern auch sein Bruder beginnen, nach dem ominösen Geldkoffer zu suchen. Und schließlich heften sich auch zwei Männer des russischen Militärgeheimdienstes an seine Fersen.

»Witzig, kritisch, ironisch. Raap nimmt alle Krimi-Klischees aufs Korn.« (Bild)

Andreas Schmidt

Das Schwebebahn-Komplott

KBV-Krimi Nr. 90
Taschenbuch, 248 Seiten
ISBN 3-934638-90-2

Durch einen Zufall kommt der kleine lokale Radiosender »Wupperwelle« in den Besitz eines höchst brisanten Papiers: Es handelt sich hierbei um ein Erpresserschreiben, das an die Adresse der Betreiber der Wuppertaler Schwebebahn gerichtet ist. Die Kriminalpolizei verhängt natürlich umgehend eine Nachrichtensperre und verurteilt den Sender zum Schweigen. Radioreporterin Heike Göbel will dennoch den Verzicht auf diese Sensation nicht so einfach hinnehmen. Anlässlich einer Reihe von mysteriösen Zwischenfällen im Umfeld des Bahnhofs von Wuppertal beginnt sie nun, auf eigene Faust in der Sache zu ermitteln. Doch sie hat nicht mit der Gefährlichkeit der Leute gerechnet, die im Geheimen operieren, und gerät schon bald in tödliche Gefahr.

KBV-KRIMI

Carola Clasen
Tot und begraben
KBV-Krimi Nr. 108
Taschenbuch, 240 Seiten
ISBN 3-937001-03-4

Von einem Tag auf den anderen kostet eine Beerdigung im kleinen, beschaulichen Eifelort Oberprüm nur noch die Hälfte. Kein Wunder, dass die Konkurrenz den Leichenwagen von nun an nicht mehr aus den Augen lässt. Die Bestatter Paul und Peter Schlangensief haben offensichtlich eine todsichere Geschäftsidee entwickelt, dank derer sie allen anderen eine Nasenlänge voraus sind. Zur gleichen Zeit gibt der einsame Witwer Wilden eine Heiratsannonce auf. Als er endlich einen Brief und ein Foto erhält, verliebt er sich Hals über Kopf in die schöne Sybille. Sein Glück scheint perfekt. Doch dann geht es plötzlich mit seiner Gesundheit rapide bergab.

»... die Handschrift macht Appetit auf mehr!« (Das Magazin)

»... die Crime Lady unter den Eifelkrimiautoren« (Trierischer Volksfreund)

Carsten Piper
Tod an der Trave
KBV-Krimi Nr. 109
Taschenbuch, 192 Seiten
ISBN 3-937001-04-2

Hans Conrads Frau Jule fällt bei einem Winterspaziergang geradezu über die Leiche der jungen Dom-Organistin der ehrwürdigen Hansestadt an der Trave. Conrad hat inzwischen seinen Job bei der Berliner Kriminalpolizei an den Nagel gehängt. Also ermittelt er auf eigene Rechnung und gerät unter anderem an eine eher unorthodoxe Religionsgemeinschaft mit bizarren und freizügigen Riten. Nach und nach blättert bei einigen der traditionell angesehenen Institutionen der Lack ab. Die Hafenbehörde erweist sich als korrupt, die Polizei als unfähig, die Kirche als feige. Der arbeitslose Hans Conrad muss daher nun selbst für Ordnung sorgen.

»Leichthändiges Spiel mit den Regeln des Krimigenres.« (Ludwigsburger Kreiszeitung)

Frauke Schuster
Toskanisches Schattenspiel
KBV-Krimi Nr. 111
Taschenbuch, 384 Seiten
ISBN 3-937001-06-9

Thanner hat sich seinen Lebenstraum erfüllt: Auf dem toskanischen Landgut »Il Paradiso« züchtet er rassige Pferde und genießt prickelnde Nächte mit einer temperamentvollen Erotiktänzerin. Doch als sein psychisch gestörter, mutistischer Neffe Ken bei ihm einzieht, droht sich das Idyll schlagartig in eine Hölle zu verwandeln. Im Morgengrauen findet er eine Leiche in seinem selbst geschaffenen Paradies. Da die italienische Polizei bestenfalls halbherzig ermittelt, versucht Thanner nun selbst, Licht in die dunklen Geschehnisse zu bringen, und erkennt dabei fast schon zu spät, welche mörderischen Abgründe hinter den gediegenen Fassaden des toskanischen Gartens Eden lauern. Und mitten zwischen den Lebenden spielen die Schatten der alten Etrusker ihr eigenes Spiel ...